ニーチェの悦び

大竹 稽

牧野出版

ニーチェの悦《よろこ》び

名も無き無罣《むけい》が、独り、ニーチェの悦びについて嘯《うそぶ》こう。


「水は自ずから茫々《ほうぼう》、花は自ずから紅《くれない》」

無罣《むけい》は独りごつ。

否、独りではない。なぜなら、この一文は、古く中国より、日本に流伝したものだからだ。これを自ら覚えればよい。自覚した君は、独りでいながら、独りである意義を失うだろう。このように、言葉はできている。君は口ずさむだろう。「茫々《ほうぼう》」と。いま、ここで、茫々《ほうぼう》と。

しかし、その一瞬のちに、独りごとは聞かれるだろう。口にしてから耳に届くまで、まさにこの「ずれ」によって、罣は、名も無き無罣《むけい》へと滅せられていく。そのとき、君もまた、まったく滅せられるだろう。しかし、言葉は繰り返される。非言語として。木々や猫、自然と交流するように、自ずと、無際限《むさいげん》に、言葉は反復されるのだ。

聞くところによると、ハイデッガーは、『十牛図《じゅうぎゅうず》』の第九図とその頌《じゅ》に感じ入ったそうだ。

廓庵《かくあん》和尚の頌《じゅ》にはある。

本《もと》に返り源《みなもと》に還って、已《すで》に功を費やす。

争《いか》でか如かん、直下《じきげ》に盲聾《もうろう》の若《ごと》くならんには。

庵中には庵前の物を見ず。

水は自ずから茫々《ほうぼう》、花は自ずから紅《くれない》なり。

人は花ではない。それゆえに、人は花ともなる。
人は猫ではない。それゆえに、人は猫ともなる。
人はなに色でもない。それゆえに、なに色ともなる。

十月二十八日

この日に君は、殺された。合理的に、合法的に、殺された。無痛で殺された。無罣《むけい》は偽名である。彼の人生は、死に彩られている。七歳で、級友が手術の失敗で死んだ。中学、高校と、同じように死に見守られながら、大学へ。大学時代に、君は殺された。したがって、彼は名を捨てようとした。捨てきれなかったが。それと同時に、彼は一切の障りをも無くそうとした。すべてを無化することはできなかったが。

先月は、夏の残り香が烈々としていた。このような季節を、われわれはなんと呼びうるだろうか。晩秋と呼ぶだろうか。否。むしろ、初秋と呼ぶべきであろう、ここは鎌倉、長寿寺である。この寺の葉が紅になるのは、いかさま、ほど遠い。

君よ、この日に君は消えた。しかも、自らの手によらず、自らの目がみえないままに、殺された。孤独化の論拠は、ここにあるのかもしれない。君はなにかをみるはずだった。君はなにかを知るはずだった。しかし、君は一切の名から無縁のまま、殺されてしまった。この日に。

わたしが殺した。わたしによって君は殺された、といえるのなら、わたしは無際限《むさいげん》の疚しさ、購えない罪から、いつか解放されることもあるかもしれない。いかさま、良心の呵責というものは、けっして暴かれない地雷である。いつなんどきでも、われわれに襲いかかっているのである。

「あの日の秋はどうだったか。わたしの足下には、葉の血色が広がっていたのだろうか」

無罣《むけい》は独りごつ。

あの日から、一切は悪循環であったはずなのだ。

良心の呵責はいった。

「然るべく、お前は社会の良風美俗に反している」

わたしは断罪されたのだ。そして、良心の呵責とは、ニーチェにとって、罪びとのみに備わる「美徳」である。そして、なんぴとたりとも、この呵責からは逃れられない。われわれの力は、これほどまでに弱いものなのだ。

無罣《むけい》がそもそも罪深い者であるのならば、無罣《むけい》を教育してきた者たちも同様に、罪深い者であり、無罣《むけい》が教育していくはずの子らもまた、罪深いものとなる。一切は血脈、悪循環であったのだ。

しかし、俗世はじつに、足早である。ここでは、ひたすら、紅葉を待ち望むしかない。はたして、自ら悪循環の内にいる者たちを、紅葉はさっさと、通り過ぎていくだろう。

「ザクッザクッ」

彼らは無自覚に、足元に広がる紅の葉々を踏み躙《にじ》ってきた。

「ザクッザクッ」

そして、彼らは同様に、下から踏み付けられている。名も無き葉々によって。

ここは、足利尊氏の墓の脇である。君よ、君もまた葉々を踏まなければならない。わたしとともに。しかし、わたしはためらうのだ。君とともに、ここに踏み入り、名も無きものの仲間入りすることを。

いかさま、わたしは力が無い。良心の呵責とは、力の無い者だけでなく、最も強い権力者ですら、これほどまでに色を失うものなのだ。

十月二十九日

あれから一日たち、君は耳を塞がれた。

否。他ならぬ、君自身が、耳を塞いだのだ。そうしなければ、わたしは生きていなかっただろう。はたして、わたしは口を閉ざしたのだ。わたしの思考は、至極、論理的であったはずだ。これこそ、儒家のいうところの孝行であったのだ。さもなければ、わたしはいっただろう。

「わたしは狂っている」

君よ、「耳ならぬもの」で音を聞け。

「『耳に封鑞《ふうろう》をする』ことが、当時、哲学することの前提条件だった。本物の哲学者は、生が音楽であるかぎり、生に耳を貸すことがなかった。生の音楽を「否定」したのだ。あらゆる音楽を、セイレンの音楽とすることは、いかさま、カビの生えた古くさい迷信である」

ニーチェはいった。

ニーチェにとって、悦びとは、後悔も底意もない実存への純粋な賛同である。しかし、われわれは自問するだろう。はたして、このような悦びがありうるのだろうか。

「『悦ばしき智』とは、長く恐るべき圧迫に、辛抱強く耐え忍んできた精神の、辛抱強く、峻厳に冷厳に、けっして屈服せず、しかもなお、希望がないままに抗ってきた精神の、そして、いまや突如として、健康への希望に、快癒の陶酔に襲われた精神の、乱痴気騒ぎをするサトゥルヌスである」

ニーチェはいった。

苦悩こそ、悦びの始まりなのであり、悦びの要なのである。苦悩は、然々の人間たちによって、生の寿へ、生の純なる肯定へ至らしめる積極的試練へと変容する。ニーチェが人間に課したテーマは、「超人」、「永劫回帰」、「大いなる健康」、そして『悦ばしき智』などは、果然、この一文に帰せられるだろう。しかし、このような変容がいかになしうるだろうか。

死への思想が含む種々の出来事は、生への思想にとって好ましいものに他ならない。これはどのような意味だろうか。

「葬式こそ、生を表しているのだよ」

和尚さんはいった。

穢れの発想こそ、人間的生の始まりである。

「穢れか、できれば隠していたい。どのように穢れとつきあえばいいのか」

無罣《むけい》は独りごつ。

「穢れこそ、聖なるものの発露だよ」

和尚さんはいった。

「この苦悩は悦びへ、生の悦びへ、いつどうのように、変容するのだろうか」

無罣《むけい》は独りごつ。

「かくあるのだから、かくあるべし」、という答えによって、これらの問いを巧みにかわすこともできるだろう。「かくあるのだから、かくあるべし」、いかさま、東洋的至極の境地であろう。しかし、この境地はじつに遼遠であることも、事実である。ニーチェは、フランス的ドイツ人でありながら、この境地を目指した、といえるだろう。

彼の手が指していた場、それは涅槃《ねはん》、日本的間である。

「しかし、それをのっけからいってしまっては、おしまいだよ」

和尚さんはいった。

ニーチェの受け答えの正当性は、確かに、ここにある。自らの作品全体に渡って、ニーチェはこのような「苦悩が悦びへ至る」体験を語り、証言しているからだ。

しかし、否定性という曇り、これが一点もないような肯定、この主張には、いかなる理由も許されてはいないだろう。このような肯定には、公然の因果が認められていない。ましてや、彼以外の思想を引き合いに出したり、彼以外の素描をみつけだし、頼みとしたりすることなど、容認されない。では、これらを拠りどころに、自身の思想を彫り出し、磨き上げることは、どうだろうか。それでもやはり、ニーチェには認められないのだ。

ニーチェの思想は、ニーチェ固有の、ニーチェにのみ許されるものである。まさに、「それをいってしまっては、おしまいだよ」、である。

ニーチェは自分に「馴染みのない」思想を分析している。それでもやはり、この分析は、自らの悦びの体験に根差している。ニーチェ自身が、己の悦び自体に関することを批判的に分析していることは、絶無である。

したがって、われわれに許されていることは、一つだけである。この悦びの体験を、われわれはすべからく肯《うべな》うべきである。

誰が、誰の生を交代できるだろうか。

誰が、誰の死を代理できるだろうか。

悦びこそ、生と死の無二の表象である。

ある者の悦びの体験を、誰が分析したり、批判したりすることなどできようか。いわんや、ある者が、自身で、自身の悦びの生を批判することなどできようか。それにそもそも、悦びの説明など、可能だろうか。

いやはや、この問いが出た時点で、わたしの小話は終わりを迎えしまった。答えなど、ない。

「では、ごきげんよう」

無罣《むけい》は独りごつ。

君よ、わたしを鞭打て。君よ、逃げ腰のわたしを鞭打て。

確かに、曖昧な暗示や、逃げ腰の挿話に依るのでなければ、このような悦びの体験を描き切ることなど、不可能といえるだろう。

しかし、痛みが悦びを証してくれる。

十月三十日

鞭打たれたわたしは、畏れ多くも悦びについて、嘯《うそぶ》こう。

痛みは言葉にならない。言葉で説明された痛みは、もはや生ではない。多くを語られたものが、嘘になるのは、そのためである。

わたしの口は、木の枝をくわえている。

「アッ」

口を開いたとたん、真っ逆さまに落ちてしまうような状況で、君に問われる。

拳々服膺《けんけんふくよう》すべきは、答えではない。むしろ、このような問題である。

「悦びの支点」は、これほどまでに効果十分でありながら、ほとんど不可視のものである。この「支点」に応じて、他の場所の一切が、それぞれの居住場所を割り当てられる。しかし、「悦びの支点」自身は、初めから終わりまで、いや、無窮《むきゅう》に割り当て不可能なままで居続けるのだ。つまり、先の問いが反復してくる。「誰が、誰の生を交代できるか」。

避けられない定めとは、自らが、自らの境界を画定できないままでいることである。

ここで、ニーチェ思想の根本問題と、カントの問題とを比較してみよう。ニーチェ思想は、生きられた体験、無媒介の体験からの肯定的な答えによってなされている。

つまり、ニーチェは、君の胸倉をつかんで、問いたてる。

「君よ、生きろ」

一方、カントにおける諸問題が答えを受け入れるには、必ず媒介を要する。すなわち、経験的なものと「超越的なもの」との、現象と「物自体」との形而上学的な差別化を経ないままでは、カントにおける悦びの理解はなしえないのだ。

つまり、カントは、教壇の上から君に問う。

「君よ、答えよ。生とはなにであって、なにでないか」

「死とはなにであって、なにでないか」

この点において、ニーチェの悦びは、信に値する。「アプリオリ」に統合された判断の可能性よりも、道徳を規制すべき「偉大なる」思想よりも、ニーチェの悦びは信に足るものなのだ。そして、この思想は、人が「あの世」の権威を受け入れるか否かにかかっている。

換言しよう。「彼岸への信用貸し」のようなものを、君は受け容れるか、否か。この信用貸しについての認否が、君自身の思想の行く末を決めるのだ。

それでは、ニーチェがいう悦びとは、どのようなものか。彼の至福の可能性は、此岸にして既に、保証されている。この説明だけでは、肝腎な部分が漏れているだろう。「この世」における至福体験の保証、これは音楽によってなされるのだ。これこそ、ニーチェ思想の「第一義諦《だいいちぎてい》」といえるだろう。悦びとは、幾度となく反復されうるような「音楽」によってなされるのだ。「音楽」こそ、われわれに大いなる悦びをもたらすのだ。

音楽は、ニーチェ哲学の「中枢神経系」に隈なく行き渡っている。音楽は、斯々然々の体系のうちでは、原理なるもの、根拠なるものがすべきあらゆる役割を、ニーチェ哲学のなかで、その代役を果たしている。

「音楽とは、然るべき音楽なんだよ。然るべく、音楽なのだよ」

「音楽は、求められ、奏でられるものではない」

和尚さんはいった。

「ましてや、電車のなかで耳を塞いで聞くものではない」

君よ、心を開け。

君のまわりでは、いかさま、名も無き音が、珠玉の音楽を奏でている。

「ザクッ」

「嗚呼」

足下では、言葉にしえない葉々による調べが。頭上では、言葉にしえない露々による調べが。

君よ、身体を開放せよ。身体を閉じるな。

君の身体の、一切の「穴」を開放せよ。

音楽はありとあらゆる問いに答える。神学、形而上学、物理学、政治学、経済学など、一切合切の問題を整え、君のもとにやってくる。

「音楽は最高位の「革命」なのでしょう」

和尚さんはいった。

音楽は、ありとあらゆる実存の意味や因果に関する答えを、決定的かつ十二分に持っている。しかし、この答えは、君が世の調べと共鳴したときに限られる。だから、一切の答えは、君自身そのものになるのだ。

形而上学や宗教の占める空間は、思うに、音楽によってすでに与えられていたのかもしれない。これがニーチェ思想である。だからこそ、ニーチェは、形而上学や宗教を斥けたのだ。

「音楽がなければ、生は誤謬《ごびゅう》となる」

ニーチェはいった。

「音楽がなければ、生は誤謬《ごびゅう》となる」。ニーチェが屡述《るじゅつ》するこの発言こそ、ニーチェが生をいく久しく敬い、慕う証しである。そして、ニーチェが感得した「生きる悦び」の、この悦びに己の全哲学を凝集せしめた思想の、われわれへの口伝である。いかさま、音楽がなければニーチェ哲学もない。しかも、ニーチェは単なる音楽的哲学者であるだけではない。彼は、まず、そしてなによりも、哲学的音楽家なのである。

詳らかにしよう。ニーチェという人間は、自らの生において、「大いなる悦び」という音楽の本質について倦まず思索し、弛まず省察をし、果然、哲学的沈潜へと自らを導いていった音楽家なのである。

「悲劇的なもの」と「ディオニュソス的なもの」、両者はニーチェによって提示される生のテーマである。そして、二つながら、共通してもつエッセンスがある。この導きの糸によって、われわれは、ニーチェ哲学の神髄に至るだろう。しかも、これらのエッセンスは、はやくも、彼の最初の著著《じゃくじゃく》『悲劇の誕生』において、音楽の効果、音楽からの帰結として予示されていた。

「幾何学を知らぬもの、ここに入るべからず」

プラトンのスローガンである。これはアカデメイアへの入学者を選り分けるために掲げられていた。さて、プラトン以来の伝統を信じ、プラトンと同様の厳格さでもって、ここにニーチェのスローガンを掲げてみよう。

「音楽を知らぬもの、わたしと関係をもつべからず」

ニーチェ思想と音楽との間にある本質について、ここから論じなければならない。そのために、二つの命題を、相補的な二つの命題を提示しよう。

第一の命題。音楽による体験は、ニーチェにおいて常に、悦びの体験と合致する。

第二の命題。第一の命題を反転させたものである。悦びの体験とは、何よりもまず、音楽がもたらす効果である。

「音楽」というもの、もし、これが、非音楽的に実感され描き出されるものであろうと、相変わらずニーチェにとって、悦びの体験は、「音楽的なもの」に付き随っているのだ。どのようなケースにおいても、「音楽」は、ニーチェが悦びとして表現するさまざまなものの、源なのである。悦びの源としての音楽、この事実の然るべき見本が、的確に、余すところなく、ニーチェの最初の著作、『悲劇の誕生』に描かれているのだ。

十月三十一日

起きるやいなや、窓は解放される。そして、秋気がここにあることを確かめ、ほっとする。

「おはよう」

生きていても、死んでいても、挨拶は欠かせない。

生の悦びを体得していようが、なかろうが、然るべく君は、いまここにいる。必然的に、といえるだろうか。

「おはようございます」

第一の命題に関しては、議論する要はほとんどないだろう。音楽体験と悦びの体験の一致は、いかさま、自明のものである。

君は感じるだろう。無数の生が、確然と、悦びの調べを奏でていることを。

君よ、胸を、肌を澄ませてみなさい。君自身が、音楽となるのだ。

「ノーミュージック」

実に、ナイーブなスローガンであろう。

君も知っているだろう。いわずもがな、を敢えていわなければならない。そして、君は知っているだろうか。ミュージックとは「音楽」ではないことを。音楽は、ただ、あるのだ。君の悦びが、自ずとわれわれの悦びとなる音楽は、いま、ここにあるのだ。しかし、それを知らないものが、もしくは、それを知ってなお知らしめなければならないものが、いう。

「ノーミュージック。ノーライフ」

人間は、一人空しく歌うばかり。

「音楽は、常にここにある。しかし、然るべく、われわれは捉えなければならないだろう」

無罣《むけい》は独りごつ。

「然るべく」、である。生を肯《うべな》うもの、これが「音楽」である。この技は、自然が自ら、自ずと備えているものであるはずなのだ。

但《た》だ聞く、楓樹《ふうじゅ》に晩蝉《ばんぜん》の吟ずるを。

廓庵《かくあん》和尚の頌《じゅ》にはある。

『十牛図《じゅうぎゅうず》』の第一図、ここで禅師は、「ノーミュージック」の境地を描き出している。喧しくいい立てる者たちにとって、楓樹《ふうじゅ》はまさに、湿っぽく陰った樹木となるであろう。化け物と化す楓の、一歩手前である。この者たちにとって、晩蝉《ばんぜん》とは、秋の遅れ蝉、まさに死の一歩手前にある蝉となるであろう。

「楓は楓。蝉は蝉でしかないのです」

和尚さんはいった。

「音楽がなければ、生は誤謬《ごびゅう》となる」。この公理は、音楽というものが、ノスタルジーやメランコリーをもたらすことを基礎づけるものではない。

「のどいっぱいに常ならぬ高い声をだす者は、だれであっても、繊細な事実を考えることなど、ほとんどできないだろう」

ニーチェはいった。

むしろ、このような音楽は、ニーチェが耳を遠ざけ、耳を塞ぐものなのだ。音楽についてのニーチェによる記述、彼の嗜好や偏愛、あるいは、ニーチェ自身によって作曲された音楽、あらゆることが、万々、ある一つの同盟関係を証言している。すなわち、音楽体験と、大いなる悦びの体験、これら二つの体験は、ニーチェによれば、分かちがたい同盟関係をもっているのである。

この関係の要諦を、ニーチェは一言で表している。「世界に然りと言う力」。

「わたしは、音楽の運命に悩んでいる。音楽が、世界に光を注ぐ声を、世界を肯《うべな》う声を発する性格を失ってしまったことを悩むのである。音楽が、デカダンスの音楽になってしまって、ディオニュソスの笛ではなくたってしまったことを悩むのである」

ニーチェはいった。

音楽の効果は、「世界に然りと言う力」、なのである。

「然り、然り」

ただ受け売りの然りを繰りかえすだけでは、ロバになってしまうのだが。

さて、ニーチェお気に入りの音楽家の一人にショパンがいる。

「ショパンのためなら、他のすべての音楽がなくなってもよい」

ニーチェはいった。

ショパンがロマン主義者だからだろうか。ニーチェはロマンチストなのだろうか。否。ニーチェにとってショパンは、「幸福」を表現するのに秀でているとされる主義の、対蹠点《たいしょてん》にいるのだ。

ニーチェにとって、ショパンは不幸においても、なお幸福である。ショパンはまるで、ディオニュソスのごとくある。ディオニュソスは、悲劇においてなお、肯《うべな》う者なのだ。たとえ、ショパンの音楽がメランコリックに聞こえたとしても、単にこのような憂愁が、悦びの契機となっているに過ぎない。

換言しよう。ショパンの音楽がもたらすあらゆる効果、憂愁も含めて、これは「悦び」の付録に過ぎないのだ。

君は知っているだろう。悦楽とはしばしば、陰鬱なもの、病的なものとして描かれることもあるのだ。しかし、悦楽はまた、「大いなる健康」のサインでもあるのだ。

「生きる悦び」とは、然るべくある。

「どんな境遇や、どんな生活も、一つの聖福《せいふく》の瞬間をもつ。たとえば、水辺の生活においても、こういう一瞬をもっている。ショパンはこの聖福《せいふく》の瞬間を、バルカロールの舟唄のなかに、すばらしい音楽として響かせた」

ニーチェはいった。

「バルカロールの舟唄」を聞けばたちまち、神々の中でも最も幸ある神たちでさえ、どれほど賤しい身になったとしても人間としての境遇を分かち合いたい、このような悩ましい気持ちになる、とニーチェは断じている。この記述の要点を解き明かさなければならない。

ニーチェの教義において、音楽は三つの実習体験、言わば、三つの「秘儀伝授」をなしている。すなわち、幸福についての秘儀伝授、人生についての秘儀伝授、そして哲学についての秘儀伝授である。

十一月一日

ニーチェの唄を聞いてみないか。

鋭いもの、柔らかいもの、

荒いもの、細やかなもの、
親しいもの、疎いもの、
穢いもの、清いもの、
阿呆と賢者のあいびき。

わたしはこれらすべてであり、これらすべてでありたい。

さて、昨日話にのぼった三つの秘儀伝授を解きほぐそう。

幸福についての秘儀伝授とは、どのようなものだろうか。

「幸福に必要なことはなんと少ないことか。風笛《ふうてき》の音、それだけで十分だ」

ニーチェはいった。

そして、この記述は同時に、人生と哲学についての秘儀伝授でもある。

人生についての秘儀伝授とは、どのようなものだろうか。

「わたしは昨日、ビゼーの傑作を聞いたが、これで二十回目である。この音楽は、軽やかに、しなやかに、丁重にわたしのもとを訪れる。愛嬌があり、汗をかくことはない。この音楽は、意地悪で、洗練されている。しかも、この音楽はあくまで大衆とともにある。この音楽は豊かであり、精密である。この音楽は、わたしたちを築き、組織し、仕上げる」

ニーチェはいった。

ニーチェによる人生の秘儀である。この議論においてニーチェは、一切の「現実観」を称えているのだ。

鋭いもの、柔らかいもの、
荒いもの、細やかなもの、
親しいもの、疎いもの、
穢いもの、清いもの、
阿呆と賢者のあいびき。
わたしはこれらすべてであり、これらすべてでありたい。
鳩であって、蛇でありたい。
そして、豚でありたい。
ニーチェはいった。
「いただきます」
「ご馳走さまでした」
君の身体を養い、育んできた一切への頌《じゅ》である。君の身体を慈しむ一切の調べ、これこそ「音楽」である。そして、このような「現実観」によってビゼーの音楽は、上々にも、苛酷さや冷厳さを、すなわち、実存に起こりうるありとあらゆるものに備わる本質を、呼び起こしている、とニーチェは結ぶ。
この事実は君にとって、いかさま、無常なものであろう。しかし、不可避でもある。反論の余地などないものである。さながらギロチンの刃のようなものである。
君よ、一切の糧となれ。

「ビゼーの作品は、メリメから情熱における論理を受け取っている。簡明な筆致、『容赦のない』厳正さを保っている。なかんずく、この作品は、熱帯に特有なものを、空気の乾燥を、空気の『清澄さ』を持っている。この作品によって、われわれは、ヴァーグナー的理想の濛《もう》気《き》に、湿っぽい北方に決別する。ビゼーの作品において、風土は一変する。ここでは、別の官能性、別の感受性、別の晴朗な悦びが、われわれに語りかける。いかさま、この音楽は愉しいものである。だが、この幸福は短く、唐突で、無慈悲である」

ニーチェはいった。

われわれが残すところ、最後の秘儀、哲学についての秘儀伝授である。ニーチェは、哲学とは音楽を聴くことで分け与えられる効果である、と論断している。

「音楽」とはなにか。「音楽」とは、瑞々《みずみず》しいものなのである。所述のように、ニーチェはまず、哲学的音楽家であった。そして、ニーチェの生がえたもの、ニーチェ哲学がえたものこそ、じつに、音楽効果の瑞祥なのである。

あるいは、こうもいえるだろう。ニーチェの哲学とは、音楽的悦びによって惹起される反響であった。反響なのである。すなわち、ニーチェの生は、音楽的悦びの寄与なくしては「反響も、反省も」されえないのだ。いかさま、自明であろう。

「こうした作品がいかに人を完成させてくれるか。己自身が「傑作」となるのである。そして実際、カルメンを聞くたびに、平生思っているよりも、ますます哲学者に、いよいよ優れた哲学者であると感じられる」

ニーチェはいった。

「これほどまでに鷹揚に、幸福になっていると感じられたのだ。これほどまでに『沈着』になっていると感じられたのだ。音楽が、どれほど精神を『自由』ならしめるか。君はこのような発言を聞いたことがあるだろうか。音楽が思想に翼を与えると、気付いた者がいるだろうか。音楽家になればなるほど、ますます哲学者になると、感得した者がいるだろうか」

ニーチェはいった。

「抽象がなしていた灰色の空は、閃光によって縞模様を描く。光は、事物一切にある金や銀の線状細工を照らし出すほどに、強くなる。大いなる諸問題は、手に取れるほどに近くにあるようになる。世界は、山頂から見渡すように、展望の良いものとなる。こうしてわたしは、哲学的パトスを定義したのだ」

ニーチェはいった。

妙なる調べは、われわれの足下から、不意にやってくる。われわれは、一つの音符となるのだ。

「では、本日はこれまで」

「ムムム」

十一月二日

「身を清めなさい」

和尚さんはいった。

「清める」ことがなにを意味しているのか。それは、わたしの「死」とともに明らかになるだろう。まず、わたしは、わたしの「死」への覚悟をしなければならない。しかし、君と分かたれた、完全に、分かたれたわたしに、向かうべき場所などなかった。だからこそ、わたしの「足ならぬもの」が、わたしをここへ、導いたのだ。

こうして、長寿寺の朝は始まった。なにを清めるのか。どこを清めるのか。

「廊下を丁寧に水拭きしましょう」

こうして、長寿寺の一日は始まる。

「未《いま》だ斯の門に入らざれば、権《かり》に見跡《けんせき》と為す」

廓庵《かくあん》和尚はいった。

第二の命題に入ろう。ニーチェはいう。そもそも、悦びの体験とは、音楽的体験からの賜物である。この命題を解していこう。

音楽的喜悦は、ありとあらゆる悦びの源なのである。この公理こそ、ニーチェが価値あると認めるあらゆるものの原理である。いわば、ニーチェ哲学の「要石《かなめいし》」となる原理である。したがって、この命題にはより豊富な問題提起ありうるだろう。「要石《かなめいし》」とは、そもそも、選び抜かれた生粋の礎なのである。

そして、音楽の体験と、悦びの体験こそ、広く衆生《しゅじょう》に要されているものなのである。しかし、ここはまず、第二の命題こそ、ニーチェ思想に正確であることを証さねばならない。そして、この第二の命題にこそ、ニーチェへの敬意、文字通りの敬意があることを、明かさねばならない。次に、この命題が、ニーチェの思想と深く調和していることが、示されるだろう。これらの証明によって、ニーチェの思想が、いかに目覚ましいものであるか分かる。

ニーチェ思想がなす「生」のハーモニーとは、現実との無条件の調和である。あらゆる現実、たとえ、どのような現実であろうと、音楽的なものでも非音楽的なものでも、「善」であろうが「悪」であろうが、ありとあらゆる現実に対する無条件の悦び、これこそ、ニーチェがわれわれに教える、現実肯定の「覚」である。

このような大いなる喜悦よってなしとげられる肯定こそ、現実との万古深遠なる妙調《みょうちょう》である。

われわれは、どのように、なにがしかのことを、善いとみなすだろうか。ニーチェが感得したことは、ただ一つである。「なにがしか」が現実であること、「なにがしか」が善いものであるには、それが現実であればよい。ニーチェが理会したこととは、詰まるところ、これだけである。いかさま、これこそニーチェ哲学における、髄の髄であろう。

「悪」の領域、これはニーチェ的「道徳」にとっては、じつに疑わしいものである。なぜならば、このような領域は、実際にはないものの総体によって作り出されているに過ぎないからだ。「悪」の領域とは、より厳密に言えば、われわれに対して実際にないものを指し示すようなもの、つまりイデアなるものの総体によって、作り出されたものなのである。

「善と分かたれたとき、初めて悪は生まれたのかもしれないね」

和尚さんはいった。

ニーチェは、階層的にも時系列的にも、歌や楽曲の優位、先行を認めていた。すなわち、散文、詩、戯曲の模範として、そしてまた、淵源として音楽はある。

「ディオニュソス的な音楽家は、どのような形象ももたず、完全に、ただそのまま根源的苦痛と、苦痛の根源的反響である」

ニーチェはいった。

「抒情詩人はまず、ディオニュソス的な芸術家として、根源的一者、その苦痛および矛盾と一体をなしており、このようにして、この根源的一者の模造を音楽として生み出すのである」

ニーチェはいった。

ディオニュソスという神は、ニーチェ二十七歳の著作においてすでに登場し、生涯のテーマとなっていく。ディオニュソスはいわば、自然に備わった、混沌とした衝動である。そして、アポロンと対立させられるこの神に、ニーチェは三つの役目を負わせているといえるだろう。

まずは、境界の解消である。それは特に、個別性からの解放、個性の放棄として表現される。次に、狂気と陶酔、恍惚によって特徴付けされる。最後に、音楽や歌、踊りなどといった芸術をなすのもこの神である。

音楽の体験、そして悦びの体験、これらは二つながら、言語を絶するものである。もし、君が悦びを説明されたとしよう。その悦びは、もはや本来の悦びではない。ましてや、君の悦びでもない。白々とするだけだ。

言語を絶するものについて、わたしはこのようにいわなければならない。

「嗚呼」

「音楽のもっとも深い意義にいたっては、どれほど天才的な抒情的表現の枠を尽《ことごと》くしたとしても、われわれはここに一歩たりとも近づくことはできないのだ」

ニーチェはいった。

音楽の言語に対する優位性、これは、ニーチェのあらゆる思惟の法としてある。それだけではない。音楽に関するニーチェの論述は、最も練磨された論述の亀鑑でもあるのだ。たとえ、哲学的著作であったとしても、少なくともニーチェが理解し実践する限りの哲学においては、「音楽の言語に対する優位性」という事実は変わらない。

「わたしは手だけで書きはしない。いかなるときも足もまた、書き手に加わろうとする」

ニーチェはいった。

ニーチェの「足」は、紙面の上を踊り、舞い、拍を刻むのだ。

君は問うだろう。ニーチェの音楽的審美眼とは、どのようなものか。ニーチェは、どのような音楽に関する実地学習を経ているのか。

ニーチェは君に伝えるだろう。愛を前提として「学習」せよ。

「音楽の領域においてわれわれに起ること。なによりもまず、音型と旋律を『聞くことを学ば』なければならない。すなわち、それらを聞き取り、聞き分けることを『学ば』なければならない。続いて、たとえある音楽が馴染めないものであったとしても、これを『我慢』する努力と善意がなければならない。はたして、われわれがこの音楽に『馴染んで』しまって、それを待望するようになるだろう。最終的には、われわれはこの音楽の虜になり、恭順な愛人となってしまう。しかし、こうしたことは、音楽に関してだけ起こることではない。まさにこのようにして、われわれが今、愛している一切のものを、『愛することを学んだ』のである」

ニーチェはいった。

愛なのだ、やはり愛なのだ。

君がわたしのもとに居続けるのは、愛するゆえ、なのだろう。

「愛することは、己を滅ぼすことでしょう」

和尚さんはいった。

まさにこうして、われわれは身を清めていくことを学ぶのである。君は、目にするだろう。一輪の花が清らかに玄関に端座しているのを。ただ一輪が鎮座する、この世、この間。かつて、わたしの花は不細工だった。しかし、いま、ここにあるそれは、君が生けたものなのだ。そうして、一輪の花が、廊下につながり、廊下が家につながる。そこに君はいる。いままでも、これからも、君はここにいるのだ。

ここは鎌倉、長寿寺。君を言祝《ことほ》ぐ場である。

十一月三日

鎌倉市の山ノ内。すなわち、北鎌倉である。ここには、北鎌倉駅もある。バスも通る。しかも、鎌倉随一の観光スポット、寿セレクションの筆頭、鶴岡八幡宮から、徒歩でくることもできる。しかし、狭い。北鎌倉駅から建長寺までの道中で、もしカップルが手をつないで無邪気に歩いていたら、ありとあらゆる白い目が注がれること、必定である。道が狭いのだ。片側一車線の車道もまた、狭い。バスが往来する主要な道であるにもかかわらず、である。乗用車もタクシーもバスも、人間も猫も、それぞれの袖が触れ合う距離にある。

これほどに狭い。しかし、それぞれが譲り合わなければならないこの狭さによってこそ、われわれが人間であることが、いまさらながら証される。

ただの狭さではないからだ。建長寺と円覚寺の懐にある地、それが山ノ内である。

われわれは、浩々とした大地に生まれたはずである。そして、われわれの精神とは、いかさま、開豁《かいかつ》なものである。

じつに快い。じつに豊かである。じつに悦ばしい。

「おはよう」

「おはよう」

常に口が開かれ、目が開かれ、身体が交わされ、互いが交わされる距離。君が一挨一拶《いちあいいっさつ》の悦びをえる距離。けっして到達しえない理想ではなく、人間が寄り添う距離が、ここにある。

「悦びは、平常にあるのかもしれない」

無罣《むけい》は独りごつ。

挨拶は、これを証するものである。

長寿寺には、足利尊氏の墓がある。しかし、鎌倉でわれわれを惹きつける墓々といえば、やはり頼朝や政子、時頼たちであろう。源頼朝、北条政子、そして北条氏。彼らは墓の彼方から、いかさま、現代の葬送問題に対して、大いに意見を述べている。

彼らの墓の「ありよう」は、人為に適うものである。しかし、それだけではない。われわれが人為といってしまえば、逆説的にも人間を生かすことはできないだろう。なぜなら、人為とは、天為と相反するものであるからだ。人為だけでは、彼らの「ありよう」は、われわれになにも訴えかけないはずだ。彼らの「ありよう」は、じつに、天意に適うものなのである。

「音楽からえる悦びは、ありとあらゆる悦びの淵源である」。昨日のテーゼによって、音楽は悦びの「絶対不可欠」な条件となる。しかし、君は問うであろう。どのような点で、この命題が、ニーチェ哲学の正統に属すのか。この命題によって、ニーチェ哲学が至上のものとなりえるのだろうか。われわれが残すところは、この論証である。至上の思想とはすなわち、現実の一切を併呑《へいどん》する、現実肯定である。

ここで明記しておかなければならないことが、一つある。確かに、音楽体験は肯定哲学の体験へと至る正道である、とニーチェは高らかに唱えている。けれども、ニーチェの唱導を誤解してはならない。彼が導く現実肯定とは、音楽がもつ特権に、音楽によって世界観が与えられるといいう特権に引き籠ることではない。

音楽がもつ特権への引き籠り、これを喩えてみよう。それは、音楽的な見地によっては美化されない世界を、愚かにも、現実から放擲《ほうてき》してしまうようなものである。なるほど、音楽的喜悦とは、特権的な体験の一つであろう。けれどもこれは、音楽以外の現実からこの体験が差別化され、特権を与えられているからではない。

「音楽的体験は、あらゆるものの無差別な肯定を惹起せしめる力をもつ」

ニーチェはいった。

「主観的なるものと、客観的なるものという対立が、芸術にはおよそ不適当である」

ニーチェはいった。

いかさま、至極明解な表現である。

「世界の実存は美的現象としてのみ、永遠に是認される」

ニーチェはいった。

いかさま、曖昧な表現であろう。

この一文は、ニーチェ初期の著作から提唱されていた、いわば「殺し文句」である。そして、この一文をニーチェは、「煩瑣でデリケートな命題」としている。

「音楽がなければ、生は誤謬《ごびゅう》となる」、とニーチェはいっていた。しかし、われわれは決して見誤ってはならない。確かに、ニーチェにとって音楽とは、そもそも世界の証言者としての役目をもつ。けれども、ここに、迷妄なる者が出現するだろう。彼らは、いう。「ノーミュージック。ノーライフ」このように、音楽を、救済というものに託けた別の代役に仕立て上げてしまうのである。

単純な形式化とは、生に生自らの肯定を止めてさせてしまうことである。

はたして、生は生であることを止めてしまうのだ。

音楽というものは、元来、ニーチェなど選ばれた者たちに、生そのものの肯定を喚起させるのだ。選ばれた者たちだけが、然るべき音楽によって一切を肯い、現実の一切を肯《うべな》うのである。いかさま、森厳なる事実なのである。

現世の正当化のために別の世界に訴え、彼岸へ呼び込むことなど、ニーチェにとっては全く問題外である。

君よ、自らを自らで選びとれ。

わたしは無力だ。

つまり、こういうことなのだ。音楽によって、われわれは、「いま」「ここ」に「選びとられる」。こうして、われわれ自身を勝ちとっていくのである。こうして、現実を証言していくのだ。

音楽において重要なことが一つある。それは、音楽こそ世界の証言者である、ということだ。音楽が断固として此岸にあるからこそ、いよいよ、音楽は稀有なものであるのだ。しかし、この「稀有なもの」とは、少数派の特権者にしか許されていない、ということではない。これは、われわれの平常に存するものである。

むしろ、われわれは音楽に対して、受動的なのだ。

君よ、目を開け。耳を開き、身体全体を開き切れ。

ニーチェの現実肯定とは、じつに、音楽体験を通して至るものである。これを誤って解してはならない。「音楽体験を通して至る」、とは、ただひたすら音楽的な現実に関われ、ということではない。

あらゆる種類の実存が、音楽に関わっている。あらゆる種類の実存に、音楽は開かれている。音楽は、いかさま、然るべき調べを聞く耳をもつあらゆる者に、開かれているのだ。

「哲学者といわれる者たちは、生が音楽であるかぎり、もはや生に耳を貸すことはなかった、彼らは生の音楽を否定したのだ」

ニーチェはいった。

「理念はいつも、哲学者の心臓を食い尽《ことごと》くした。これら昔の哲学者たちは、心臓がなくなっていたのだ」

ニーチェはいった。

「あらゆる哲学的イデアリスムは、なにか病気のようなものであった」

ニーチェはいった。

プラトン以来の哲学者たちは、己の耳に封をしなければならない、という不安に取り憑かれている。伝統哲学とオデュッセウスのケースとは相異なるのだ。

デュッセウスは、セイレンの歌声によって魂を抜かれてしまうのを防ごうとして、耳を塞いだ。彼女の歌は、オデュッセウスにとって、ユートピアへの、すなわち幻想的な現実、虚構としての現実への誘惑とみなされたのだ。伝統哲学の場合は、これと真逆である。伝統哲学は、現実についての話しを聞きたくなかったのだ。なぜならば、現実こそまさに、セイレンの歌を、寝ても覚めても呼び起こすものだからである。

「もし、交感がないとしたら、われわれにとってなにものも存在しなくなるだろう。交感は、罪によって確固と表現されるのである。交感は愛である。愛は、愛が結合する者たちを穢すのである」

バタイユはいった。

十一月四日

独り思うは、賢いが、
独り歌うは、愚かなことだ。
わたしのまわり、輪なって、静かに座れ、お前らよ。
お前らを、讃える歌を、聞かせよう。

これほどまでに、若々しくて、調子はずれに、はしゃぐ鳥。

お前らは、性悪の鳥、
お前らは、愛するために、
美しく、時を忘れて遊ぼうとして、この世に生まれてきたようだ。

ニーチェはいった。

この年の十一月、ここ鎌倉は、色を待つべき寒さとは無縁だった。ひとかけらの秋霜《しゅうそう》が、心を震わせることはない。コートさえ、一片もみえない。観光客たちは、紅葉時期の特定に余念がない。おそらく、十二月の第一週になるだろう。彼らは、去年の紅葉と比べて一節、述べる。一昨年の紅葉と比べて、一つ講談を催す。しかし、この講談に登場する秋の虫たちは、この秋に、自らの調べを麗らかに歌って、死んでいく。われわれにとって、この秋は「秋」ではない。キリギリスたちにとって、この秋は、はたして、「秋」でしかない。なぜなら、キリギリスたちは、名をもたぬからだ。どのキリギリスが死んでも、われわれはキリギリスをみつづけるだろう。

「今朝、庭を整えていたら、作務衣についてきたんだよ」

和尚さんはいった。

昨夜、キリギリスが一匹、庭に面した緋毛氈《ひもうせん》の上で死んでいた。かれらは、「愛する」ために、生まれてきた。美しく、時を「奏でる」ために生まれてきた。

この、小憎たらしい虫たちよ。われわれの技を、生まれながらに超絶している虫たちよ。

われわれの業を、生まれながらに超克している虫たちよ。

「リンリン」

ニーチェの哲学で、大いなる悦びは音楽体験と、万々、切り離しえないものである。双方が果たす中心的役割をつらつらと考えてみよう。そうすれば、君は解するだろう。ニーチェ思想の信憑性は、音楽についての着想がもたらす信憑性に依存せざるをえない。

このような着想は、二つの命題に概括される。しかも、これらは相互に補完しあうものである。

第一の命題。音楽は悦びを意味する。「音楽」である一切のもの、その本質には悦びがある。第二の命題。第一の命題を転じたものである。すなわち、悦びは「音楽」を前提としている。悦びとはそもそも、音楽的なものである。

ここで君は、世界を省みているかもしれない。君はどのような世界と対面しているだろうか。いま現在、音楽同士の排除はいや増すばかりかもしれない。一つの音楽への従属を強いるばかりかもしれない。はたして、嘆き悲しむ才器ばかりが音楽に惚れ込み、一方で、悦ばしき才能は音楽について、なにも知りえなくなっているかもしれない。

ここで、君は問うだろうか。

「悦びとは、選別なのか」

「選びとられなければ、生は無価値なのだろうか」

ところで、このような沈潜を介さないまま、音楽的な軽妙さに達する者たちがいることもまた、事実である。芸術的人間とは、まさに、沈潜を知らぬままに、悦びを感得する者である、といえるだろう。

確かに、悦びが、ニーチェにとって支配的なテーマである悦びが、天稟《てんぴん》たちの関心を引くこともあるだろう。だが、それだけではない。「悦びとななんぞや」、というテーマが、天才的芸術家たちと反対の人々、つまり軽妙さに至ることのないまま、音楽的快感を経験している人々の興味の的にもなりえるだろう。したがって、ここでは「悦びとはなんぞや」、という問いに関して論じられるべきかもしれない。しかし、「悦びとはなんぞや」、という議論によって、所述の二つの命題、「音楽は悦びを意味する」と「悦びは音楽的なものである」、という命題の妥当性を論証する作業は、水泡に帰すかもしれない。

「今日はまた、ひときわ朗々と風がそよいでいたね」

和尚さんはいった。

今日から数日の議論では、ただ一つの問題だけ、説得力をもちうる一つの問題だけを扱うことにしよう。これら二つの命題、いまだに是とも非ともみなされないこれらの命題が、はたして真実として認められるだろうか。換言しよう。どのような見地に立てば、これらの命題は真であるとみなされるだろうか。

「トン、トン」

雨が降り始めた。

「トトン。トン」

長寿寺の今日は、これにて終いである。

「ムムム」

十一月五日

一転して、晴れ。

政治に囚われ、政治にもたつく者たちの弁論。テレビから流れてくる彼らの表情は、無下である。彼らの声は、いかさま、無作法である。彼らの声は、生成流転する己を否定している。「イメージ戦略」、だそうだ。こうして、本分からどんどん遠く離れ続け、自らを否定していくのだろう。自ら論理的であると呼称し、自らの正当性を喧伝し、自らの権力を死守しながら、自らを否定して死んでいくのだろう。無下である。

「生きることとは、そのまま死ぬことである」

古来より、さまざまな不条理が公開されてきた。しかし、この不条理を前にしては、他のすべての不条理は潰《つい》えてしまうだろう。政治屋の口など、道化の足下に伏してしまっている。盛衰がこのように一転するさまこそ、快哉《かいさい》である。

「自らの名を求めた末路であろうか」

無罣《むけい》は独りごつ。

秋の匂いは、いかさま、死と生の激しい相克より発する。

秋の調べは、いかさま、死と生のおぼろげな境界線上にある。

「君の名をわたしはまだ知らなかった。知らなかったゆえに、これまでわたしは、君に無数の名をつけてきたのかもしれない。君の名を呼ばなければ、君は答えてくれない、そんな気がする」

昨日の議論のうち、まずは第一の命題の検証から始めよう。

「音楽は悦びを意味する」とは、音楽的な在り方として、悦びの本質である。しかしここで、とみに論が中断されてしまう。なぜなら、いまだに十分な準備、有効な議論への準備が整っていないからだ。他のだれとも同じように、古今東西、だれもが感じているように、ニーチェにとっても、音楽は、最も激しく生命が歓喜する瞬間であり、標である。

「大いなる悦び」とは、他のありとあらゆる身体的な快感、精神的な快感に敵しうる、あるいは優るほどの快楽である。なかんずく、性的快楽に比肩するものであろう。

エクスタシー。この言葉が最も用いられる場面を、君は思い浮かべればよい。じつに、明々白々であろう。

「感受性は極度に高められる。われわれは、常々、感受性を中世的客体に振り向けている。しかし、感受性をこのような客体から切り離せば、それだけで十分だったのだ」

バタイユはいった。

けれども、別に一つ、明白なことがある。存在することの悦び、実存することの悦びは、音楽的関心とは無関係でもあるのだ。いかさま、瞭然であろう。性的関心をまったくもたないままに、人間が生きていけることもまた、確かである。エクスタシー体験となると、いわずもがな、であろう。

はたして、われわれになにがいえるだろうか。

ニーチェを含めたある人々にとって、音楽的表現においてこそ、存在する悦びは頂点に達する。音楽的表現において、悦びは、至上かつ究極に全うされうるのである。したがって、これ以上のことはいえない。

他の人々にとっては、事は異なる。音楽的な表現から推し量れる悦びなど、微塵もない人々がいることは、いうをまたない。

さて、これより先の議論を重ねることは避け、最初の命題に戻るとしよう。

「音楽の精髄に因ればすなわち悦ばし」

いかさま、扱いづらい命題である。如上のように、この命題への反論は頻々たるものである。けれども、議論を一般的なレベルに引き下げよう。おそらく、音楽が悦ばしいものであることは、万遍なく受け入れられるはずである。すると、悦びの特徴が見いだせるだろう。一般的な意味での悦びとは、偶有的な悦びとしてある。詰まるところ、この偶有性は、音楽本来の使命に二次的に付け加えられた効果に因るものである。

君よ、憂うなかれ。君よ、哀しむなかれ。

多くの人にとって、音楽的な悦びとは、憂愁や悲哀を「昇華」させるべく、呼び起こされたものである。

ラフマニノフはいった。

「音楽は悲しみの子供である」

これが父祖伝来の、絶えることなく綿々と続く見解である。この一文の意味を、すべからく、明らかにしなければならない。

音楽は悲しみではない。音楽は、悲しみから済度するものである。音楽そのもののうちには、悲しみなど一点もない。あるのは悦びである。なぜなら、音楽こそ、まさに悲しみを癒すではないか。

けれども、この悦びには、マイナス面がある。確かに、マイナスがある。ここでいう幸福には代償がつくのだ。

すなわち、幸福が存するところに減点があるのだ。減点とはすなわち、実存につきものの苦悩からの逃避である。

苦悩が減ればよいではないか。否。これもまた、マイナスなのである。かりに部分的にであったとしても、かりに一時的にであったとしても、君の生はマイナスを蒙る。一般的にいわれる音楽的悦びとは、苦悩から逃れようとする引き算に存するものなのだ。いわばこれは、ギブアンドテイクである。音楽が一寸増えれば、現実が一寸減る。

君よ、春だけをめでるものかは。

君よ、桜だけをめでるものかは。

君よ、過去だけをめでるものかは。

君よ、未来だけをめでるものかは。

いま、ここは秋である。秋がなければ冬もない。苦悩から逃げることは、秋を待たずに春だけを望むことである。冬から逃れて、常夏を希求することである。君は、冬を、不条理である、と告発するだろうか。いかさま、愚かであろう。われわれは、これほどまでに、秋の匂いに抱き込められているではないか。われわれは、これほどまでに、秋の調べに擁されているではないか。

君よ、足下をみよ。

ここに、ひとひらの秋が舞っている。

十一月六日

「コーヒーブレイク」

じつに西洋は論理的である。

「なぜ、いま、ここでブレイクなのか」

君の行動は、必ず二元化され、説明を求められる。

朝餉に善哉《ぜんざい》、感動は計り知れないだろう。どこかで、ひねもす猫が寝ている。感動は不可量であろう。

わたしは猫になりたい。

狗子《くす》仏性《ぶっしょう》、全提正令《ぜんていしょうれい》。
纔《わずか》に有無に渉《わた》れば、喪身失命《そうしんしつみょう》せん。
無門《むもん》和尚はいった。

音楽と過ごす時間は、現実世界に抗する時間に同一化されていく。これはいわば、「安息所」である。現実の緊急性から「一息つく時間」、これが、音楽の時間である。音楽がもたらす休息、休息としての音楽、このような考え方が現実への憂苦を表す指標となっている。いかさま、顕然たる事実である。一般的には現実に対する見地から、個別的には自らの実存に対する見地から、充たされない気分、不充分の感情、欠如の感情を覚えている人々がいる。このような事実こそ、休息としての音楽という発想へと不可避的に至らしめるのだ。

「ロマン主義とはなにか。およそいかなる芸術、いかなる哲学も、成長し闘争している生に奉仕する治療薬と、そして補助手段とみなされて、然るべきである。それらは常に、苦悩と苦悩する者を前提にしている」

ニーチェはいった。

欠如の感情が「ロマン主義」の本質である、彼はこのように定義する。これは、人間精神に深く入り込んだ傾向でもある。そして、このような傾向が、ロマン主義的と呼ばれる歴史時代を、茫々《ほうぼう》と埋めていたのだ。

「苦悩する者には、二種類ある。一人は、生の充溢のゆえに苦悩するものである。彼らは、ディオニュソス的芸術を求め、生に対する悲劇的な見方と、洞察を求める。もう一人は、生の貧困ゆえに苦悩する者である。彼らは、休息、静寂、芸術と認識による現実からの救済を求める」

ニーチェはいった。

「最も豊かな生が充溢する者、つまりディオニュソス的な人間は、ただ怪異な恐ろしい姿をとることを自らに許すばかりではない。この者は、恐るべき行為そのものさえも、破壊、解体などのあらゆる贅沢さえも、自らに許すことができる」

ニーチェはいった。

ニーチェによれば、充溢する感情は、もっぱら「古典的」な芸術にのみ許されたものである。無論、音楽が、欠如を表現するという任務につくこともあるだろう。けれども、このような音楽が抽《ぬき》んでて音楽的である、とは必ずしもいえないだろう。いかさま、音楽は、華々しい大作曲家による赫々《かっかく》たる成果の証しでもあるのだ。

君よ、耳を澄ませ。君よ、目を澄ませ。

君の呼吸は、秋気とともにある。幾片の秋気が、われわれの身体を巡っている。

嗚呼、無片の秋気に抱きしめられた、ここ長寿寺に君は住んでいるのだ。

君の身体は、いま、ここで、一切を受け入れるしかないのだ。いま、ここで、一切を肯《うべな》うしかないのだ。それが、身体である。君の呼吸は、世界の匂いとともにあるのだ。君の呼吸は、世界の調べとともにあるのだ。

「音楽」とは、なんぞや。「音楽」とは、どのように優れているのか。

音楽の天性は、一切現実、ことごとくの肯定に存する。これこそ音楽の効果の真骨頂である。「世界へ然りという力」こそ、音楽がわれわれにもたらすものである。

したがって、悲しみを表現する音楽は、仮に、このような悲しみの音楽から、代償としての鎮静効果がえられるとしても、ある意味、これは音楽への裏切りである。

悲しみは音楽本来の表現ではない。これは別の目的を負わされた、歪曲である。これは、音楽によって原理的に達成しうる目的から、外れてしまっているのだ。

音楽が授けるものは軽妙さである。

微塵の躊躇《ためら》いも不満足もないような軽妙さなのである。

さすらう者の道を、矯正することはない。さすらう者には、自ら然るべく、道ができている。

羌笛《きょうてき》声、晩霞《ばんか》を送る。

一拍一歌、限り無き意。

廓庵《かくあん》和尚はいった。

「わたしは祝福する者であり、肯定の『然り』をいう者だ。ほんのわずかな知識は、確かに可能であろう。だが、わたしが万物において見出した確実な幸福は、万物が、むしろ、偶然の足で『踊る』ことを好む、ということにある」

ツアラトゥストラはいった。

「人間にとっては、大地も人生も重いものなのだ。それは、重力の魔の「仕業」である。しかし、軽くなり、鳥になりたいと思う者は、己自身を愛さなければならない。これがわたしの教えである」

ツァラトゥストラはいった。

悲しみを癒す音楽は、最終的には一片の現実を排除してしまう。このようにして、音楽の効果が歪んでしまう。ニーチェによれば、これは、例えばシューマンの音楽において感知されうる。

「ドイツやフランスのロマン主義的な抒情詩人たちが夢みた『青年』。この『青年』は、シューマンによって完全に音楽のなかに移しこまれた。『永遠の青年』であったシューマンによって。もっとも、彼の音楽には、『永遠の老女』を思わせる瞬間があることも、また事実である」

ニーチェはいった。

「永遠の青年」を喚起させるシューマンの音楽。しかし、「青年」は同時に、「老女」でもある。救済手段として掲げられた「永遠の青年」、これは必然的に、「永遠の老女」を浮かび上がられる。「永遠の青年」である結果として、そして代償として、「永遠の老女」を浮かび上がらせるものなのだ。

そして、これは、モーツァルトとベートーベンを画然と分かつ断裂のうちにも認められる。秋の思いは、いかさま、悦ばしいものであるはずなのだ。購えない君への罪もまた、いつか必ず、悦ばしいものになるだろう。冬を迎えることで、きっと。

十一月七日

「世界へ然りという力」こそ、音楽の力である。われわれは、自らの業によって、いったんは音楽を歪曲するのかもしれない。そこから「大いなる音楽」、「自ら然るべき音楽」へ至るか否か、これが大作曲家の法となるであろう。

君の呼気もまた、いつかきっと、大いなる音楽として届くはずだ。

長寿寺を抱擁する秋声。鎌倉全域を抱擁する秋声。いま、ここの秋気もまた、「大いなる音楽」である。こうして、わたしの身体が、一切の感覚が開かれていく。

北鎌倉の駅に降り立つ一組の老夫婦。彼らは、じつに軽快だ。円覚寺の門前で、地図を広げたり、写真を撮ったりする同年代のグループに背を向けて、歩き始める。装いは秋の鎌倉にふさわしく、足取りも、年相応である。秋の爽やかさと、みごとなハーモニーを整える軽快さである。

「さ、行こうか」

「はい」

彼らは、これまで幾年を、ともに過ごしてきたのだろう。彼らは、これから幾年を、ともに過ごすのだろう。いやはや、無用な忖度《そんたく》であろう。彼らには、もはや、余分な意味、説明、目標はいらない。彼らは、然るべく過ごすだけである。

「うん、きっとそうだろう」

無罣《むけい》は独りごつ。

「われわれも、きっとそうなるだろう」

大きなる音楽は、彼らの懐に、不可視の懐に宿っているにちがいない。そして、君とわたしの懐にも。

彼らは明月院へ向かうようだ。わたしも彼らの背を、少し離れて、少しの間、眺めるとしよう。彼らの足取りに従うとしよう。

モーツァルトとベートーベンのあいだにある断裂について、しばしばなされる解釈がある。モーツァルトからベートーベンへの変遷、これは浅層から深層への過程である。表面的で軽々しい悦びから、幸福への入り口である。このような幸福とは、苦悩を切り抜けてのちに、ようやくえられる、深沈とした確固たる幸福である。このような幸福とは、はたせるかな、信に足る幸福である。不壊の幸福である。

けれども、ここに、別の解釈もある。より繊細な耳をもつ者にとっては、先の解釈は反転させられる。ベートーベンの音楽は、純粋な軽快さを排してしまった。この軽快さを捨て、論理的な幸福に至ることは、はたして、信に足るものになることだろうか。否。実際は、深層から浅層へ移ることである。

詰まるところ、禅味《ぜんみ》を感じる者たちにとって、モーツァルトからベートーベンの移り変わりは、悪化と診断されるのである。さらに辛辣な評価もする。ベートーベンに認められるもの、それは音楽的な効果の方向転換だけではない。芸術それ自体の転覆なのである。

「ベートーベンは芸術のプリンスどころではなく、『芸術への反逆的プリンス』である」

ロラン＝マニュエルはいった。

いかさま、これは過ぎた讒謗《ざんぼう》かもしれない。モーツァルトを称揚する煽りで、ベートーベンは罵られていいのかもしれない。しかし、芸術の妙趣が、論理的という「重さ」ゆえに、汚されてしまうことも、また確かである。

「生は快楽の泉である。けれども、至るところから卑賤の民が来て口をつけるから、あらゆる泉は汚されてしまっている」。

ツァラトゥストラはいった。

「知性は、操作が難しい、ぎこちなく動く陰鬱な機械である。人々は、この機械を運転しながら、しっかりと考えようとする。その時、人々はいう。『ものごとを真面目にとろう。』人々にとって、しっかりと考えるということは、なんと厄介なことなのだろう」

ニーチェはいった。

「身の軽い者たちよ。どうしてわたしが、神々しい踊りに敵意をもつことがあるだろうか。わたしの歌は、重力の魔を嘲る舞踏の歌だ」

ツァラトゥストラはいった。

「『古き良き時代』は去った。モーツァルトがこの最後の歌を奏でている。彼においてはなお、ロココ風がわれわれに語りかける。われわれはなんと幸せなことか。彼の『優雅な物腰』が、彼の洗練された情熱がわれわれに訴えかけてくる。嗚呼、だがこれもいずれ終わりを迎えるだろう」

ニーチェはいった。

君は訝しむかもしれない。

確かに、音楽からは、快い感覚だけがえられるかもしれない。しかしこれで、「音楽がなければ、生は誤謬《ごびゅう》となる」、とまで明断することができるだろうか。

確かに、音楽からえられる感覚は、快いものである、けれども、これは重要な感覚であるものの、生に不可欠な感覚なのだろうか。もしかしたら、無視しうる感覚なのではないのだろうか。

「ピーヒョロロ」

「リンリンリン」

きこりの唄や、童子の唄、笛や太鼓の音、秋の調べは生を無条件に肯《うべな》うのだろうか。だが、演者は答えを知らない。それを知るのは、君だけだ。

確かに、このような感覚は、然るべき栄誉を与えるに相応しい、この世で唯一のものであるだろう。けれども、このような感覚について、真剣に考察することはできるだろうか。

「ドンドン、ドドンド、ドン」

この演者は、人にあらず。

純粋な悦びには、留保という影が一点もない。

純粋な悦びは、自ら進んで軽薄さの嫌疑を受け止める。なぜなら、世で最も深遠なる感覚だからである。

純粋な悦びは、自発的に、卑俗さの嫌疑をも受け入れる。なぜなら、純粋な悦びとは、最も高貴なる感覚だからである。

「死を思わせる陰鬱さとはまったく無縁の音楽、これは必然的に俗悪になる」

シオランはいった。

この一文には、一般的に、言外の意味があると理解されている。ここに、悦びが絶妙にも表現されているのだ。この至言に対し、わたしは一つの逆転した言い回しで応じたい。すなわち、陰鬱さが一滴も混合していない音楽、無とさえも無縁な音楽こそ、無上に貴いものである。

「そもそも、生のなに一つとして俗悪であるはずはない。ましていわんや、悦ばしいものが俗悪であることはない」

和尚さんはいった。

ふと、書院をのぞいてみる。

北鎌倉駅から歩き、やはり、左へ折れていった老夫婦。数時間後、彼らが、寺の前庭をみながら、黙して座している。他に二組の参拝客がいて、整然としながらも思い思いに生を楽しむ苔をみながら、談笑している。そのうちの一組には、英語で説明する日本人もいる。

「寺の雰囲気」「足利尊氏の墓」「緋毛氈(ひもうせん)の目的」「お釈迦さま、観音さまの存在」「苔の手入れ」、じつに説明困難なテーマである。この説明に挑もうとする英語力には、頭が下がる。

それぞれ、みな、礼儀正しい。しかし、確かに彼らは、長寿寺にきた意味を探し、苔を理解しようとしている。

一方、老夫婦の間には、「音楽」が流れている。秋の調べが、黙々と、また深々と流れている。いかさま、至高のハーモニーであろう。彼らは、それぞれが苔と同化してしまっているのだろう。あるいは、二つながら、秋の調べの音符であるのだろう。

「彼らは二人まとめて、秋の一間にふさわしい」

無罫《むけい》は独りごつ。

そして、彼らは無上の哲学者であるのだろう。自分を語ることを止めた彼ら以上の哲学者は、世にいるはずがない。彼らの「音楽」が、いま、ここに、溢れている。

「哲学者の精神が、優れた舞踏者である以上のことを願うとは、わたしは思わない。舞踏こそは、哲学者の理想である、とわたしは思う」

ニーチェはいった。

「ましていわんや、悦ばしいものが俗悪であることはない」。いかさま、悦びについての一般的な感性を啓かせる示唆に富んだ筆法である。けれども、このような含蓄が、十分に驚くべきものであることには変わりない。悦びという単語に伴う「ましていわんや」。この「ましていわんや」によって、われわれは、悦びがあるところに、普段は低俗さがあることを解するだろう。だからこそ、俗悪さに落ち込むことなく悦びがある、という仕儀は非日常なのだ、それはまた、鎌倉という日本にぽっかりあいた間である。

わたしはいま、長寿寺にいる。

「トビが飛んでいる」

平凡な生など、知りえない。「ニーチェの悦び」とは、じつに並外れたものだ。

一般的な悦びにおいてなお、価値は言外の意味にある。「ましていわんや」、音楽の悦びにおいてをや。

仮に、悦びしか表現していない音楽があるとしよう。これはまた、随分と格を落としてしまった音楽ではないだろうか。すなわち、良くても毒にも薬にもならない音楽、悪くては低俗な音楽である。このようなものが、興《きょう》や歓《かん》に値するような情緒的仕事をするはずがない。

「音楽がなければ、生は誤謬《ごびゅう》となる」。このような「音楽」は、他のどのような音楽よりも、人情の妙味《みょうみ》について知悉《ちしつ》しているのだ。このような「音楽」は、最悪なものまで含めた、あらゆるものを溶かし尽《ことごと》くすのだ。このような「音楽」においては、最もメランコリックな気分ですら、完全に表れ出でることはない。

ニーチェがわれわれに薦める「音楽」は、自らの普遍的な軽妙さの坩堝《るつぼ》のうちに、ありとあらゆるものを溶解せしめるのである。それにそもそも、この軽妙さこそ、一切の心の機微を、最も感動的なものに由来する心の機微を、表現しているのではないだろうか。

「いつか空を飛ぼう」

ニーチェはいった。

これがすなわち、悦びである。

ひょいひょい。君が手を振れば、トビもタカも唄うだろう。そしてメジロも唄う。いつの間にか、ウグイスも参じていることだろう。

君の生は、悦びである。君が奏でる音楽こそ、君と聞く音楽こそ、生の悦びの現れである。

これこそまさに、スピノザが認めた愛、掛け替えのない愛、人間というものの愛ではないのだろうか。

三時になり、長寿寺は山門を閉める。

われわれは、いつか空を飛ぶだろう。

しかし、秋にいながら、春はまだ遠い。ましてや、秋はほど遠い。

十一月八日

音楽の悦びについて考えることは、今日でしまいにしよう。

おそらく、わたしは、秋の調べについて、いまだ考えているからだ。くさくさと、考えているからだ。秋の調べを、あいかわらず、せっせと整えようとしているからだ。わたしが考えるとき、この身体は、一つのみへ開かれていて、残りへはまったく閉じられている。そうして、わたしは、秋気の因果を知ろうとしている。けれども、はたして、知ることなどできるはずはない。このことを、知っているわたしは、自縄自縛である。

「秋の虫たちの音楽は、なんと軽やかなんだろうね」

和尚さんはいった。

長寿寺の裏庭では、徐々に、秋の装いが目に鮮やかになってきている。秋の虫たちの調べもまた、ますます活況を呈してきている。彼らは姿を見せぬまま、悦びを奏でている。否。悦びといってしまえば、彼らへの礼を失するだろう。なぜなら、彼らは、然るべく、「彼ら」を奏でているだけなのだから。

「虫たちには、よそよそしさはまったくないのだよ」

和尚さんはいった。

「街《てら》いももちろんね」

「われわれは、いよいよ愛情に溢れ、いよいよ広やかに蒼穹を抱擁し、その光をいよいよ深く、おのれの枝と葉のすべてをあげて、吸いこむのだ。われわれは、樹木のごとく成長する」

ニーチェはいった。

われわれの意に適うものとはなんだろう。われわれは、樹木を伸ばすばかりにしない。われわれの「美」に適うように、彼らを解釈しなければならない。

しかし、君よ、ここをみよ。狭い世界が、じつに伸びやかに表現されているではないか。

山門からの道は、寺の内側にある。けれども、通じるべきなにがしかが、はたしてあるのだろうか。

ヴァーグナーの古典的なロマン主義と対比させられることができる作曲家たちがいる。ビゼーがその好例であろう。そして、このような作曲家たちの一人に、ジャック・オッフェンバックがいる。彼は音楽の効果を、最もシンプルな表現に単純化させている。この手法によって、繊細な耳をもつ者たちは彼を、軽妙な音楽家としてみなすのである。

オッフェンバックの表現はまさに至高の悦びである。これは、抗いがたい悦びである。それだけではない。彼にとって悦びとは、奇跡に近いものなのである。彼自身が、無邪気にも、このことに驚嘆しているのだ。

「いやはや、わたしがこれほどまでの悦びを感得するのに、なにをしたかですって」

オッフェンバックはいった。

彼の音楽がどれほど俗悪なものとみなされようと、どこかのだれかによって「音楽の低俗性の極み」と評されようと、彼の音楽は、パロディーや道化という仮面の下に、最も強烈な情動を隠しているのだ。だからこそ、彼の音楽には、奇跡的な悦びがあるのだ。それは、秋の虫の調べに似ている。

彼らの調べには、生死そのものがある。この音楽はエロティックであり、なお秩序的である。

「リン、リン、リン」

「リン」の高揚のたびに、エクスタシーへと昇っていく。最後の瞬間に、君は死に隣接し、生を把捉するだろう。

いかさま、否、「いやはや」、大多数の耳は秋の調べを、誤ってしか理解しないだろう。オッフェンバック音楽もまた、秋天と同様である。彼の前にはモーツァルトが、彼の後にはラヴェルが、このような音楽をなしえている。

この庭は、不調和なのだろうか。だれかが尋ねるかもしれない。あれか、これか、なにが主なのか。

上下左右がばらばらの、無作法な美にみえるのだろうか。否。断じて否。一見、不合理なものに、然るべく美がある。一見、単純なものに、大いなる深奥がある。君が美を定義するのなら、もはやこれは、「美」という名詞でしかないだろう。

「日本の美」と銘打たれた商品をみる。しかし、これらのコマーシャルに用いられている「美」とは、日本の美ではない。西洋哲学における美である。西洋美学によってカテゴライズされた美である。

「慈しみなのかもしれない」

無罣《むけい》は独りごつ。

「それは、自然への深謝なのだろう」

このような「美」によって、われわれはなにも理会しないだろう。このような「美」による説明は、理解しうるだろうが。慈しみは、因果を超えたものである。否。因果の無いものであろう。この理会によってこそ、悦びは感得されるのである。

「いやはや、わたしがなにをしたかですって」

快哉《かいさい》である。

無邪気な驚きとは、じつに、言語を絶したものであろう。

オッフェンバックには、このような理会があった。そして、雑な耳には、彼の音楽は低俗に聞こえる。これこそ、オッフェンバック音楽の品位を、より信に足るものにする一つの事実である。オッフェンバック音楽の風格が、彼を解釈する世俗の効果によって、光を奪われること、頻々なのである。

はたして、悪い音楽などというものはあるのだろうか。否。あるのはただ、悦びを十分に与えられない音楽だけである。

オッフェンバックは二流の音楽家なのだろうか。否。似非音楽家なのだろうか。否。

この小話で、禅頌《ぜんじゅ》の拍子に従ってみようではないか。

但《た》だ聞く、楓樹《ふうじゅ》に晩蝉《ばんぜん》の吟ずるを。

廓庵《かくあん》和尚はいった。

音楽を議論する批評家たちにとって、楓樹《ふうじゅ》はまさに、湿っぽく陰った樹木でしかない。化け物と化す、一歩手前の楓でしかない。彼らには、然るべき驚きなど、あるはずがない。この批評家たちにとって、晩蝉《ばんぜん》とは、秋の遅れ蝉、まさに死の一歩手前にある蝉でしかない。彼らには、然るべき悦びなど、絶無であろう。

「ユダヤ人が芸術の領域で天才に触れたのは、ハイネとオッフェンバックによってであった」

ニーチェはいった。

彼がオッフェンバックを知る機会は、極めて稀にしかなかった演奏会だけであったはずだ。したがって、ニーチェにとってオッフェンバックの音楽は、彼らの事実上の接点を超えたところにあった、というしかない。すなわち、ニーチェ自身が音楽家であったように、オッフェンバックもまた、哲学者であったのだ。

「音楽がなければ、生は誤謬《ごびゅう》となる」。確かに、このような音楽は、自ずから、然るべく存する。自らそうである、と知らぬままに、人間の妙味《みょうみ》について知り尽《ことごと》くしているのだ。

「リン、リンリン」

「ドン、ドドドン」

「まさに、妙なる調べであろう」

和尚さんはいった。

この調べは、いま、ここにある。だからこそ、この調べに会う者たちは、時空を超えて交感できるのだ。

「いつか空を飛ぼうとする者は、まず、立ち、歩き、走り、よじ登り、踊ることを学ばなければならない」

ツァラトゥストラはいった。

君よ、踊れ。空に舞え。君は、いかさま、錦繍《きんしゅう》のようである。

わたしはまだまだ、恐ろしい。わたしの立っているこの場が、これほどまでに険しいことを、わたしは恐れる。わたしの生が、これほどまでに、重苦しいことを。わたしの生が、これほどまでに、険阻であることを。

わたしは君を思いながら、ニーチェの悦びについて、考えこんでしまう。

君よ、叱咤せよ。打擲せよ。

君への道は、巍々《ぎぎ》たる山。君への道は、峩々たる道。わたしが君と直に面したとき、振返ればそれは、地獄への道となっていることだろう。

どこで君に届くのか、いまだ知れず。いつ、君に届くのか、いまだ知れず。なぜ、君とわたしは分かたれたのか、いまだ知れず。

しかしわたしは、わたし自身が「罣」であることだけは知っている。そして、これからも、これまでのように、ニーチェの悦びが、君への導きの糸になるだろう。

君よ、悦びの音楽を奏でよ。そうすればわたしは、また一歩、綱の上を進めるだろう。巍然《ぎぜん》として、雲表に存する君へと、一つ、歩を進めるだろう。

ニーチェはいった。

さあ踊れ。幾千を超す背の上で、
波の背の上、荒れ狂う波の戯れ、その上に、
栄あれ、新しい踊りを創るこの者に。

幾千の艶なる振りも、これほどに。さあ踊れ。

自由こそ、これこそ芸の、名であることを。

悦ばし。これこそ智慧の、名であることを。

十一月九日

朝の数時間だけは陽光に包まれていた。「だけ」。陽光とはこれほどまでに、移ろいやすく、儚いものである。

「おはようございます」

「昨夜の月は、じつに清《きや》かであったよ」

和尚さんはいった。

陽光に比せられるほどに儚いものは、一つしかない。悦び、である。

「今日の話はなんだい」

この儚さがあるから、生は厭わしくもある。けれども、この移ろいがあるからこそ、生は悦ばしいものなのである。

生とは、きっと、太陽の光なのであろう。

君を照らす月光なのだろう。

きっと、ありとあらゆるものに、選別することなく注がれる悦びなのだろう。それは、生それ自体が悦ばしいものである証しである。

小雨の鎌倉。長寿寺には、少なからぬ問い合わせがきている。

「今日は、開放されていますか」

「今日は」

これもまた、時の移ろいに対する不安の表れである。寺庭夫人は、きっとお昼ころまでは、と受け答えている。

天は自らを援けるのみ。自らを援ける者は、天に通じるはずだ。

秋の鎌倉の訪問者の年齢層は、はたして、予定されている通りだ。彼らの歩みは、鎌倉の歩みでもある。そして、彼らに囲まれて一人、わたしも、君も、鎌倉の歩みによって支配されている。ぽつり、ぽつり、と彼女たちが山門をくぐり始める午前十時。

長寿寺では、挨拶の一つ一つが、一切への慈しみを証しているはずだ。

苔の一息、一息が、慈悲を顕しているはずだ。

それ、と知られないままに。

「悦びとは、日常の一挙手一投足にあるんだよ。日常の作務にある」

和尚さんはいった。

「さあ、今日も床からだ。床を拭き続けなさい」

日常の作務から逃げる者たちがいる。彼らは、さまざまな自己弁護をしているだろう。彼らは、彼らを責めているのだ。だから、最も弱い者である。

彼らは、明らかな「畜群」である。

君よ、権力者こそが、恐れをなすのだ。孤独でいることに戦慄するのだ。昨日のニュースをみよ。これほどまでに、見苦しい政治屋たち。誰が彼らをあれほどまでに怯えさせるのか。国民ではない。有権者でもない。彼らの良心の呵責こそ、彼らの強がりの元凶である。彼らの良心は、孤独化を恐れる。否、孤独化を恐れるべく、良心は存する。そうして、畜群本能が、政治屋たちの中で「ものをいう」。

彼らは二重に、「畜群」である。

「『悦ばしき智』とは、長く恐るべき圧迫に、辛抱強く耐え忍んできた精神の、辛抱強く、峻厳に冷厳に、けっして屈服せず、しかもなお、希望がないままに抗ってきた精神の祝祭である」

ニーチェはいった。

「悦びの確たる標、いまだわたしに来ないのか」

無罣《むけい》は独りごつ。

君よ、全体主義というものがある。悦びの証しに、いわば全体主義的な標がある。有か、しからずんば無か。悦びとは、このいずれかでしかない。いったい、腹八分、という悦びを想像できるだろうか。弱い者は、なぜ自分がこれほどまでに喜悦しているのか、自問し、自縛する。では、強い者とは、はたして、どのような者だろうか。

君よ、足下をみよ。

悦びとは、じつに金甌《きんおう》無欠《むけつ》なものである。と同時に、別の観点からすれば空無ともなりうる。

悦びの場面の一つとして、例えば、浅羽屋で鰻重を食べているわたしは、どうだろうか。文人の愛した、鎌倉の鰻重、これこそ普遍的な悦びの標ではないだろうか。事実、この鰻重を食する者は、かくかくしかじかの個別的状況において、悦びをえている。けれども君は、即座に、合理的に、ある一つのことを推測するはずだ。すなわち、この者は、同じような別の機会においてもまた、悦びをえるだろうし、同じような別のもの、例えば、好みに合う別の食に対してもまた、悦ぶだろう。このように悦びは、無限に至るまで連鎖するだろう。

帰するところ、悦びとは、個別的なものではなく、普遍的なものなのだ。はたせるかな、浅羽屋で鰻重を食している者は、あらゆる悦びを享受しているのである。

君よ、足下には、乏しい栄養で手足が麻痺した人々がいる。死と対面し、苦悶しながら徐々に死んでいく人々がいる。活力を失った人々がいる。

わたしの眼前に広がる光景は、さぞかし悦ばしいものだろう。

彼らには、徹頭徹尾、受け身でしかありえない。

「ザクッ、ザクッ」

「あらゆる悦びを悦ぶ」。いかさま、心に染み入る言葉である。

この言葉は一つのメカニズムを示唆している。これは、悦びにおける肯定のメカニズム、と表せるだろう。このメカニズムは、個別の対象を不断に溢れ出ようとする。なぜなら、個別のものは、無差別にあらゆる対象へと向かうべく、悦びを掻き立てられ、悦びを惹起させられるからだ。

「うまい」

無罣《むけい》は独りごつ。

「嗚呼。それでもわたしたちは、いつか必ず、陶酔に充たされた、大いなる肯定へ至らなければならないのだ。わたしたちは」

大いなる肯定、これこそ、普遍的実存そのものを、「大いなる悦び」をもって肯《うべな》うことである。これは希望ではない。

希望。希望を口にするやいなや、君は希望に救いを求めてしまうだろう。それが、わたしの生の条件になってしまう。否。悦びは、森羅万象に対して効力を及ぼす。それは、現在、過去、そして未来のあらゆる実存形態を、無条件に肯《うべな》うことである。

希望など、否、否、否。三度、否。

君よ、天気予報など、みるべきではない。みればたちまち、君は昨日の鎌倉に嫉妬し、明日の鎌倉を呪うだろう。

十一月十日

いかさま、陽光とは悦ばしいものである。

昨日の議論にでた全体主義。悦びと全体主義、これらは確かに、異なるものである。しかし、興味深い接点もある。真に悦びを享受している者は、パラドクシカルにも、自分がなにについて悦んでいるのか、端的に説明することができないだろう。自分は、なにゆえ歓喜しているのか、その動機すら判然としないままでいるだろう。

説明不可能性。これこそ、悦びの特徴なのだろう。この者は、取り立てて主張することなどみつけられないのだ。と同時に、自らの悦びの理由についていうべきことが、あまりにもあり過ぎるのだ。いかさま、あまりにもいうべきことがある。

君よ、昨日の寒さを覚えているか。すなわち、今日の暖かさに感謝しているか。しかし、それは君の、いま、ここにある「生の身体」ではない。思うに、君そのものではなく、他のなんらかの知識でしかないだろう。なぜなら君は、秋が錦をまとう時期を、確かに、知っているからだ。「例年」、「今年」「気候」、これらを知っている君には、期待があるからだ。だからこそ、いま、ここを忘れているのだ。だからこそ、君もまた、あまたの観光客の言葉に、耳を貸すのだ。

いかさま、あまりにも知るべきことがある。

「もうすぐ紅葉だろうか」

無罣《むけい》はひとりごつ。

方丈の玄関では、参拝客を迎えている。

「さてさて、紅葉は今月の終わりころになるでしょうかね」

和尚さんはいった。

「嗚呼。まだ、君は遠い」

無罣《むけい》は独りごつ。

「ニーチェは、『自分の血でもって』執筆した。だから、彼を批評する者、あるいは、もっとよくて、彼を体験する者は、自分自身が血を流してみるのでないかぎり、このような行為を全うすることはできないだろう」

バタイユは言った。

「一語一語が、体験によって裏打ちされていて、内的である。それこそ、血みどろといってよい言葉である。しかし、大いなる自由の風が、それらの上を吹きわたっている。血を流している傷ついた言葉たちさえも、大いなる風の広やかさを損ねてはいない」

ニーチェはいった。

例えば、ワインが好きな人がいる。この者たちにとっては、様々なフランスワインのメリットを、いくら挙げ連ねても、挙げ過ぎる、ということはないだろう。

京都の風光明媚を頌《じゅ》することもあるだろう。博多や長崎の伝統芸能を、讃することもあるだろう。生についていうべきこと、生の魅力をいい尽《ことごと》くすことは、いかさま、遼遠なるものである。わたしたちに許されていること、それは、無限の源泉からほんの一掬《いっきく》を、口にするだけである。

そうありながら、一方で、生について何がいいうるだろうか。思うに、ほとんどいうべきことはないのではなかろうか。これもまた真である。

なにはともあれ、君は、生きていたのである。

不可視ながら、生きたのである。

この撞着こそ、「生きる悦び」の本質なのかもしれない。

「これでいいのだ」

和尚さんはいった。

これこそ、三昧境《ざんまいきょう》である。

悦びは、いかに精確な事実をもってしても、悦びという自らの名を保護しえない。いつ、だれが、どこで、なぜ悦んでいたのか、このような問いは、はたせるかな、無益である。さながら、桃の出処進退を問題化するようなものであろう。

桃は、桃でしかない。桃は、果然、桃である。

同じく、わたしはわたしでしかない。

問いの無常さ。

換言しよう。悦びの名を託しうる対象など、固よりありえないのだ。なぜならば、悦びの対象が、分析、反省による効果で腐食されていくのは、必至だからである。桃について語れば語るほど、桃は腐っていく。君は桃が、然るべく、腐っていくのを目にするだろう。

仮に、この世に全き二元論があるとしよう。これは、悦びの因果を語り尽《ことごと》くす。では、そのとき、悦びは悦びでありうるだろうか。完璧な二元論をもってもやはり、不可能性の限界に止まるだろう。いや、これほどまでに精緻かつ明晰な分析によればなおさら、悦びはどんどん、定義できなくなっていくはずだ。

果然、悦びは脆弱である。詮ずるところ、悦びの構造とは、無限の時間と空間の中における、露のような儚い状況に他ならない。

果然、悦びは不老不死である。哲学者のいかなる明晰性をもってしても、悦びを、いわば嘲笑的なもの、取るに足りないものとして顕示することはできないはずである。

悦びとは、これほどに、奇異なものである。

詰まるところ、頼る土台がなくても、悦びはあり続けるのだ。

君のように。

しかも、ここにこそ悦びの尋常ならざる特権がある。君のように。

すなわち、あり続ける能力である。悦びに対して死刑宣告をすることなど、いったいどうすればできるだろうか。

「君よ、わたしの悦びであれかし。わたしに同情する者は、きっと不感症者なのだ」

無罫《むけい》は独りごつ。

君よ、悦びは、どこにでも、いつでも、あり続ける。わたしのもとに、常住坐臥《じょうじゅうざが》、あり続ける。

思うに、悦びが因果に伏することは、けっしてないだろう。

是非もない数々の矛盾がなす八方塞がり、例えば、ゲームオーバー寸前、けれども、まだ残されている起死回生の一発。このような状況においてなお、このような状況においてこそ、悦びは軽やかに踊り、翻るのだ。

悦びの妙技である。あらゆる理論に対して、超然としていられるのだ。悦びとは、そして、このような悦びの持続力とは、おそらく、合理的には理解しえないものだろう。これはすなわち、自らの死を超えて生き抜く術である。死後に蘇ることである。

悦びは妙法である。仮に、自ら死に処せられても、何事もなかったかのように意気揚々と歩き続ける、これが悦びなのだ。

ほら、そこにある色は、定められたかのように変化し、君を驚かすだろう。「かのように」という定めこそ、万古不易の悦びである。

「紅葉はまだ、少し先だろうね」

和尚さんはいった。

けれども、わたしは君を色でしか、知らないのだ。君の名でしか、知らないのだ。わたしは、色に名を刻印し、色を分類しなければならないのだ。

嗚呼、きっと君は、これほどまでに悶え苦しんでいるのだろう。いまや、定めを知っているのだから。しかし、わたしは今日まで、これまで君の名でしか、知らなかった。

明日は。いまだ知らぬ。「君の名は」。いまだ知らぬ。

だから、われわれは定めから逃れようとした。名という呪いは、君にとって悦びではなかったのだ。決して忘れ去ることのない名。

明日、長寿寺の木々は、匂いと彩りを変えているはずだ。

君よ、目をつむれ。

「はて、これは何色なのか」

無罣《むけい》は、独りごつ。

「ムム、ム」

十一月十一日

「お前と苦悩を一にし、お前が憂苦を遺漏なく知り尽《ことごと》くしている者たちだけを助けよ。お前の友達だけを助けよ。わたしは、彼らを、一段と勇敢な、忍耐強い、悦ばしい者にしよう。わたしは彼らに教えよう。同悦共悦を」

ニーチェはいった。

悦びとは、宛然《えんぜん》、アメーバーである。前代未聞の生命力のアメーバーである。二つ四つに切断したところで、それでもやはりアメーバーたちは動き続ける。まるでそこに、一つの意志があるがごとく、目的地を目指して突き進む。否。意志などないままに、ただひたすら、あり続ける。

悦びとは破格の生命である。

悦びとは、音楽にのって舞い踊る破格の生命である。ナイフでどれだけ突き刺しても、鋏で細切れにしても、息絶えることはない。

「果然、悦びは脆弱である」。「果然、悦びは不壊である」。

このような両面こそ、悦びの名に恥じぬものである。このような両面こそ、悦びが、特定の対象を拒むものである。

このような両面によって暴かれるものとは、一種の不均衡のようなものである。特定の対象は、悦びの継起、より正確に言えば悦びの「口実」でしかないのだろう。このようなアンバランスが、幽玄なる喜悦と、特定の対象との間に存するのだ。

はたして、このようなアンバランスが、悦びの根本であり特性であるのだ。

君よ、「苦悩を一にする」ことは、畜群の同情にあらず。これすなわち、悦びである。ニーチェがいうところの「共悦」である。君の涙は、すなわち君の悦びとなろう。そこではきっと、わたしの涙もまた、悦びとなるだろう。

「どこから来たのか、君は」

かつて、わたしは聞かれた。

「なぜここにいるのか。どこを目指しているのか」

無罣《むけい》は独りごつ。

「はてさて、その名を共に悦べる者など、何人いるのだろうか」

和尚さんはいった。

君とだけ共に悦ぶことができれば、すなわち、生そのものが寿となるだろう。

かの足利尊氏は、法号を二つもっている。一つは等持院《とうじいん》である。京都の等持院《とうじいん》がこれにあたる。別の一つが、長寿院《ちょうじゅいん》である。長寿寺は、尊氏の墓に見守られている。いまや、尊氏は「花は自ら紅なり」という、無碍《むげ》三昧の境涯《きょうがい》にある。死してなお、生きているからだ。長寿寺の本堂には、本尊のお釈迦さまがいらっしゃる。お釈迦さまの横には、衣冠束帯の尊氏像がある。

客は、ここにいま、ひざまずく。

これまでも、これからも、つねにぬかずく。

君よ、長寿院《ちょうじゅいん》殿が見えるか。彼の悦びを認めるか。彼の生とともにあるか。

嗚呼。われわれは、ばらばらである。

「君は、わたしのおまけでしかないからだ」

無罣《むけい》は独りごつ。

「わたしは君ではなく、だれでもない」

君よ、悦びのアンバランスは、必ず、一種の「おまけ」をなす。あるいは、悦びにとって本来の原因からすれば補足的な、不釣り合いな効果をなしてしまう。鶴岡八幡宮の大鳥居にある浅羽屋の匂いは、君の鼻をいつでも、どこでもくすぐることができるだろう。

詰まるところ、悦びの効果は、一つの限定的動機に関係するしかじかの満足を、はたして、無限大へと増殖してしまうのだ。「おまけ」の無尽蔵な効力の虜囚こそ、悦びの掌中にいる者である。この者が置かれている状況とは、思うに、説明も、いわんや表現も、不可能である。浅羽屋の饅重は、これほどまで見事に説明不可能なものなのだ。

ほら、匂いが漂ってきた。それは、君の身に匂いが沁みている証しだ。そのとき、君は悦びの掌中にある。

　プラトンはいった。

「もし、『一』であるなら、その一なるものは、多ではありえない」

「『一』には部分もありえないし、また、それ自身が全体であることもない」

「一なるものが『一』であるべきならば、それは、全体であるべきではない。また、部分をもつべきでもない」

「部分をもたないとすれば、それは始まりもなければ終わりもないことになる。また、中間もない、ということになる」

「一なるものは、始まりもなければ、終わりもない。したがって、限りの無いものになるのだ」

　君よ、これこそ悦びなのだ。

　君よ、足下を見よ。

　君よ、過去を見るばかりではなく、未来を見るばかりではなく、足下を見よ。

　プラトンは日本語に翻訳された。この書は、悦びをつぶさに分析している。

　悦びを、「大いなる一」と仮称しよう。「大いなる一」は、あらゆることを述べざるをえない。しかし、これは不可能である。これこそ、「大いなる一」の矛盾である。「大いなる一」自身は、なにも述べないのだ。これによって、悦びは言語の埒外《らちがい》に置かれてしまう。

　悦びは、言葉にしうるあらゆる存在物から排される。そうでなければ、悦びは、廃棄物として処されてしまうのだ。

「これほどまでに『大いなる一』は、『存在』から遠く離れてしまっている。いうべきことの『過多』、はたまた『過小』、このような両者の間で、生の肯定は道を失い、永久に、言葉を尽《ことごと》くせないままである」

プラトンはいった。

確かに、ニーチェは生の肯定を解き明かそうと試みた。けれども、このような所業は、いよいよ、聞きとりえない、理解しえない片言妄言《へんげんもうげん》へと堕ち込んでしまった。

われわれが耳にする、虫の声のように。しかし、われわれの言語こそ、われわれの檻であり、縄である。

君よ、プラトンの原文こそ、あらゆる「原文」こそ、二元論的不条理なのだ。翻訳とその原文、じつに不定だ。しかし、原文要請は、相変わらず峻烈である。

原文、言語、これらは君の檻であり、わたしの檻であり、一切がこの檻から呑吐《どんと》されるのだ。ここに止まるかぎり、相変わらず君は、わたしの「おまけ」でしかない。相変わらず君は、罪深いままであり、だれも、君を言祝《ことほ》がないだろう。無論、わたしもまた、言祝《ことほ》ぐことができない。

和尚さんはいった。

「脚下照顧《きゃっかしょうこ》」

寺庭夫人はいった。

「足下にお気をつけ下さい」

鎌倉街道を超えて、建長寺まで匂い立つような、茅葺《かやぶき》の山門。山門へと導く石段は、定めし、無数の足跡を認めてきただろう。無数の名も無き足跡、無限に連なる跡無き跡。無きがごとく足跡が、ここにはある。踏まれて、踏まれた、踏まれ返してきたこの石段には、確かに、伝えるべきもの、語るべきものがあるのだ。

これらの足跡は、空気なのだ。そもそも、空気こそ、分有されているものなのだ。分有する目的がないままに、分有する意志などないままに、われわれは分有している。

「君とともにありたい」

無罣《むけい》は独りごつ。

「君がいなければ、わたしもいないだろう」

ところで、悦びにおける「塞ぎ込み」、これを、君は聞いたことがあるだろうか。これはロマンチックな「塞ぎ込み」と照応する。

如上の議論によれば、悦びは、はたして、一種の「塞ぎ込み」として定義できる。一方、ロマンチックな「塞ぎ込み」もある。こちらは、憂い悲しみへと陥りがちである。

悦びとロマンス、対立する二つの精神がもつ傾向が、ここでは問題となっているだろう。

「君がいたから。そして、君を失ったから、わたしは動けないのだろうか」

無罣《むけい》は独りごつ。

しかし、この問題を分析するだけでは、十分ではない。悦びの最中にいる人は、語りえない。なぜ、自分は悦んでいるのか。なにが、これほどまでに自分を悦ばせているのか。悦びの動機、特徴は、言語を絶している、という点にある。一方、憂愁ただ中にいる者もまた、同様の事態にある。なぜ、自分は憂いているのか。なぜ、自分はこれほどまでに嘆いているのか、定かではない。なにが足りていないか。これもまた掴みどころがない。

「ム、ム、ム」

帳が降りて、灯火は尽きた。

「是非もない」

無聊《むけい》は独りごつ。

十一月十二日

鎌倉の街は、口にも易く、目にも易い。秋の鎌倉は、観光シーズンのメッカの一つであり、テレビやラジオで盛んに特集されている。名も知らぬゆえに「タレント」と世間に名付けられた哀れな人々が、街を擾している。彼らは名を知られたく、そして名を知られていない。

「君の名は、一体どこからくるのか」

無聊《むけい》は独りごつ。

わたしの鼻孔《びくう》をくすぐる、この空気よ。君よ、君の名を知る術はない。

君の名を知る者は、いま、ここにしかいない。

けれども、君の名が口にされるやいなや、君の名は滅せられていくだろう。
「嗚呼。どこへいくのか君の名は」
いわば、君の名は、薫香だ。
鎌倉の天気は、つつがなく健やかであるか。君の香気は、清勝であるか。然り。
いま、ここにある秋気は、おかげで定かにある。
ボードレールはいった。
己の脳に、死人が埋まる。
地下納骨所、共同の墓地、
ピラミッドより、より歴々と、
死人が埋まる。
雪深い年、雪はさざめく。
この倦怠が、
一切の興味が消えた、
鬱々とした心の果実。
この倦怠が、不滅の規模で、
今や広がる。
君よ、嘆くな。われわれは、一度必ず、ボードレールとともに、自らの憂鬱は無底である、
と慨嘆するしかない。

一度は必ず、家を出てさすらわなければならない。

じつに、憂いというものは無底なのだろう。足りていないなにかは、われわれが希求するなにかは、じつは、「実存するもの」が列挙してある記録簿には、ない。

われわれは繰り返さなければならない。この憂愁を。秋とはすべからく、愁いの秋でなければならない。したがって、君の深憂もまた、無底なのだ。君もまた、無際限《むさいげん》にニヒリズムを繰り返さなければならないのだ。

秋は、必ず回帰する。もし、悦びが、いま、ここに「ある」ものによってなりたっているとしたら、どうだろうか。

憂いの内側にある世界は記述しえない。そして悦びの世界もまた、記述しえない。にもかかわらず、悦びは、いま、ここに「ある」ものだとしたら、どうだろうか。悦びは、「生きる悦び」は、相変わらずその大いなる特徴によって分別されるだろうか。然り。このような徴、このような撞着こそ、「実存」なのだ。

この「然り」こそ、「当に然る理」である。不可能性を宿す道理である。

漠々《ばくばく》とした夢想的憂いと、縹渺《ひょうびょう》たる悦び、これら二つには、根本的な違いがある。ロマンチックな憂いは、現にそうではないものを記すことしかできない。だが不可避的に、それに失敗してしまう。

秋は、まさに、いま、ここにある。記すことは無限にある。しかし、なにもない。

窓が開け放たれた長寿寺の方丈には、秋が充ちている。ここを訪れ、ここでしばらく過ごす者たちは、ただ、過ごさなければならない。けれども、これは義務から離れた、「ならない」である。ただ過ごす、という定めである。これは、悦びである。

われわれがここから目にするものは、「ある」ものでしかない。一切の装飾が削り落とされた、「ある」でしかない。

ボードレールの筆跡にならえば、「ピラミッドより、より歴々と死人が埋まる」である。われわれは、現に悦びである一切を一渉《ひとわた》りすることなど、とうていできない。

換言しよう。悦びは、貪り尽《ことごと》くそうとするわれわれにおいて、現実と悶着を起こしてしまう。「なぜ」「なに」に思い煩う。

饅重の悦びの発源は、「食べている」ことにあるのだが、われわれはそこを離れてしまう。そして、「なぜ」「なに」を知ろうとする。

一方、悲しみは、果てしなく啀《いが》み合い、非現実に抗して踠《もが》き続ける。このように、饅重の一切の憂いは、「食べていない」ことにある。

現実に悶えるか、非現実に抗うか。ここにこそ哲学者の悲しみがある。哲学者に固有な不幸がある。

哲学者の運動は、はたして、未完成である。

哲学者は、反抗しなければならない者たちなのである。

「哲学は自らを完成させるためにあるのではない。哲学は、死を体験することができないまま煩悶する精神の努力に結びつく。こうして、哲学は否定的に介入する。哲学が、反省であり労働であるかぎり、体験から遠ざかる。哲学は、整理整頓以上には、先に進めない。肝要なことは、出発点を見失わないように、可能な限り悲劇の強度、すなわち、暴力に立ち戻ることである」

バタイユはいった。

悦びを、動機を欠いた喜悦とみなしてはならない。哲学者のアドヴァイスである。悦びを、「空回り」して作動する喜悦である、とみなしてはならない。このような考察は、論理を逸脱している。悦びの存するところ、それは明確な期待に対する満足にある。希われ、求められるある特定の対象の獲得にある。なにもないところから満足をえられるだろうか。悦びには、必ず動機がある。これが哲学者の論理である。哲学者であるわれわれの宿痾である。

悦びの体験における「なぜ」「なに」、これはわれわれを縛る縄である。「なぜ」。「どうして」。これを心に含み、われわれは、われわれを縛るのである。けれども、そもそも、君は、悦ぶべきなのである。

「この体験は、悟りと称される閃きの瞬間を目的としている」

バタイユはいった。

「はて、なにがいいたいのだろう」

和尚さんはいった。

「そもそも」、というケースは、それが極めて稀であったとしても、並外れたもののようにみえたとしても、前例がないというわけではない。あらゆる原因から切り離された、突発的な悦びが、確かにあるのだ。あるいは、意識的な思考からは無縁の、「なぜ」「なに」から隔てられた、発作的な悦びが、確かにあるのだ。

君よ、意識的な思考に囚われよ。

そうして、意識的な思考を、絶えず告発せよ。意識的な思考など、各々の個人的なホロスコープに呪われており、はたして、己の傷心、落胆の動機しか解読できないのだ。

だが、まずは一度、徹底的に従属しなければならない。

「ただ、息をすること。これだけが悦びである。痛みにつながるような、大きな説得力をもつ複数の源泉からも、わたしは積極的な快感を引き出すだろう」

エドガー・アラン・ポーはいった。

はたして、この阿吽こそ、悦びである。

しかし、ポーは表現してしまった。この所業で、まさに、自家撞着した悦びとなってしまった。然り、それでよい。ポーはさまよい、ポーはわれわれとともにある。

「わたしは思い出している。敵は目と鼻の先にいた。嗚呼、それが一八一四年だった。それは極め付きの不幸だった、現在は剥奪され、未来には不安しかなかった。わたしの敵は、わたしを毎日嘲り馬鹿にしていた。ある日、それは木曜日の朝だった、わたしは身を縮めていた。辺り一面、雪が覆っていたのに、火はなかった。晩にパンが届くのだろうか、そんなことは分からない。わたしのお先は真っ暗闇だった。それにも関わらずわたしには、純粋なストア的感情が残っていた。それは宗教的な希望とは無縁のものだった。わたしは寒さで感覚が消えた手を、オーク材のテーブル、わたしが常日頃から大事にしていたテーブルの上で叩き始めた。わたしは感じていたのだ。未来への、若々しくも雄々しい悦びを」

ミシュレはいった。

君よ、この血涙こそ、そもそも悦びである。

しかし、ミシュレもまた、表現してしまった。したがって、これもまた自家撞着している悦びとなってしまった。けれども、このようなテクストこそ、われわれには不可欠なのである。なぜなら、彼らの記述こそ道しるべであるからだ。

われわれに、悦びの本質が「ある」ことを、想い起させてくれるものだから。

「薔薇は、なぜ、という理由なしに咲いている。薔薇はただ、咲くべく咲いている。薔薇は自分自身を気にしない。人が見ているかどうかも、気にしない」

シレジウスはいった。

「ケルビムが知っていることだけでは不十分だ。さらにケルビムを超えて、なにも知られていないところにまで、わたしは飛翔したい」

シレジウスはいった。

悦び、それは、あらゆる存在理由をなしに済ますことができる。あらゆる知を超えたところに存するものである。すなわち、まさしく悦びと真逆の状況のうちでこそ、つまり、悦びについての合理的な動機の一切を欠いている状況のうちでこそ、悦びの本質が最も良く捉えられるのだ。

「わたしが自分自身のなかに、ヘーゲルの循環的運動を達成したとしよう。そうするとわたしは、到達された限界線を超えて、もはや未知のものをではなく、認識不可能なものを定義することになる。理性の不足という事実から生じる認識不能なものではない。これは、そもそも、本質的に、認識不能のものなのである」

バタイユはいった。

十一月十三日

「あれ、こんなところにいたのか」

昨日の深夜、新たな仕事の依頼が入った。今日から始まるらしい。新たな知友。新たな教場。このように、名は延々と繋がる。そして、君は新たな名の一部になるだろう。

「あらら、こんなところにいるのね」

このように、君の名は、有限の一部である。可算数の一部であり続けている。そうはいっても、この演算は無限に続く。このように、無量は推し量れてしまう。

「こんな日は、終日蟄居にかぎる」

無罣《むけい》は独り言つ。

悦びは大抵の場合、通俗的なものである。要するに、満足を伴うしかじかの原因、しかじかの動機に結びついている。

デルフォイの御者を見よ。

「わが神秘的笑いを、笑覧あれ」

この者の笑みこそ、悦びを十二分に解き明かすものである。彼は、裏表のない、あけすけな悦びより、一層大きな喜悦をまとっている。国家の大事に自分がふさわしいとは思わない。けれども、実際は、この晴れ晴れしい場に連れ出されたことに、決して不満なわけではない。およそ、このように語っている。気持ちを十分に抑えた喜悦ではある。しかし、彼の表情は、悦びに固有の動機があることを、隠然と、表している。これは紛れもない勝利の証しである。限定された時における特別な勝利だけに認められる、歴然たる標である。

「機会が泥棒を作る」という諺があるだろう。すなわち、満足を伴うしかじかの動機によって、しかじかの悦びが引き起こされる、ということである。

ところで、一つ問題がある。このような悦びは、これを惹起させた幸せな状況の内に枯れはてていくのだろうか。否。

確かに悦びは、然るべくえられるのである。そうではあるが、このような結論には必ずしもならない。

結果は常に、そうであろうとされる原因から「ずれる」からだ。

例えば、夫婦げんかである。

「東京で、一日に起こる夫婦げんかの数は、平均、三万四千件超である」

離婚の瀬戸際まで両者を追いやった原因は、なんだったのか。敵愾心《てきがいしん》の原因の告白を聞いてみよう。

一例として、財産分与の問題が挙げられる。ある夫婦は、皿を投げつけられ、木刀で襲いかかられたようである。しかし、これほどまでに激しい敵意がさらけ出したのは、ある特定の憎しみではない。これは、長年の憎しみ、開戦の火蓋が切って落とされるより前からあり続けた憎悪の蓄積なのである。あるいは、仮に、戦争状態に突入しなかったとしても、礼儀作法によって守られながらも依然として睨み合い続けるだろう、そんな憎悪の蓄積である。彼らは金銭の問題でいがみ合うようになってしまった、と一般的にはいわれるかもしれない。だが、事実は逆である。そもそも、彼らは、ずいぶん長きに渡って、互いに互いを我慢することができていなかったのだ。こうして、金銭の問題が端緒となり、表立って反目することになったのだ。これだけである。金銭問題によって突如、憎しみが沸き上がったのではない。両者の間にあった憎悪こそが、いよいよ、金銭問題によって自らを顕在化させたのだ。

「東京で、六年以上の夫婦のうちで交わされる「愛しているよ」の数は、一日平均、二百件弱である」

いかさま、適当な数字であろう。

悦びがその内に存する愛、このような愛の増加は、悦びを発生させたとされるあらゆる原因と、実のところ、無関係なのである。たとえ、このような愛が、しかじかの機会に、しかじかの満足として顕現していなくとも、愛は、いま、ここに、あり続けるのである。したがって、表現と論理とが衝突しそうなことを知ってもなお、われわれには如上の確言がありうる。「愛しているよ」。言葉は発せられる。そのとき、いま、ここにないものに、この言葉が向かうだろうか。否。いま、ここで君が触れられないものに、向かうだろうか。

「なぜ」。そのとき、君は問うだろうか。

繰り返そう。原因は結果から「横滑り」する。

原因とは、「結果」をなすものではない。一つの「結果」から、手近かな原因から次々と「滑りだす」のである。「結果」は、原因に先んじてある事実を、明らかにするものである、というべきであろう。

「唯一の愛、それは悦びである。反対もまた然り、唯一の憎しみとは、悲しみである。他の情愛は、この原初の愛が修正され、変容したものでしかない。このように愛は、運否天賦《うんぷてんぷ》の巡り合わせとして定めされている」

スピノザはいった。

愛とは悦びである。種々様々なものが巡り合い、競合し、混淆《こんこう》している悦びである。

憎しみとは悲しみである。外的なものに起因する考えが必ず伴う悲しみである。

無罫《むけい》は独りごつ。

「おや」

「薔薇は、なぜ、という理由なしに咲いている」

このときわたしは、君に触れたような気がした。

十一月十四日

「子供たちは、まったく無垢だね」

和尚さんはいった。

母親の顔色を窺《うかが》わなければ、彼らは答えるだろう。

「今日、なにをしてきたの」

「なにも」

けれども、実は彼らは、多くを、大人が恐るべき多くを学んできているのである。

けれども、母親は強いて求める。

「国語の授業でね。漢字云々を習って、算数の授業で、然々のポイントを教えてもらった。社会はつまらなかったから、寝てしまった」

「コラッ。晩御飯のおかず、一つ抜くからね」

そして、子供たちの学びは、大人のルールに従属させられ、委縮する。委縮するのだ。しかし、このような秩序は不可避である。一度は通らなければならないイニシエーションである。

いつか再び、童子へと変身する君よ。

いまはわたしを叱咤せよ。君の膂力のかぎりでわたし鞭打て。

わたしの道は、君へと再び戻るはずなのだ。

わたしは君に薦めよう、「悦ばしき智」を。

わたしがいまだ至らぬこの智、これが君そのものであることを、わたしは望む。信じる。

わたしにとって、長く恐るべき圧迫とは君であり、辛抱強く耐え忍ばなければならないものは君である。

茫々《ほうぼう》として草を撥《はら》い、去《ゆ》いて追尋《ついじん》す。

水闊《ひろ》く山遥かにして、路《みち》更に深し。

廓庵《かくあん》和尚はいった。

ニーチェによれば、わたしはこうして、言祝《ことほ》がれるはずなのだ。

ニーチェを信じれば、の話だが。

君よ、われわれはそもそも無垢である。

いかさま、われわれ、というものは楽園に生まれ出るものである。東京のような、酷薄非情な街であろうと、パリのような因循幽玄《いんじゅんゆうげん》な街であろうと。衰退間近のアメリカであろうと、再生着実なアフガニスタンであろうと、生まれ出る子にとれば、楽園である。

われわれの場は、ことごとく、楽園であるはずのだ。しかし、われわれは、すべからく「冬の無垢」を過ごさなければならない。常春から出立しなければならない。

君よ、これが天意なのだ。

母に蹴飛ばされたのか。なにがし男爵に配流させられたか。父に背中を押されたか。先人を求めて、さまよい出たか。いかさま、これが天命なのだ。

君よ、君は極楽を否定するのだろうか。

然り。これこそ、天命なのだ。

こうして、「夏の無垢」を経て、「秋」に至るだろう。「秋」においてこそ、無垢は生そのものになるだろう。

君よ、秋を吸いこめ。

君よ、悦びは、そこに現れるだろう。歓喜が生まれうるあらゆる因果とは無関係に、悦びは現れる。同様に、悦びを妨げるようなあらゆる状況とも独立している。

今一度、繰り返そう。悦びとは、満足を与えるあらゆる動機との、機会があれば悦びを開花させようとするあらゆる動機との関わりにおいて、あたかも、「おまけ」として現れるものなのである。悦びという結果は、その顛末から「横滑り」しているのだ。

悦びの体験は、悦びがもつ唯一つの「内容」を前面に押し立てることで、悦びを説明しようとする考察を、超えてしまう。たまたま無作為に、別の何ものか、別の対象を喜ばせてしまうことも充分にある。悦びの対象に与えられる帰趨は、じつに、逆説的なものなのである。

長寿寺に端座し、君が目にしていた苔もまた、逆説的である。

優しく淑やかで、しかし同時に極めて生臭い。

いかさま、多くの艶麗な女性を愛でた文豪に似ている。そして、名を轟かせたあまたの名花たちも、いまや苔むしている。彼らは、墓の彼方から自らを回想し、われわれを導いている。

「どうしてわたしなどが」

じつに奇怪である。

詰まるところ、これらの女性は、実際に与えるべきものより多くのものを、自らが「対象として」保有しているものより多くのものを、この文豪に、そしてわれわれに与えてしまっていたのである。

悪しき名、悪しき色であろうか、これらの女性とは。

この世で最も美しい女性でも、彼女がもっているものしか与えることはできない、とかの文豪はいった。これらの女性たちは、はたせるかな、秋扇《しゅうせん》に堕してしまうのである。

「じつに明解である。因果によれば、こうして褒められる」

無罣《むけい》は独りごつ。

「悪しきものとは、因果応報の理屈である」

どれほど眉目華々しき女性たちでも、現実に与えられないものがある、というのだ。

現実に対して、それが与えられる以上のものを期待しても無益である、というのだ。

確かに正当な、ただしある点まで正当な論断である。

君とは似て非なるものである。わたしが手にしているこの苔とは、はたして、似て非なるものである。

「灯火のように、生きているんだよ」

和尚さんはいった。

方丈の玄関では、観光客を迎えるべく、準備が整っている。これは、生が提示する問いへの答えの一つである。

「人は、灯火のように」

あたかも灯火の生。これは、はたしてどのような生であろうか。いささかも甘えは許されていない。しかし、全幅の悦びが、そこに、ある。このような生であろうか。秋霜《しゅうそう》のような生のうちに、春風が宿っている。

「悦びを与える悦びは、自ずと永劫回帰する」

無罣《むけい》は独りごつ。

これこそ寿である。

文豪には両面がある。名にし負う一面と、名折れの一面と。この名をはせた文豪が愛でたものは、期間限定のエロスでしかなかったのだろう。この文豪の論結は、悦び自身によって反論されてしまう。

「ぐずぐずするな。陽気に快楽を乗り越えていくような精神力が、われわれには必要なのだ」

バタイユはいった。

「わたしのそばを、一人のかわいい少女が通り過ぎた。わたしは、彼女の裸体を想像した。そして、彼女の中へ入っていった。彼女自身がそうするよりも、ずっと深く、わたしは入っていった。わたしが想像するこの悦びは、なにも欲望することなしに想像するこの悦びは、可能なものを空無化する特性、愛の限界を超越するような特性を帯びている」

バタイユはいった。

愛を諄々《じゅんじゅん》と説く文豪もいる。愛と戯れ、愛と遊び、愛に耽るバタイユもいる。

閃光を、いま、この刹那を言祝《ことほ》ごうとするバタイユもいる。

「寿を全身で表現してみなさい」

和尚さんはいった。

いっちょう、裸になってみるか。

「ム」

十一月十五日

天気は知られない。けれども、予報ならば知られる。インターネットやテレビで、確かに天気予報はみた。けれども、天気などは、人知の及ぶところではない。

「天気」なのだ。気まぐれでよいのだ。天気は不可知である。「どうやら」、としかわれわれはいえない。昨夜の午後十時から、どうやら、気温が急降下したようだ。

「ガラッ」

いかさま、愛についての思惟が、一晩中、部屋をさまよい、部屋の気温を調節していたようである。和尚さんが、庭で作務をしている。

「読経と作務、これだけ。これだけが、わたしが老師から教わったことですよ」

和尚さんはいった。

葉の色が清《きや》かに変じる瞬間も、近いのだろうか。

「いただきます」

君がそれと知られる刹那も、近いのだろう。

君よ、床を磨き、壁を拭き、庭を掃け。そうすればすなわち、時間を研ぎ、刹那を捉えることができるだろう。長寿寺の整然とした庭には、「間」がある。

「間」とは、君への慈しみであり、君からの慈しみである。

「この須臾《しゆゆ》の間、触れては落ちるこの間なのかもしれない。君とふたたび、出会えるかもしれないな」

無罣《むけい》は独りごつ。

落花流水の愛。

「『わたしは今日来た。今日こそは、わたしのための日だから』永遠において来る者はみな、こう考える」

ニーチェはいった。

「『君の来かたは早すぎた』『君の来かたは遅すぎた』永遠において来る者は、こんな世間のおしゃべりを歯牙にもかけはしまい」

君に巡り合えば、わたしは回帰する。

不合理な、理論上不可能なわたしの「目標」だ。

悦びとは、常日頃から、一見不可能とされるようなパフォーマンスをなし遂げるものなのだ。なぜ不可能とされるのか。現実が提供しうる以上のものを、悦びが現実に対して要求するからではない。不可能なことをやり遂げる悦び、このような悦びが存するところは、論理的に考えているかぎり期待しえなかったもの以上のものを、現実から悦びがえている点にある。

君よ、この不可解な面立ちを見よ。先のデルフォイの御者がもつ、不可解な謎を見よ。この者はレースの勝者である。したがって、この笑みはじつに多くを、雄弁に、語っている。けれどもまた、かなり錯綜したものでもある。そこには確かに、多くの幸福がある。しかし同時に、抑え付けられているようななにかがある。この者の表情は、勝利をえた、というシンプルな快感とは異なるものを映し出している。慎み深いのだ。このような慎みには、千態万様の解釈がありうることは、いうまでもない。帰するところ、デルフォイの御者は、充分にしつけられた青年なのである。この者の精神は、充分に整えられているのである。

「この庭の道は、制限されているかのようで、どこにでもある。苔と木々の間に間に、無碍《むげ》にあるのだよ」

和尚さんはいった。

己の勝利の歓喜を最小限に抑える慎みがある。しかし、この悦びは、かぎりないものである。

生もまた然り。

長寿寺の庭は、これほどに整えられている。デルフォイの御者の精神は、どのような「整え」を、われわれにみせているのだろうか。

庭の苔は、伸び放題ではなく、自ずと手が加えられている。ここにある風を、自ずと団扇で起こすように。だからこそ、一片の葉が、これほどまでに鮮やかに舞うのだ。ゆっくりと、静謐が一瞬、一瞬を、見事に突き刺し続ける。だからこそ、一縷のためらいが、説明不可能な謎を解くのである。

「嗚呼、君がみえそうだ」

未《いま》だ不可解である。両者には、大いなる隔たりがある。

「まだ紅くならないね」

和尚さんはいった。

流転する君をみとめるには、いまだ早い。因果はなにも解かないだろう。

「わたしは勝者である」

ギリシア的静謐へ完全に至ることは、けっしてない。この静謐には常に、自らの「定有《ていゆう》」を満足させなければならないという義務へのノスタルジーが秘められているからである。そして、「定有《ていゆう》」とは、人間の不能状態を、自らの宿命を人間は全うできないことを、証するものである。

普段は閉じられている山門。今日はこれが開かれている。いかさま、天気にも程よく、恵まれている。

ゆらゆらと、一睡に浮遊していたようだ。秋に胡蝶が舞っている。

独りごとの間が、延々と、断続的につながってきた。

「はて、ここはどこだろうか。いまはいつだろうか」

無罣《むけい》は独りごつ。

「嗚呼、また君がいなくなった」

いま、ここでは、緋毛氈《ひもうせん》が、静謐の証しをしている。

しばらく前から、不覚にも耳をそばだててしまう四人組が、緋毛氈《ひもうせん》の部屋で語り合っている。四種類の英語が、ところどころ調子の乱れた歌となっている。ソプラノもバスもある英語、母国語である英語や、外国語である英語もある。彼らはじつに、礼儀正しい。しかし、ハーモニーに至らない不調和が、緋毛氈《ひもうせん》が支えるしじまを、破ろうとしている。

けれども、このような不調和こそ、かえって調和を明かすのかもしれない。なぜなら、君はまどろみから覚めたではないか。万々、このようなディスハーモニーが「間」に闖入していたしても、静謐とは、われわれ日本人には縁近くあり続けるのだろう。これまでも、これからも、われわれに寄り添っているのだ。

御者のこの笑みにおいて看取されるもの、それは、粛然たる悦び、ギリシアの古典彫刻が幾度も表出してきた悦びでもある。デルフォイの御者はあらかじめ、しかじかの予測される事態における、しかじかの喜悦に対する心構えをしていたはずだ。けれども、この若者は、不意に、直面してしまった。思いもよらないほどの強烈な僥倖に、突如として出くわしたのである。若者は、悦びに浸り尽《ことごと》くすことができない。予測された悦びは、不完全なままである。

しかしそこには、別の悦びが、須臾《しゅゆ》の悦びがあるはずだ。不安全ながらも別の悦びが、あらゆる予想された悦びに対して、完全に優位を占めているのだ。

彫刻家の鑿《のみ》は、己が獲得した悦びについて考えることを御者が止めた、まさにこの刹那をとらえたのだ。

デルフォイの御者の悦びとは、生きていることへの、世界があること、それを人々と分かち合っていることに気付いたことへの悦びである。

これすなわち、「生きる悦び」である。

「生きる悦び」。至極ありふれた悦びであろう。けれども、不可知の悦びであろう。

なぜなら、刹那は、それを知ったときには、もはやそれではないからである。

なぜなら、刹那は、それを口にしたときには、もはやそれではなくなってしまっている。

「生きる悦び」を、まさにこの須臾《しゅゆ》は、若者に恵んだのだ。そして、この悦びのうちに、このデルフォイの御者は耽溺しているのだ。

刹那を捉えれば、きっと時間は無限となるだろう。

「わたしの思想が、わたしの立っているところをわたしに告げるべきだ。しかし、わたしがどこへ行くかを洩らすべきではない。わたしは未来について無知であることを愛する」

ニーチェはいった。

十一月十六日

体温調節のままならぬ時こそ、身体は自然に沿っている。身体はけっして、自然に抗っているのではない。君の身体の不調は、然るべく不調なのだ。君よ、のどが痛いときは、のどに語りかけなさい。鼻水がでるときは、鼻に語りかけなさい。自ずと、快復するだろう。

「風邪が流行し始めました」

風邪ひきさんが、ちらほらと電車や教室でみられるようになった。マスクもせず、手もあてないままで、せきやくしゃみをする者たちが、ちらほらと電車でも教室でもみられるようになった。彼らは「風邪」を分有しようとしているのだろうか。はたして、「風邪」は分割可能なのだろうか。しかし、彼らは他人である。主客が決定的に分かたれた、赤の他人である。彼らは、おそらく、なにものも分有しないえないだろう。

無罣《むけい》は独りごつ。

「君よ、わたしは君と症状を分かち合えるだろうか」

「君の症状が軽くなるためならば、わたしの身体が侵されてもよい」

「はて、症状を二等分することができるだろうか」

無罣《むけい》は独りごつ。

一つ。風邪の菌の数は、二分することができる。けれども、二分するやいなや、彼らは一個の全体として繁殖を始めるだろう。

一つ。二分された一個の生命活動は、君とわたしの間で、それぞれ別の症状を伴うだろう。似て非なる症状なのだ。これこそ、風邪の固有の解釈なのかもしれない。

「世界の解釈は、風邪の症状と全く同じなのかもしれない」

無罫《むけい》は独りごつ。

「ニーチェは狂人であった」

かつて、まかり通っていた結論である。一八八九年、イタリアのトリノでニーチェは精神錯乱に、突如襲われ昏倒する。いわば、明晰性の最期であった。爾来《じらい》、一九〇〇年に示寂するまで、彼は、「痴呆状態」であり続けた。

しかし、狂人は自らを狂人と呼ばない。呼びえない。「己は狂っている」、という発言は、パラドクシカルである。このような自己言及は、言語の歯車を狂わせる装置である。「この文章は嘘である」。「この単語は偽造である」。無垢なるこれらの一文によって、真偽は永遠に決定不可能になってしまうのだ。

嘘つきさんがすし詰めになっている。彼らはじつに、理性的だ。

ニーチェは瘋癲であり、瘋癲はニーチェとなる。したがって、ニーチェの明晰性が徐々に失われつつある期間に、彼はしばしば、「仏陀」にもなっていたのだ。これは事実である。痴呆状態は「これでいい」のであり、「悟り」であるのかもしれない。

「水は緑に、山は青うして、坐《いなが》らに成敗を観る」

廓庵《かくあん》和尚はいった。

彼らはなにもいわない。

君よ、いまひとたび、足下をみよ。

「ザクッ」

君よ、この落ちた葉々こそ、事実なのだ。

雪月花はなにもいわない。そして、無限の謂いを、われわれに贈り続ける。

「世人の紅葉の見方は、じつに、夢をみているかのようだ」

無罣《むけい》は独りごつ。

悦びは移ろう。個別的なものから一般的なものへ、特定の悦びから、一種の広大無辺な悦びへ移ろう。

このような悦びの交感、移行がはっきりと感じられるものがある。生きとし生けるものにとっての無上の喜悦がある。男女、主客、善悪ともに共通する、無二の歓喜がある。

セックスである。セックスがもたらす快感において、はたまた、このような快感と分別しえないような悦びにおいて、一つの事実が明らかになる。あらゆる型の悦びに、よしんば、それらが性的快感に劣るものであったとしても、当てはまる事実であろう。すなわち、セックスのただ中で当人たちは、快感から特典をえている、ということだ。

このような恩恵を被っているからこそ、快感は尽き果てないのだ。たとえマスターベーションの場合だとしても、そこにいるただ独りの主役は、同じような特典をえている、といえるだろう。

性的快感には常に、第三の審級が存在する。種の利得である。種、というものが性的快感によってえる利は、交接、セックスのための好ましい条件と結び付いている。ここには、存在への普遍的関心、普遍的な利もある。これを性的快感は、あらゆる形のもとに体験させる。だが、セックスに没入し、狂乱している間、この連続した間は、いかさま、言語を絶するものである。いわば「沈黙の彼方」へ移ろうことである。

「君はなにも話さないだろう。わたしがひたすら、呼び掛けるしかないのだろうか」

無罫《むけい》は独りごつ。

「先ほど、『ケイ』と一通り終えた。わたしたちは、一瞬の間、ほんの束の間、幸福であった。はてしのない空虚という可能性がわたしの頭から離れない」

バタイユはいった。

「ケイ」とは、バタイユが結婚することになる、ディアーヌ・コチュベイ・ド・ボアルを指している。「ケイ」と交わされる性的快感のうちには、一方は不安へ、一方は悦楽へと、二つの極限の間で揺らぐバタイユが認められる。

ぐらぐらと、バタイユは身体を揺り動かしているのだ。彼はけっして、「いきはてる」ことはなかった、といわれている。

バタイユは、セックスを通して、「死ぬ」に臨んでいたのだろう。常に、「死ぬ」に臨んでいた。いわば、消尽のダンディズムであろう。

いわば、西洋流の「葉隠れ」であろう。

「肉体の戯れにおいて存在者たちが、自分の彼方にまで滑っていくということ、これが実現するためには、当の存在者たちが、ゆっくりと転覆し、エクセに身を委ね、エクセの渦中に己を捨て去らなければならない」

バタイユはいった。

エクセとは、エネルギーの横溢である。ほとばしる精液である。愛液である。ジョルジュ・バタイユと、ショーペンハウアーを例にとろう。両者は、セックスにおける悦びの識別において、根底的に一致する。彼らは論断する。セックスの最中にわれわれは、一個人としての、すなわち道徳的でもあり身体的でもある人間としての利益関心という境界を乗り越える。

セックスには、あらゆる部分から溢れ出る歓喜がある。

君よ、このようにして君は生まれたのだ。

こうして、道徳的個人はセックスにおいてしばしば喪失される。しかも、この道徳がセックスからえるものは、なにもない。

こうして、性的な悦びとは、その原因を超える結果であり、そこからえられる利は、推定される受取手の理解を超えるものである。したがって、性的悦楽に心底、打ち込んでしまう者からすれば、しばしば落胆を伴うことも、ままある。一度体験した利得を、再度、獲得することは、けっしてできないのだ。

一方で、至上の悦びを体験することも、ままある。己が注いだものよりも、はるかに多くの喜悦をセックスで感じることもあるのだ。

セックスの非合理性である。生の極みである。

性的快感が暴いてしまうものは常に、期待されている快感と、えられた快感との著しいギャップである。しかも、このような「ずれ」は、日常言語のうちに、そもそも書き込まれているのである。

次のようなわれわれの表現は、まさに正鵠を射ているのではないだろうか。

「いく、いく」

「わたしいきそう」

「いく」。すなわち、「われを忘れる」。

「いきそう」、そして、「いく」。このように、性的快感はわれわれを別の所へ運ぶものである。換言すれば、「興奮」させ、忘我へと「輸送」するものである。身体はどんどん紅潮する。この振動によって、セックスはわれわれをして、死に臨ませる。

セックスをしながら、各々の身体が溶け合いながら、期待されている悦びに代わるより激しく、かつ、まったく別次元の悦びがえられるのである。

別次元の悦びであること、この点こそ要である。

なぜなら、悦びの源として現れるのは、もはやある一つの身体ではないからだ。それは漠としながらも、人類全体の身体として現れる。しかも、このような悦びは、存在一般の事実としてすら顕現する。この事実は、普遍的に望ましいものとして、不意に、ひしひしと実感されるのだ。功利など、とるに足りないものとなる。

オルガスムのときに実現されるものは、おそらく、如上の移ろい、すなわち、個別から普遍への移行として記されるものなのだろう。自分一人だけの快感から、普遍的な悦びとまではいかなくとも、少なくとも、然るべきものとしての顕然たる悦びへの移行として、記されるるものなのだろう。

けれども、セックスにおける悦びの交感がわれわれの手に余ることも、また、周知の通りである。

全き快感とは、かりにこのような快感があるとすれば、まさしく美的快感なのかもしれない。イデアとしての美を目指すべく、われわれは日々、汗を流しながら必死に、無我夢中で、一人、二人、そして三人でセックスをするのかもしれない。

しかし、セックスの只中で、われわれは、「自らの境地がまさにこの瞬間に、忘我である」ことを確認しえないことも、そして、「セックスが高邁不変な美のためにある」ことを確認しえないことも、事実であろう。

そもそも快感とは、もののいかんを問わないままに、えられるものなのかもしれない。このような全的快感が、全人類の一体感がいつか、具体的に、実現されるチャンスはあるのだろうか。たとえ、このような機会はまずないとしても、如上の性的快感は、普遍的な認識をえようとする正当な要求を前提としている、とだけは論結できるだろう。

「パートナーとのセックスに満足していますか」

セックスに関するアンケートが頻繁に行われる。じつに多くのカップルが、セックスに満足している、といっていない。

「オルガスムに達したことはありますか」

いかさま、この質問に対する「うまくいかない」は、先の質問に対する「ない」を、一蹴するだろう。

達成された、「うまくいった」オルガスムのケースにしか、論理というものは適応しないのかもしれない。

周知の通り、性的快感には、「いかない」ケースが往々として起こる。普遍的な悦びに至るどころか、反対に、期待外れであったと感じたり、悲しい気持ちになったり、あまつさえ、落ち込んだりすることもある。このような悲しみの特徴を、ラテン語の格言が証している。

「すべての動物は、セックスの後で悲しみを味わう」

いかさま、いいえて妙である。はたして、あらゆる動物は性行為がなされることによって不機嫌になってしまうのだ。このような不機嫌さが、なぜ、どのように起こりうるのか。

ここには一つの事実が存している。すなわち、性行為の実現がそのまま自動的に、性欲の達成を、この語義がもつ最も広い、最も悦ばしい意味における達成感を、もたらすものではない、という事実である。詮ずるところ、オルガスムそれ自体は、セックスにおける悦びの必要条件でしかないのであって、十分条件ではないのだ。

オルガスムなど、知らすものではない。ましてや、教えるものではない。手ほどきするものではない。特定の個人が、特定の個人として体験するしかないのだ。

フロイトはいった。

「われわれは、長きにわたって理解してきている。すなわち、セックスという交接は失敗しなかったとしても、性的快感への不満足はあるのだ。あらゆる結果をもってしても、このような満足の欠如がしかるべく存在していることを、われわれは知っているのだ。臨床医としてのわれわれは、決して忘れてはならない。不満に終わったセックスへの渇望、われわれはこれと、神経症的な症状として現れるような代理満足とを、競合させる。しかし、このようなセックスへの渇望は、しばしば、極めて不完全に、性交やその他の性行為によってしか、自らの捌け口を見いだせない。われわれは、この事実をもはや、絶対に忘れるべきではない」

フロイトは、性欲と性行為を常に区別しているのである。

われわれも正当に、セックスと性行為を区別しているのである。花々や木々はセックスをしない。至れば然り、然らば交わる。それだけである。

われわれのセックスは、臨床実験である、といえるかもしれない。「人間」を証するための実験なのかもしれない。

「君はどこへいったのか」

「わたしは、これからどこへもいかないだろう。否。もはや、どこへもいかない」

無罣《むけい》は独りごつ。

十一月十七日

長寿寺をでて駒場へ向かう。

西洋哲学の神秘追求的ロゴスによって隔離された場所である。

かつて、君を失った場所である。いかさま、数字は普遍的なものであろう。そして、平等な判定が可能となる。これによって、なんら責任がないまま、われわれは生きてしまう。なぜなら、普遍性が負うからである。

ここは、週間という無私の単位で、君が判定された場所である。君の時間が判定され、君の処刑の合意がなされた場所である。

「東京という街は、常にテロリズムに晒されているのだろう」

無罣《むけい》は独りごつ。

東京人など、世に一人もいない。けれども、東京と名付けられた街に人は集まる。東京という呪われた名に、人々は集まる。東京という忌まわしい大学で、人々は数値によって判定される。己の身を焼く焔に集まる蛾のように。

「ボアデポワドジという街に、東京に敗れた人々が集まる」

どこかでだれかが、いった。

一つの由々しき反論が持ち上がるだろう。「普遍的」とは、はたして、どのようなものか。この反論とは、普遍的喜悦としての悦びの定義に、差し向けられている。普遍的なるものへ推移していくという、その本質からして疑義余りある考えにも、訴えかける反論である。「普遍性」、このような思考は、人をして宗教の狂信盲信へと向かわしめるプロセスに類する。このプロセスが要求するもの、それは、「救われる者は、すなわち信じる者」ではない。「信じる者は救われる」なのである。

「水は自ずから茫々《ぼうぼう》、花は自ずから紅《くれない》なり」。われわれは、本来、意志など必要ではない。しかし、君とわたしは分かたれた。一度、君とわたしになってしまった。だから、議論を続けよう。

一体、どの口が語っているのか。

「すなわち信じる者」、こちらには、生への意志が認められる。後者に認められるものは、復讐の意志である。こちらに与する者たちは喧伝する。信仰というものは、人類全体を同時に、拘束、抑制するものであってこそ初めて、信仰の忠僕たちによって要求され、引き受けられるものである。

この消化不可能な条件を飲み込ませよう。そして、腹のなかに生の異物を、復讐といういびつなものを潜ませておこう。

復讐は口移しされる。

このようにして、弱者の在り方が強者に感染していった。このようにして、西洋世界の病が蔓延したのだ。

「水は自ずから茫々《ほうぼう》、花は自ずから紅《くれない》なり」

廓庵《かくあん》和尚はいった。

病者は薬を求める。すがりつくべき、なにがしかを要する。薬とは「ボアデポワドジ」なのだ。このような非名を彼らは渇望し、このような非名を彼らは反芻する。

非名がある、と信じ込まされて。

「水は自ずから動く。花も自ずから動く」

和尚さんはいった。

「名は不動である」

君よ、無名となれ。神は死んではいない。神は別の名をまとって、君の前に現れ続けるだろう。そして、尋ねるだろう。

「君の名は」

なにがしかの感情が、それを感じとるものにとって効果を持ちうるのは、どのような条件のもとであろうか。それは、この感情を覚えたことのない者たちの興味を引くかぎりでしか、ない。これこそ、われわれが知悉《ちしつ》するところの、狂信永続の法則である。

狂信、それは原理的にテロリズムの思考を糧として生き続ける。ここ二世紀にわたって、原理的自由主義とか、原理的進歩主義としてわれわれの現前に存在していたものである。これらの思想は、同じキーワードをもって、鼓吹する。「同類」、「同朋」、「人類は皆、兄弟である」。

人間は、互いが互いの「同類」である。「異類《いるい》」は排除された。

このような普遍的類似、普遍的同胞愛という告白ほど猥雑なものはないだろう。人工ブツの臭気、芬々《ふんぷん》たるものである。メッセージの受取手にとって、これほど厄介で、しかも危険なものは、類をみない。なぜならば、これらの人間は、自分の同胞として、自らを扱い、扱われることを要求しているからだ。自分の同朋として、自分が救われることを命じてくるからだ。

人類は皆、名は違えども、同じ「名」をもっている、というのである。

したがって、必然的に、君はこの者が考えていることを考えているはずである、というのである。

あるいはまた、この者が良いと評価するものを、君も同じように評価する、というのである。

もし、わたしがこれを抗拒などすれば、力づくでも、わたしの誤りを思い知らさなければならない。こうして、他人のうちに自らの同類を認めようとする「臭気主義」は、温情というよりもむしろ、強制、暴力といったものになっていく。もはや、手の施しようのない臭さだろう。このように、彼らの暴力は制御不可能となる。ヒューマニズムという名をもった人間愛も同様に、事実上は、テロリズムと同じことになる。

「わたしは正しい」

名のある者たちはいった。

「わたしを聞け」

名のある者たちはいった。

君よ、足下をみよ。

君よ、復讐のリサイクルシステムを知れ。

このような「人権宣言」、このような「不滅の原理」は、自らの立場を公表するだろう。爾来《じらい》、自らの得手勝手な裁量をも、露わにすることになるのだ。自分は正しい、と彼らがいうとき、彼らはいっている。

「復讐は完了した」

自らが殺人的な矯激思想であることを暴いてしまう宿業によって、全体主義が宿す悪業によって、われわれは畜群化されていたのであろう。いかさま、合理的な人間主義なのかもしれない。

人間が人間の価値を決め、人間が人間を判断し、人間が人間を点数化する。

すべからく、人は罪を負わなければならない。

いかさま、極め付けの合理的システムであろう。

けれども、このような宿悪は、悦びの普遍性とは無縁である。いかさま、明々白々であろう。普段、われわれが口にする全体主義と、悦びにおける「全体主義」は、根本的に分たれている。悦びとは、なにか。果然、悦びとは、自らを自らが承認する能力によって自ら充足するものである。

自らを信じるものが、自らによって救われるのである。

では、全体主義とは何か。先の全体主義は、ある側が別の側へ、自らへの賛同を不断に要請することによってのみ、このような条件の下でのみ、存しうる。ある口が、自らの吐しゃ物を君の口へ移すのだ。

このような要請こそ、「わたしは正しい」であり、「わたしの復讐は完了した」、である。どのように、この違いは確然と分かたれるだろうか。これは、本質的に、一つの事実によって明らかにされる。すなわち、全体主義が守護するような信仰とは、悦びとは対蹠的《たいしょてき》に、己自身のうちに存するものがほとんどないのである。

「己事《こじ》」が絶無にほぼ等しい。そして、早晩、絶無になるだろう。「己事《こじ》」に覆いをかけてしまう。これが彼らの条件である。こうしながら、全く掴みどころがない、漠々《ばくばく》とした対象に、全体主義の信仰は自らのあらゆる力を固執させるものである。

「己に己を見出しなさい」

これを全体主義は禁じる。

「己こそ、アルファでありオメガである」

これを全体主義は禁じる。

そして、このような対象は、自らの堅実な一貫性を見いだすに、普遍的とされる同意を介する他に、選択肢はない。

「わたしは正しい」

このような同意に妄執し、このような同意同士が守株《しゅしゅ》するものこそ、全体主義である。

「わたしの生は、復讐にこそある」

このような同意こそ、全体主義に信憑性を与えるものであり、はたしてそこには、いかなる生も残っていない。生は見せ掛けとなってしまう。われわれの実存の欠片すら、そこには残っていないのである。

したがって、全体主義は、このような普遍的同意を強いるためには、どのような敵を目の前にしても退却することはない。なぜなら、退却すなわち、死、だからである。

これは異様な死である。なぜなら、そもそも生のない死を推測しなければならないからだ。この死とは、一切の生を欠いた、一切の自己を排した、不実な死でしかないのだ。

「一歩、一歩、しっかりとね」

和尚さんはいった。

「一呼吸、一呼吸、しっかりとね」

行脚とは、目的地が示されているものではない。この道は、先にみえていない。突如として、ある時、ある場で、一切が開けるのだ。

それまでは、一歩、一歩が終着点である。

不実な死には、この一歩がない。

右顧左眄《うこさべん》する目を、彼らは餌食にして、自らの復讐を引き継がせる。

このような同意への強制、有無こそ、全体主義にとって、厳密に言って死活問題であり、詰まるところ、自分の存在を決する審級なのである。したがって、一般的にわれわれがいうところの全体主義、これが待ち望んでいるものは、真実を証言するものではない。彼らが餓えているもの、それは真実よりむしろ、自らの存在を証言するものなのである。

だからこそ、「臭気」なのである。

このような態度は、一つの定型句によって言い表される。曰く、みなが信じているのだから、それは真実である。より意味深長な紋切り型、籠絡されるべき定式もある。

「みなが信じている以上、君が信じているものは『なにものか』である」

しかし、一呼吸すればすなわち、虚実が露わになるだろう。ここでいわれる「なにものか」とは、「虚《うろ》」「洞《うろ》」である。生を欠いている、生きる悦びを欠いているから、疑問符がつく「なにか」なのである。

帰するところ、全体主義が引き合いにする教義は、カラの容器なのである。

「ウロウロ」に縋《すが》る者たちは、君を「ウロウロ」に誘うだろう。なぜなら、この「ウロ」は、己が「ウロ」であるがゆえに、「ウロ」の他者を、はてしなく要求するからである。「ウロ」は「ウロウロ」になり、「ウロウロウロ」へと膨れ、どんどん脹れ上がるしか、手が残されていない。この「ウロ」は、ただただ、他者からの告白によって、決して実現されることのない普遍性への告白によって「ウロ」が埋められるのを、「充たされる」のを待つだけである。ただ、待つだけである。充たされることのない己を、己が待機したまま、期待しているだけである。なんとなれば、「ウロ」は、一種の因果論であり、かつ、底も蓋もないからである。

他方、われわれの悦びとは、どのようなものだろうか。悦びは、悦びそれ自身で、充たされたものである。己が己によって、充たされているのである。外部からのいかなる供給も要さないままに、存在する。

「樵子《しょうし》の村歌を唱え、児童の野曲を吹く。身を牛上に横たえ、目は雲霄《うんしょう》を視《み》る。呼喚《こかん》すれども回《かえ》らず、撈籠《ろうろう》すれども住《とど》まらず」

廓庵《かくあん》和尚はいった。

悦びは、それ自身で充ち充ちている。

君はわたしの呼びかけに振り向いてくれなかった。然り。いまこそ、君の調べ、君の匂いがわたしのもとへ届いているようだ。

君を追いかけてきたようで、わたしの道がここに現れていた。この現前が、いまや、すでに、存在していたのだろう。

「東京という名は、全体主義の一つの様相を証した」

いつか、だれかがいった。

「デピソポサルジという街に、東京を討ち果たした人々が集まる」

どこかで、だれかがいった。

十一月十八日

長寿寺である。

「尊氏のお墓の近くに、ようやく、薄い紅葉が現れはじめたよ」

和尚さんはいった。

尊氏の墓は、本堂より少し高所にある。尊氏は、ここ鎌倉と、京都の等持院《とうじいん》の二箇所より、日本をみながら佇んでいる。それは二つながら、じつに、厳乎《げんこ》である。あまつさえ、長寿寺のそれは、素朴でさえある。仮にも、日本の長足る人物のそれであるにも関わらず、質素である。

思うに、長寿寺の高所は、われわれをして低所を俯瞰させせしめるものでもない。他所にしばしばみられるように、高所によって己を臆させるものでもない。現実を掩蔽《えんぺい》するものでもない。ましてや、生を厭わせるものでもない。

同様に、ツァラトゥストラが告知する者は、「より」優れた人間ではない。「より」強い人間ではない。否。二元論において、もはや、人間とすら呼び表せないものである。君がもはや、人間でないように。

こうして、ニーチェもまた、同一性を破砕しようとする。

超人とは、スーパーマンではない。厳密にいうなら、アルファベット表記のスーパーマンではない。

超人とは、一切を言祝《ことほ》ぐ者である。自己の同一性を、然るべく無化する者である。「高低」「善悪」「是非」「聖俗」を無化する者である。

尊氏の名は、われわれをここに案内される。けれども、この墓は名を絶している。豪華を競えばすなわち、あらゆるものがここに平伏するだろう。だが、この墓は名を施さず、一切に開かれている。ここは、これほどに、二つの対極を併呑《へいどん》する場である。こうして、長寿寺の「高所」は、己を言祝《ことほ》ぐ場であり、いかなる事実をも言祝《ことほ》ぐ場であり、生を言祝《ことほ》ぐ場である。間とは、一切に開かれた場、無罣無碍《むけいむげ》の場である。

君よ、この庭を看よ。

秋の庭に住《とど》まう虫は、一切を看て、なにもみない。

彼らにとって、緋毛氈《ひもうせん》は、「それ」でしかない。緋毛氈《ひもうせん》の上にあがれば、「ここ」でしかない。われわれが正座し、声を潜める緋毛氈《ひもうせん》も、彼らにとって、踊り、踊り、愛し合って、はたして死ぬ場でしかない。

「バイバイ」

無罣《むけい》は独りごつ。

無罣《むけい》の手から、一匹のウマオイが放たれる。けれども、このウマオイは彼の足へと、再び舞い戻った。

「バイバイ」

無罣《むけい》は独りごつ。

再度、彼の手からウマオイは放たれた。けれども、このウマオイは彼の足に、またもや、舞い戻ってきた。

いかさま、悦びは人間にとって、目下、緊要なる問題である。しかし、この議論の前に、最後にもう一つだけ、注意点がある。

われわれは問う。「生きる悦び」とはなにか。「生きる悦び」とは、はたして、どのようなものか。

ここで問題となっている悦びは、生きることへの単純な悦びと、つまり、の喜悦と、決して分たれるものではない。確かに、「生きる悦び」に関する分析は、哲学史上、いささか不明瞭であったことは否めない。けれども、この不明瞭さは、意図的かつ、熟慮の上での混沌である、といえるだろう。

われわれは、単純に悦びを語りえない。悦びを語るやすなわち、不明瞭なものになってしまう。端的な悦びの表現とは、いったいどのようなものだろうか。「生きていることが、すなわち、悦びである」このようにいうしかないだろう。そして、次のようにもいえる。

「混沌がなければ悦びもない」

不明瞭さがなければ、われわれが悦びに無感覚になること、必定である。

廓庵《かくあん》和尚の頌《じゅ》にはある。

茫々《ほうぼう》として草を撥《はら》い、去《ゆ》いて追尋《ついじん》す。

哲学の議論の始まりである。

水闊《ひろ》く、山遥かにして、路《みち》更に深し。

哲学が追求してきた二元世界には、いく当てなどなかった。

プラトンが理会しえなかったイデアは、目的地ではなかった。

ここに悦びは生きていない。

同じく『十牛図《じゅうぎゅうず》』の第一図にある。

「力尽き、神《しん》疲れて、覓《もと》むるに処無し」

コスモスとカオスを分かち、コスモスのうちにのみ逃げ込もうとする世界、こには、悦びはない。生とは、然るべきものである。否。「べき」とはいささか大業であろう。悦びと「生きる悦び」の間には、実際に、どのような違いもない。悦びが、「生きる悦び」と一体となっている、このような実感ほど、悦びを示す確かな標はないだろう。

プラトン以来、われわれは悦びを理解しようとしてきた。「茫々《ほうぼう》として草を撥《はら》い、去《ゆ》いて追尋《ついじん》す」、である。しかし、悦びとは「水は自ずから茫々《ほうぼう》、花は自ずから紅《くれない》なり」、である。

君よ、悦びに対するに、わたしは、この理解会得をしなければならない。

「ニーチェ作品の特徴の一つ、最も意義深い特徴の一つは、ディオニュソス的価値を、頌《じゅ》したことにある。無限の陶酔を称賛したことにある」

バタイユはいった。

君よ、わたしを愛せ。愛を知らぬ者を愛せ。

愛を知らぬ者の縁となれ。

君を求める者の縁となれ。

悦びは、「生きる悦び」と同一である。

プラトンからハイデッガーに渡る、万代の哲学を鑑みれば、悦びに関するこの論結は、異説であろう。なぜなら、伝統哲学において、真の悦びとはひたすら「生きる悦び」を「克服」することによってのみ、達成されるものであったからだ。あるいはまた、哲学者たちは、縷々と説き伏せてきた。然るべく実存するものと離れなければ、たとえそれが、どれほど歓喜に足るものであろうとも、あらゆる実存と距離をとらなければ、真の悦びに到達されない。

このようなテーゼの真偽は、自ずから決せられるはずはない。いついかなる時代においても、これを真実であると証する人数に比例して、真とされるものであった。これらの証言によって自らの「賢愚」を判定させる人数に、比例するだけのものであった。

はたして、わたしは迂愚なのかもしれない。わたしは声高に繰り返す言葉をきく。「客観的に」。「客観的に」。どのような時でも、どのような場でも、「客観的に」あらねばならない。この者たちにとって、悦ばしいと感得される実在対象など、毫末《ごうまつ》もないのだろう。この者たちによって支持される主張から導き出される結論とは、どのようなものだろうか。

嗚呼、じつに愚昧だ。

およそ悦びとは、眩暈《げんうん》のような虚しい喜悦に存する。およそ悦びとは、悦びの対象自体によって、即座に裏切られる。したがって、悦びの存するところは、一種神秘的な体験のうちか、さもなければ、形而上学的「追尋《ついじん》」のうちにしかないだろう。

声ならぬ声が聞こえた。

そこにいたのは、窓外の格子をよじ登ろうとする一匹のハラビロカマキリ。彼はただひたすら、上へ上へ、登ろうとしていた。だが、君よ、みよ。桟の最頂点へ至ったとしても、彼はそれからどうするのだろうか。そこから先には、彼が辿った道と垂直に、地面と平行に、不動の窓枠が阻んでいる。彼の行く先は、確実に、塞がれている。上へ、上へ。それでも彼は登り続けた。上へ、上へ。数分先を決して疑うことなく、彼は登る。数分前を決して悔やむことなく、彼は登る。一本の格子を、彼は登る。不動のものなど、無きがごとく。未来も過去も、無きがごとく。

否。君よ、みよ。このカマキリは、頂上近くから、下へ引き返してきたではないか。これぞ、驚天動地、われわれを転倒させるものだろう。

いかさま、上へ登ることなど、容易いことなのだ。彼が証している。元の地へ引き返す道々で、彼の足は何度となく、宙に浮いているではないか。しかし、二本のカマを別々の格子に引掛け、四本の足は別々の格子で踏ん張り続けながら、この者は地上を目指した。

「然り、然り」

無罣《むけい》は独りごつ。

なぜだろうか。否。

「なぜ」を開けば、目が目標を追ってしまう。

目的はないのだ。

彼が生きているのは、彼の生でしかない。生まれてから死ぬまでの、全体的な一個の生を生きるのみである。彼が歩いているのは、目的地までの道中ではない。上へ登り、どこかで下る。彼が歩いている道とは、すでに一個の生である。このカマキリの悦びは、まさに「生きる悦び」にしか存しない。

上へ登れば、また下る。このカマキリに、名など献じられるはずはない。なに事もなし遂げていない者に、贈る名など、あるはずもない。

名を成す目標など、生きる目的など、われわれの業のうちにしかない。

君の名は、初めからなかった。すると、わたしの悦びは、君が、名など貼り付けられないうちに殺されたことに存するのだろう。

「名無しとは」

優渥なる瑞祥、あるいは、不気味な嘔吐。

みなが問うだろう。

「名無しとは」

「ム、ム」

十一月十九日

人間の業とは、果然、一匹のカマキリの生にすら悖《もと》る。そもそも、パスカルやハイデッガーなどの神学者や哲学者が、巨細に描き出してきたことこそ、人間的な、あまりに人間的な経験である。

　余りに人間的な「宿痾」である。

　プラトンもまたその一人である。死にゆく白鳥の叫びは、誕生の歌に、新たな別天地への再誕の歌に同一視されている。けれども新たな地とは、はたして、どのようなものなのだろうか。再誕の悦びは、はたして、「逃げ口上」ではないだろうか。

　永久不滅の「現前」の利が目された、現在からの逃避、これである。

　永遠不変の存在の利が目された、儚い実存からの逃避、これである。

　これはやはり、万代の哲学者たちによる、自らが逃避するための口上ではないだろうか。

「法に二法無し、牛を且《しばら》く宗と為す」

　廓庵《かくあん》和尚はいった。

　ここでわれわれが議論しうることは、伝統的な主張に逆らうことではなく、「生きる悦び」と、それ自体の妥当性を慮ることであろう。

「金の鉱を出づるが如く、月の雲を離るるに似たり。一道の寒光《かんこう》、威音劫外《いおんごうげ》」

　ここから、われわれの議論は二つの大きなタイプに帰せられる。一つは、一般的なものであり、上辺だけの論定である。もう一つは、論の俎上に乗ることは第一のものほど頻繁にはないものの、確固とした議論であり、さらには決定的な議論でさえある。

　まずは第一の議論である。すなわち、「生きる悦び」は、生に順応、妥協していることにある。このような妥協によって、われわれは、実存からえられる悦びに見合うものを、この一切を断念する。こうして、生は、真の悦びの代用品でしかなくなる。

プラトンはいった。

「物体への愛は、ほんの束の間の愛の代用品でしかない」

「人類の永続性とは、不死性の一過でしかなく、存在の永遠性の代理でしかない」

けれども、われわれは、この議論の弱点を、即座に捉えられるだろう。「真の」という用語によって、はたして、彼らはあらゆる結論を想定し、承認しなければならないところまで追い込まれるからだ。「代用品」という用語によって、生きる悦びを、不本意ながら、諦めの内に書き込まなければならないからだ。

この哲学者たちは、自らの首を自らで絞めているのである。したがって、当の議論は、受け入れがたいものであり、あまつさえ、誤りである、と論結できる。

「法に二法無し、牛を且《しばら》く宗と為す」

彼らは、真実を求めて家をでたまま、帰ってこなかったのである。

「家山漸《ますます》す遠く、岐路俄《にわか》に差《たが》う」

わたしが「哲学」をしていたら、君はどんどん遠くなっただろう。ふるさとを慕って、ふるさとに迷い、ふるさとに背いてしまっていただろう。だからこそ、是非が勃起してしまうのだ。

こうして偽りが暴かれた以上、この議論は、第二の、「生きる悦び」にとって、唯一、有効な議論へ委ねられなければならない。

これらの哲学者がいう「生きる悦び」が目指しているもの、それは、不朽不変の存在がもつような安定性や永続性であることが、如上の分析によって明証されたからである。これらの者たちが目指しているものこそ、彼らの業に他ならないことが明証されたからである。

「生きる悦び」とは、はたして、このような「目標」とは正反対のものである。

君よ、仰ぐな。君よ、「上」を認めるな。君よ、「下」を踏むな。

君よ、足下をみよ。そこには生そのものがある。

「背覚《はいかく》に由《よ》って以て疎《そ》と成り、向塵《こうじん》に在って遂に失す」

廓庵《かくあん》和尚はいった。

「生きる悦び」とはまさに、一炊《いっすい》の夢、諸行無常、移ろい続ける実存の内でこそ、瑞々《みずみず》しくあり続けるものなのだ。この瑞々《みずみず》しさにパラドクスがあることは、いうをまたない。あまつさえ、釈明すべき狂騒的なヒロイズムやマゾヒズムの嫌疑がかかってしまうことも、無論、あるだろう。

ところが、老師たちは看取していたのだ。われわれが、平常的に体験する悦びこそ、事実である。日常的で、此岸にしかない喜悦こそ、擁するべきものである。

こうして、老師たちは、「生きる悦び」を証言し続けてきたのだ。

詮ずるところ、実存の味わいは、時間の味わいである。このような気韻は、夢幻泡影そのものであろう。過ぎ去っていくもの、生成変化するものであるはずだ。けっして恒常的なものでも、確実なものでもない。いわんや、このような神韻が完成されてしまうことなど、けっしてない。

それにそもそも、生において無上のもの、最も確かな「不変性」は、どのようなものだろうか。もし、生に名がつけられていたとしたら、そのときわたしは、「生きている」といえるだろうか。

唯一確実な「不変性」とは、このような可変性、流動性にあるのだ。生の本質は無常である。生の本質は、一様に、儚いものである。

生とは、語りえないものを、語るものでもある。

生とは、然るべきもの、一つの円相《えんそう》をなすものである。

生の賞玩《しょうがん》が必然的に意味すること、それは、まさに生を享受することである。生そのものを、無目的に悦ぶことである。生が不動性や永続性を欠いている、と憂い悔やむことは無用である。

ここ、鎌倉長寿寺もまた、いま、晩秋である。

「おかげさまで」

これに尽きる。

君よ。いま、ここにいることを、すでに君に感謝している。

わたしは君とともに、いま、ここにいることを、いつかきっと「わたし」に感謝することになるだろう。

この「間」が秋である。

どのように秋は、われわれを魅するのだろうか。この魅力は、秋であるという切り離された時点にあるのではない。この魅力は、秋という名にあるのではない。秋が不動のものであるはずはない。秋が移ろいのなかにあるからこそ、魅力的なのだ。

ここ、鎌倉もまた、移ろいのなかにあるからこそ、魅力的なのだ。鎌倉という地は、一貫性のなせる技では、けっしてない。

魅力とは移ろいのうちに控えるものなのだ。

秋が夏を変え、秋が冬によって変えられるという事実にこそ、このような魅力はある。自らに固有な秋の「存在」、これはまさに、秋がなすこの変容にこそ存するのだ。

秋の魅力の「即自存在《そくじそんざい》」とは、はたして、どのようなものだろうか。けれども、秋の悦びとは、じつに深奥なるもの、不可知のものだろう。プラトンも、この不可知のものを描出しようと試みている。けれども、はたせるかな、悦びは移ろい続けるものである。自立した固有の描写を拒むものである。

さらにわたしは、一つの指摘を付け加えておこう。秋そのものと、プラトンが思い描いた心象にあるような「秋なるもの」とは、程遠い。これら両者は、まずもって、ほとんど似ても似つかないものである。

ここからわれわれは、実存の魅力を解するだろう。実存の悦楽とは、永遠性の分有という怪しげなものに比例して、評価が上がり、繙《ひもと》かれるものでは、まったくない。反対に、実存の悦びは、存在論者や形而上学者が概念形成するような「存在」から、いかに「縁遠い」かによって、概念からの「無縁性」に比例して、評価されていくといえるだろう。

秋の「存在」など、ないのだ。

然るべく秋は実在する。

一途に、然るべく秋は、いま、ここにある。ただそれだけのことだ。ただひたすら、昇り降りするカマキリのように。

枯れていくものにこそ、実存の妙はある。

花の名もまた、時々刻々とかき消えていくものである。

「わたしの名もまた、滅せられていくだろう」

無罣《むけい》は独りごつ。

十一月二十日

「生きるとは、どのようなことか」

ニーチェはいった。

「生きるとは、死のうとする何ものかを、絶えず自分から突き放すことである。生きるとは、われわれにおける一切の弱化し、老化したものに対して、冷酷無比であることだ。生きることは、死にかかっているもの、憔悴したもの、老いさらばえたものに対して無情であることだ。生きることは、不断の殺害者であることをいうのだ」

オデュッセウスは、実存と不死を幾度も対置させている。不死とはすなわち、たとえそれが最高の誉れとなるものであったとしても、果然、青白くて病弱なものである。

一方、実存とは、いかに儚く惨めで、辛いものであってもなお、力強さに充ちたものなのだ。叙事詩が始まるやいなや、カリュプソが誘い惑わすこのような不死を、オデュッセウスは絶えず拒んでいる。死者の国を訪れた際に、オデュッセウスは偶然、アキレウスに出会う。彼は、礼節に則って、アキレウスの死後の不死性を称える。ところがアキレウスは、オデュッセウスによる賛辞の開口を遮って慨嘆する。

「ああ、わたしの貴い友、オデュッセウス、わたしの死に気休めを言うことはやめてくれ。これらの死者たち全員の王として君臨するよりも、むしろ牛飼いのように、御馳走もでないような貧しい小作人の従者となって、わたしは生きることを望む」

帰するところ、生の要訣とは、このようなものである。

すなわち、生という単純な事実は、「存在」という概念を、さらに「存在」の特性、つまり不死性や永遠性を、生の事実それ自体によって峻拒《しゅんきょ》し、反証しているのだ。

「永遠の悦びなど、いったい、どのようなものだろう。われわれから、ちりあくたのようなわれわれから、あの連綿と続く生のなかの余白の時、病み衰えているような余白の時、すなわち、様々な不安に襲われている時を遠ざける、ただそれだけの目的のために、永遠なるものを望むとは」

バタイユはいった。

けれども、「生」と「存在」の間にこのような不均衡性があるからといって、当然、「生きる悦び」と、悦びとが混同されることがあってはならない。

悦びは「生きる悦び」にしかず。

この最終的な定式に至るには、スピノザを援用するのが捷径《しょうけい》だろう。曰く、悦びとは、そもそも悲しみと対立するものである。かつ、悦びは、小さい「完成」から、大きい「完成」への移行である。したがって、悦びとは本来、敢え無いものである。

「われわれは、悦びをもたらすものとわれわれが表象するものを、できるだけ表象しようと努める」

スピノザはいった。

「悦びは完全性そのものではない。もし、人々がこのような完全性を生まれながらにしてもっていたとしたら、人々は悦びの感情なしにそれを所有しただろう」

だが、「生きる悦び」には、悦びよりも多くの「完成」が、すなわち現実がある。

「生きる悦び」とは、現実的で「完全」なものである。

他方、悦びとは、潜在的なもの、すなわち、自らの完結性を期するものである。

全き悦びとは、「生きる悦び」に、もっぱらここにある。

純然たる実存そのもののうちにこそ、喜悦の源がある。

確かに、しばしば悦びは、その恩恵を蒙る者に、この者の与り知らぬところで、この者が意識していないからこそ、与えられる。けれども、仮にこのような事実があったとしても、日常的な出来事の観察によって悦びの源泉は証されるだろう。

悦びとは、至って平常底なのである。

長寿寺から常楽寺への途次、別のカマキリに邂逅する。このカマキリは、ハラビロでもなく、緑でもない。

「なぜだろう」

易々と、われわれは因果の獄卒に絡めとられてしまう。

カマキリに遭ったこの場所は、まさにコンクリートによって閉じ込められた、鎌倉の街に、偶々《たまたま》空いたコンクリートの牢獄であった。

「まさか、カマキリがプライベートを天に懇願したわけでもあるまいに」

無罣《むけい》は独りごつ。

「ムムム」

いかさま、難題である。はたして、謎である。

彼は、一体どうやって、四方のコンクリートを乗り越えてきたのだろうか。

「なぜ」と聞きたくても、カマキリには、名などない。呼び掛ける名などない。彼は、別の者によって保証され、逮捕され、投獄され、監視されるわけでもない。自らを、自らで導かなければならない。このような牢獄へと、自らが赴き、自らを投げ入れなければならない。

いかさま、われわれには至極の難問であろう。

はたせるかな、名の無いカマキリは、いま、ここにしかいない。

「ムム。ム」

これで好いのだ。

そして、わたしはカマキリを拾って、コンクリートの扉を開けた。

このカマキリは、然るべく、数時間前の境内でのカマキリと別である。彼らには、選別も、忘却も無縁である。

はたせるかな、いま、ここにいるカマキリは、名を超越している。

われわれのうちでは、記憶が命綱である。

さらに、記憶とは問いが命綱である。「なぜ」「なに」「いつ」、に答えなければならない。

記憶がわれわれのうちで、あらゆる名詞を構成する。こうして名は、われわれと一体化していく。

然り、われわれの記憶とは、単なる能力である。記憶は美徳などではない。記憶は、われわれに、最善の答えを提示するべく、奉仕しなければならないのだ。

しかし、このようにもいえるだろう。われわれは、名という牢獄にすでに囚われている。

生まれてこのかた、記憶の因果に搦め捕られている。われわれはつねに虜囚であったのだ。

この鉄格子はけっして消えない。

われわれ人間は牢獄を忌避しながら、牢獄へと不可避的に呪われているのだ。これが、余りに人間的な業なのだ。

十一月二十一日

少し、記憶について論じよう。

記憶とは、名そのものであろう。「なぜ」「なに」「いつ」に答えられた、それぞれの答えに名づけられたものである。

記憶を構成する諸名詞は、まさに自縄自縛のためにある。

そして、名を欠いた人間は、人間ではない。

記憶の喚起とは、より厳密に言えば、正確さへの顧慮である。当の思い出自体には、なんら特筆すべき悦びはないにもかかわらず、われわれは追憶の正確さを懸念する。なぜなら、ここには主体の実存が賭けられているからである。はたして、その参加者、もしくは主人公であった者たちの脳裏に、忽然《こつぜん》と、当の出来事が思い浮かぶやいなや、実存は無際限《むさいげん》の議論の、熱のこもった論争の題材になる。

いかさま、身体疲労の記憶しかないツアーについて、疲労によって身体に刻み込まれた記憶しかないツアーについて、参加者たちは数日後に足跡をたどるだろう。「なに」「いつ」「だれ」、「そうじゃない」「そうだ」、と手も口も頭も、食べ物によって塞がれているのもかかわらず。

例えば、「なに」が。この質問が注がれるやいなや、当事者たちの脳は沸騰する。けれども、第三者は知っている。彼らを奮い立たせた答えが、あくたのようなものでしかないことを。

そして、これらの討論の熱は、ここに賭けられているものが僅かであればあるほど、奇異なものとして映るだろう。だが、ここではなにものも偶然に任されてはいない。主人公がそこにいたとき、なにが起こったのか。この問題について当人がほとんど気に病んでいないということは、人口に煩わされることもない、ということである。

記憶の名は、まさしく自画自賛のためにある。

ある者はいうだろう。素晴らしい車エビの天ぷらを食べた。こう思い出しているにもかかわらず、当日は、素晴らしいトンカツが供されていたかもしれない。けれども、当人にとって、天ぷらの追憶にはなんの憂悶もないだろう。

正解など、どうでもよいのだ。そこに天ぷらがあれば、それでよいのだ。

ある者はいうだろう。当日の終わりには、雲は一掃され、空は晴れ渡っていた。だが実際には、空は一日中雲で覆われていた。

どうでもよいのだ、晴天がそこにあれば。

ある者はいうだろう。自分は電話をした。だが実際には、全く予期しないことに、この者は電話をしていなかった。

どうでもよいのだ、電話をかけているのだから。

このように、己の記憶を案じなければ、己の名を案じなければ、一毫《いちごう》の憂いもないのだ。これほどまでに激しい関心は、すべからく、当人がそこにいて、当人に強烈な印象を残した過去のある場面に至るべきであろう。けれども、この印象は無関心を装っていたり、あるいは、漠々《ばくばく》とした不愉快さを持っていたりする。追想とは、いかさま、煩瑣なものなのである。

素晴らしいではないか、自縄自縛かつ、自画自賛の名。

記憶は、これほどまでに逆説的なのである。

同様に、悦びにもまた、パラドクスが不可欠なのである。死する生であるからこそ、悦ばしいのである。アキレウスの生は、憧れの対象になるかもしれないが、悦びではない。

このように、記憶の行使は、実存の特権を立証するものである。すなわち、正確さへの偏執狂である。記憶と事実の符合への、マニアックなまでの執念の証左である。

ここまでのわたしのように。

「君の名は」。正確な名、正確な時間に憑かれていたわたし。

君がいる場がある、と信じていたわたし。

このような君は、妄執であった。そもそも、君には記憶されるべきなにものも、なかったのだ。

ただ、振り返れば道がある。

いまや、すでに、ここに道がある。

「実存する諸々が重要なのである」

ポール・クローデルはいった。

記憶があるからこそ、生は合理的だ。

「生から最大の収穫と、最高の享受を刈り取る秘訣は、危険に生きるということだ」

ニーチェはいった。

記憶があるからこそ、生は不条理だ。

「君の死に理由はない」

嗚呼、ようやくわたしには、告白の恵みが与えられた。ここ長寿寺が、わたしの告白の場である。いまや、わたしは道を看た。

儚い秋の最中、悦ばしい秋の最中、明日の寿は万端である。

「君は死ぬのだ」

十一月二十二日

快晴。君よ、われわれは天気をえた。天は君を肯《うべな》う。

君よ、わたしの手をとれ。

「一緒に行こう」

秋の調べ。秋の滴。秋気に充ちたいま、ここ長寿寺の本堂、お釈迦さまの前で、天は君を言祝《ことほ》いだのだ。

「一緒に行こう」。ただそれだけだ。

そして、わたしには清めの酒がかけられた。こうして名は昇天した。

十一月二十三日

君はいまこそ、一切を肯《うべな》う。君は、永劫、言祝《ことほ》がれるだろう。

そもそも、君は無名であったのだ。

しかし「わたし」は、この話を語り継ごうとしている。

「わたし」はいまだしい。鎌倉の葉もまた、いまだしい。

君は、「わたし」を言祝《ことほ》ぐ。「わたし」はけっして、穢れではないはずだ。けれども一方で、「わたし」はいまだ、「迷い」のうちにいる半端者だ。浄不浄の束縛を受けている者だ。

君は、すでに肯定者である。

しかし、語り手の「わたし」は、だれかを求めてしまっている。そして「わたし」には無数の君がみえている。これは、「わたし」の告白が、「わたし」を透明にすることができなかった証拠だ。いまだ泥まみれだ。

ここを去ろう。

なぜなら、「わたし」は清められてしまったからだ。ここにいれば、「わたし」をみる者が、求める者がでてくる。これは「わたし」が忌避した名ではないか。

ここに止まることはできない。

「わたし」の名は罣。「わたし」は自分の名を、いまだ、否定している。はたせるかな、道が続いているのだ。

嗚呼、これが教えなのだ。

ならば、「わたし」は行脚し、君たちの前に立とう。

だれでもない、君たちが「修行」を続けるのだ。

十一月二十四日

水辺、林下、跡偏《あとひとえ》に多し。

芳草は離披《りひ》たり、見たるや。

廓庵《かくあん》和尚はいった。

「わたし」は、齢四十をこえて、多くの本を読んできた。本を読んで、多くの教えの跡をみてきた。しかし、「わたし」はいまだ、なにものにもなっていない。「わたし」は、相変わらず、なにかを求めているのだ。

宿命なのか。偶々《たまたま》君たちに対面したことは、必然だったのか。

いま、ここから、「わたし」は始まる。「わたし」は君たちと出会い続けるだろう。さまよい、迷うこの道々で、君たちに呼びかけるだろう。

さて、いつからこの道が始まったのか。君たちが一切を肯《うべな》う以上、「わたし」には始原がもはや分からない。したがって、この道の「果て」もまた、わたしには予想などできないままでいる。できないままで、すでに「わたし」は歩き始めている。

ニーチェは自分を、未来の子、と呼んでいる。

ニーチェは超人ではない。誤解されやすいが、ニーチェは超人を予告するものでしかない。ニーチェは過去に対する、未来の優位という原則を一貫して主張している。詰まるところ、過去もまた、いまだ発見していないものなのである。

「なさねばならないこと。それは、人間が、自らを自己克服すべく人間を支配することである。この自己克服は、それに耐えうる者以外の人間を滅ぼしてしまう教育によって可能になる」

ニーチェはいった。

ニヒリズムそのものの克服は、未来を創造する意志によってなし遂げられる。このような意志こそ、一切の価値を創造する意志であり、肯定する意志である。西洋的無を斥け、生を肯定する力への意志である。

「困窮が必要なのだ。若者たちが、外からではなく、不幸が訪れることを熱望する。こうした困窮渇望者たちが、自分の心の内奥から自身を悦ばす力を感じるならば、そのときには彼らはまた、内奥から自ら独特の困窮を創造する術を会得するであろう。そのときには、彼らの創作物は、素晴らしい音楽のような響きを立てるだろう」

ニーチェはいった。

「君たちよ」「若者たちよ」、ニーチェが呼びかけるとき、彼は教育者となる。

悦びにはパラドクスがある。

生の悦びによって、生が生としての力を取り戻すよう、君たちは「わたし」に呼びかける。

「わたし」よ、パルマコンとなれ。

薬は、単に薬となるのではない。薬は単に、治療するものではない。薬は同時に、毒でもある。

ここから、悦びに不可欠なパラドクスの吟味に至る。

パラドクスは哲学者を魅する。プラトン以来、すべての哲学者は、このパルマコンと熱戦を繰り返してしてきた、といえるだろう。これらの哲学者たちは、毒薬を医薬にすべく奮闘し、はたせるかな、その都度、毒薬を征圧した。けれども、彼らは、実際、パルマコンを鞭撻《べんたつ》し、より強力なパルマコンへと変成させ続けたのだ。

パルマコンこそ、ありとあらゆる知を産みだす妙薬である。パルマコンこそ、ありとあらゆる知を弑する毒薬である。現在、ある者がニーチェの言説によって力をえたのなら、それは毒薬をも服した、ということだ。この者は、人か非人かを選別する言説に教唆された、人非人《にんぴにん》である。

「パラドクスこそ、人を創造するものである」

罣はこたえる。

今日のニーチェは、ある穏やかな状態を迎えている。彼に対する情熱的な態度、彼の虜であれ、彼の告発者であれ、われわれはこの熱狂状態から脱している。ニーチェほど読解が多様化する思想家はいないだろう。その異質性は、読者を不安に陥れる。しかし反面、それは魅惑的でもある。

「ニーチェこそ、至当《しとう》のパルマコンである」

罣はこたえる。

悦びがもつパラドクスは、極めて明瞭に約《つづ》められる。すなわち、悦びとは実存に関わり、かつ実存を無条件的に悦ぶことである。

われわれの精神がもちうるかぎりの冷厳さ、明晰さによって考慮してみよう。果然、悦びとは、まさに実存することへの悦びに他ならない、と論結できる。

二元論は、実存への反対を表明することを、または、その望ましからざる性質を認知することを強いられる。いつの時代にも、これを強要され続けてきた。それはなぜか。

伝統哲学が欣求《ごんぐ》する「不変性」において、偶然にも実存に起こりかねないこと、実存に固有の「存在」がなされるところのものは、認められないからである。この者たちは、自らを永遠に救済しうる「妙薬」だけを求めたのだ。この「妙薬」は、「必然性」「恒久性」などに選り分けられ、それぞれのラベルが貼り付けられている。「偶然」が登壇し、身を保つようなチャンスも可能性も、ない。

万代の哲学者たちは、まさに「背覚《はいかく》に由《よ》って以て疎《そ》と成り、向塵《こうじん》に在って遂に失す」、であろう。彼らは、もともと、「ここ」にあるものに背を向けて、自ら迷いへと向かっていったのだ。

「わたし」は呼びかけられる。

「わたし」を看よ。

己事《こじ》究明。

力尽き神《しん》疲れて、覓《もと》むるに処無し。

廓庵《かくあん》和尚はいった。

いいだろう、「わたし」こそ、さまようがよい。徹底的にさまようがよい。しかし、「わたし」を看続けなければならない。そして、君たちの呼び声が奮い立たせる。地獄の浄福《じょうふく》、永遠の恋人、あのベアトリーチェのように。

「わたし」の足下は、この声援で成り立っている。

いま、ここで最も愛着のある対象は、必ずや、無、あるいは概無に帰せられる。否。帰せられなければならない。

「わたし」は、ここにいる。

このような「無」について、千思万考しなければならない宿業こそ、哲学の「悩みの種」、

「プンクトゥム・プルーリエンス」である。これこそ、ショーペンハウアーがいう、「引っ掻き傷」である。

「単に世界が存在するということだけではなく、世界が極めて悲惨であるということ、これが形而上学の『プンクトゥム・プルーリエンス』である」

ショーペンハウアーはいった。

このような「無」こそ、ショーペンハウアーが「引っ掻き傷」とたとえていることであり、詰まるところ、あらゆるものの内に存する痛点であり、まさにあらゆる思考を「腐敗」せしめる場所である。すなわち、キルケゴールが語る「死に至る病」となる。

「絶望は人間の一番貴い部分を侵蝕した。人間は死ぬことができないのである。死によって、この病から救われることは不可能である」

キルケゴールはいった。

幾世紀にも渡ってわれわれは、哲学を救い出そうと試みてきた。この企てによって、大いに生を悦び、生を愉しむ実践と、実存の脆弱さの認識とを、合理的に両立させようとしてきた。けれども、「死に至る病」というキルケゴールの暴露によって、この企画は、否応なく挫折する。

ニーチェより前にモンテーニュは、実存に内在する危うさを看破していた。実存の脆弱さを批判する議論は、手の施しようのない絶対的な悪に等しい。そして、われわれに対する、そして生そのものに対する死刑判決に等しいものである。

「われわれの種々様々な病の内で、最も度しがたい病とは、われわれの存在を蔑視することである」

モンテーニュはいった。

このような議論については、哲学の歴史全体が、十二分に、実証している。

哲学が歩んだ足跡とは、どのようなものだったのか。モンテーニュやニーチェのごとき、哲学の歴史から離脱している特例を除けば、実存の告発、その脆さゆえの告発を首尾よく成功させ、はたせるかな、勝訴した歴史であった、と要約されるだろう。パルメニデスやプラトンから、キルケゴールやハイデッガーまで、哲学者は漏れなく、最も明確かつ最も辛辣なやり方で、実存に対する訴訟に臨んできたのだ。

この点における旗幟《きし》は、じつに鮮明である。

これらの哲学者たちの思想に、斧鉞《ふえつ》を加えたくなるのも、道理である。好例として、シェークスピア『ロミオとジュリエット』に登場する僧ロレンスの言葉を参照しよう。

僧ロレンスは、すんでのことに、自らを殺めるところだったロミオを叱責する。

「よいか、これこれ、元気を出すのだ。ついいましがた、死なんばかりに恋い焦がれていたお前のジュリエット、お前の愛しのジュリエットはちゃんと生きておる。お前はこのような幸福に恵まれているのではないのか。ティボルトがお前を殺そうとしたが、お前がかえって奴を殺してのけたのだ。これもまた、お前の幸福ではないのか。しかも、当然、死刑を宣告すると思っていた法律までもが、お前の味方になったのだ。お前は追放の判決で済んだのだ。これほどまでに、幸福に恵まれているのではないのか。これほどまでに重ね重ねの幸福が、お前の頭上に降り注いでいるではないか。運命が、最高に晴れやかな姿でお前に好意を示しているではないか。それをなんだ、お前という男は。まるで行儀を知らない小娘のように、口を尖らして、これほどまでの幸福や恋に対して、ふくれっ面をしているとは」

僧ロレンスはいった。

最高の幸福とは、平常底である。万代の哲学者たちが求めて続けてきた至道《しどう》は、真実への道は、じつは日常生活にあったのだ。

「至道《しどう》は無難である」

ソクラテス以来、これに気付いたのは、哲学の伝統とみなされない思想家たちだけである。

「人間の無邪気さ、すなわち知性の愚鈍な奥深さによって、あらゆる種類の悲劇的愚行が生じる。明々白々なペテンが生じる」

バタイユはいった。

十一月二十五日

芳草は離披《りひ》たり、見たるや。
縦是《たとい》深山の更に深き処なるも、
遼天《りょうてん》の鼻孔《びくう》、怎《なん》ぞ他を蔵《かく》さん。

廓庵《かくあん》和尚はいった。

真実は足下にある。いまだ色づかなくても、はっきりと紅が看て取れるだろう。

いま、ここをみよ。渺々《びょうびょう》たる、紅葉の大海が、この足下に横たわっている。

「わたし」は、この大会の波頭に立っているのだ。

君たちの目だけではない。ありとあらゆる穴、君たちの百穴が、一斉に開いているのだ。

この大海は、理解しうるものだろうか。否。

悦びと、悦びの合理的正当化との間にある両立不可能性とは、帰するところ、悦びのパラドクスを規定する両立不可能性である。

悦びというもの、それは、思考しえないようなものとして存する。なぜなら、悦びを規定するものが悦びのパラドクスであるのなら、規定の因果が排されてしまうからだ。つまり、悦びとは、実感することができても、理解することが不可能なものなのである。

悦びとは自らを説明することができないのだ。さらに、しかじかの議論の力を借りて、自らを灰塵化させるような危険から身を守ることも、できないのである。

鎌倉山ノ内から、八幡宮を渡っていく。お宮を巡って、すっ、と抜ければ浄妙寺である。ここに生粋の癒し猫、ひるねこがいる。そして、浄妙寺から少し戻ろう。

「さあ、来い。さあ、さあ」

無量の竹声がわれわれを誘う。報国寺である。

竹の一撃が、「わたし」を知らせる。

「わたし」は、竹の召喚に応じなければならない。

なぜか、と問うてはならない。いったん、竹声を聞いてしまったからだ。悦びとは思考しえないものである、という事実から、どのような論結がされるだろうか。悦びを実感したとしても、この悦びは、いわば「幻」である、というべきだろうか。あるいは、しばしば気ままになされる別の結論に達するのだろうか。カントの論である。

これは、いまもって、曖昧模糊とした論であろう。カントの帰結に正当性はあるだろうか。「イデア」というものは、たとえそれが理解しえないものであったとしても、「幻想」の領域へと必ずしも定められるものではない。自説の根拠としてカントが援用したもの、それが件の、魂の不死、自由、神の存在である。

「わたし」は思う。彼の主張は君たちに伝えるべき論題とは関わりのないものである。けれども、カントが『純粋理性批判』と『実践理性批判』で励行した議論には、ある利得がある。つまり、この議論によって悦びが、一つの経験として認められるようになる。依然として理解しえないものであるのだが、それでも幻想的なものではない経験として、認められるようになっていくのである。

したがって、ここに単純かつ決定的な二者択一が生じる。この二者択一問題は、これまで哲学が取り上げてきた諸問題の中で、最重要のものである、と付言しておこう。

この二者択一のうちの一つは、こうである。すなわち、悦びは、実存の悲劇と一時的に縁切りさせるような、錯覚に存するものである。この場合、悦びには一切の逆説はないものの、悦びは見せかけだけの錯覚ということになる。

続いて第二の選択肢である。すなわち、悦びは実存を、仮に、実存が手の施しようのない悲劇であったとしても、それを承諾することによってのみ成り立つ。こちらの項においては、悦びとはパラドクシカルなものではあるものの、幻ではない。

君たちを導くべき立場にいる「わたし」としては、これらの二者択一の内、第二項を選びたい。といっても、君たちにとっては、驚きに足ることではないだろう。「わたし」。という「わたし」は、もはや「わたし」ではない。けれども、常々「わたし」であったし、そして相変わらず「わたし」でいる。

必然と偶然の融解、諸行無常と無事の混淆《こんこう》。これほどの逆説があるだろうか。

「若《も》し者裏《しゃり》に向かって対得著《たいとくじゃく》せば、従前の死路頭《しろとう》を活却《かっきゃく》し、従前の活路頭《かつろとう》を死却《しきゃく》せん」

無門《むもん》和尚はいった。

この一言が、君たちの生死を賭けている。この刹那によって、生か死か、決せられる。そのとき「わたし」なにをいうだろうか。

悦びとは、このような悲劇性を甘んじて受け止めることである。こうして、「生きる悦び」は、実存と呼応するに至るのだ。それだけではない。

悦びとは、このような悲劇性を、逆説的にも、承諾することの内に存し、また、この承認によってこそ成り立つのだ。これこそ、悦びの特権でなくしてなんであろう。ここにこそ、悦びがわれわれに分け与える、格別の「道理」がある。これは論理ではない。このような悦びこそ、留保なしのものである。無条件の悦びといえる唯一のものである。このようにして、悲劇的な悦びはそれぞれ、固有のものとなる。

「わたし」は、なぜ、罣なのか、と自問する。

すると君たちは、なぜ、罣ではないのか、と自問しなければならないだろう。

「ある者は是という。しかし、別の者は非という」

罣はこたえる。

こうして、問いは無際限《むさいげん》に続く。君たちと分かれてしまっているかぎり、「なぜ」は無化しえない。

なぜ、この葉は紅葉であって、紅葉でないのか。科学的に紅葉を判ずることは可能かもしれない。しかし、なぜ、「紅葉」なのだろうか。こうして、「なぜ」は、無限に動き続ける。

耳を澄ませ。

「どぉおしっちじおぃ」

頼朝の足下にある公園で、子供たちはこれほどまでに、「生き生き」、しているではないか。「ドッジしよう」、ではない。「かくれんぼしよう」、ではない。彼らは、「問い」が立つ以前に、生きている。だから、「問い」は「問い」でしかなく、「イエス」「ノー」が不要なのだ。

このように、彼らは戯れる。特権的に戯れることができる。分節以前の、このような戯れをする精神こそ、ニーチェの「幼子たち」である。

「かくぉえふおささでくぉ」

いま、ここにある足下の葉々も、戯れとばかりに奏でている。「ザクッ」か「サクッ」か、なんだかわからない。

これはなんと、珠玉の調べであろうか。

然るべくあるもの、まさに彼らの分節しえない音声こそ、至妙の調べなのだ。分節される以前の彼らの調べこそ、本来の悦びであるはずなのだ。しかし、われわれは不可避的に、いや、決定的に、悲劇を認め、受け止めなければならない。「なぜ」、を介さなければならない。「なぜ」、問いと答え、ラクダと獅子、これらを経なければならない。

「ニーチェの悦び」の務めは、この極めつけの悲劇を承諾する覚悟を、われわれに与えることでしかないのだろう。

悲劇を甘受した悦び。このような特権があるからこそ、実存が構成されているところの様々な不幸を、われわれ自らが、十全に意識しつつも、なお、泰然自若としていられるのだ。このような不幸に対する冷静沈着な態度とは、悦びが不幸に対して無頓着であることを意味するものではない。まして、悦びが不幸に対して無知を装うことを示すものでは、まったくない。

それどころか、悦びとは不幸を堂々と待ち受けるものなのである。

それどころか、悦びとは不幸に対して、第一の当事者ですらあり続けるものなのである。

これこそまさに、悦びに存する、大いなる肯定の能力を証するものである。

この能力によって悦びは、どのようなものよりも、一層多く、一層良く、悪について知りえるのだ。

「この本は、長い間の窮乏と虚脱のあとの祝宴というべきである。再帰した力の、明日と明後日に対する新たに目覚めた信頼の、小躍りする歓喜なのだ。未来を、近づく冒険を、再び開けた海を、突如として感得した欣喜雀躍そのものなのだ」

ニーチェはいった。

梅の木をするり、するりと舞い落ちるひとひら。彼の生には、舞い踊る悦びしかない。彼は、非言語は、君たちに話しかけてきたのだろう。

「ひらり、ひらり」

しかし、それを解し、意味化するやいなや、君には、「大いなる障り」が立ちふさがる。

このわたし。

わたしは君を追った。

底知れぬ、
憎しみで、
わたしは憎しみで死にかけた。

バタイユはいった。

ここで「わたし」は、所述の論を要約し、君たちに伝えよう。

真の悦びとは、悦びと同時に、悦び自体に反対するものがあればこそ、存在しうるものである。悦びが悦び自体と矛盾するのだ。このような撞着があるからこそ、悦びは存する。しからずんばすなわち、悦びなど存在しない。

そうして、ようやく、悦びが生きるのだ。

十一月二十六日

長寿寺は、建長寺境外にある塔頭《たっちゅう》である。鎌倉街道から、石段が山門へ導く。この寺の「間」に、無数の君たちがみてとれる。

「ふるふる、ふる」

「ここ。ここ」

じつに愛おしい。

「わたし」の居所を定めているのは、「わたし」と相克しているからだ。そのため、君たちは複数形である。

そして、悦びは悦び自体と扞格《かんかく》する。この撞着性こそ、生そのものである。

これがなければ、これを経なければ「生きる悦び」もない。

昨日、われわれは、一つのパラドクスと僥倖した。悦びがもつこの逆説的な特徴から、三つの主な結論が演繹されうる。

第一の結論。悦びとは、その定義自体から、非論理かつ非合理な本質をもつ。確実性や一貫性を悦びが望むには、欠けているなにかがある。すなわち、説得力のある存在理由がない。あるいは、単純明快に告白し、公言しうるような存在理由が、悦びにはない。一般言語でもって悦びについて語ろうとすれば、極めて冗漫になること必定である。

いくつか例示してみよう。われわれが「狂おしいほどの悦び」を話題にしているとき、これはどうだろうか。あるいはまた、われわれが「忘我の境地にいる」ことを伝えようとしているとき、これはどうだろうか。

これらの機会において、君たちはなにを説明しうるだろうか。たとえ、可能である説明があったとしても、これほど、冗長で繁多なものは、ほとんど耳にしないだろう。だが、これらの冗漫な表現を、イメージによって解してはならない。われわれはむしろ、文字通りに理解するべきである。なぜなら、このような迂遠なる表現こそ、悦びの真実そのものだからである。

詮ずるところ、悦びには狂気しかないのだ。

悦びに満ちた人間をみよ。彼は、彼女は、どのようなさまを君たちにみせつけるだろうか。悦びの掌中にいるものたちは押並べて、必ずや、非合理なものなのである。それぞれが、それぞれの流儀で、理屈に合わないものなのである。

「わたし」は君たちに出会った。

「わたし」のこの、目の前に。明月院の小川で。ここには翡翠《かわせみ》がいる。

「わたし」のこの、目の前に。円覚寺や浄妙寺、寿福寺の境内で。ここには猫たちがいる。

鎌倉の街には、無数の名をもつ猫たちがいる。彼らは、出会った人間たちに、思い思いの名を奉らせて、のほほんと、しらぬ顔をしている。

建長寺の唐門を左手へ。われわれは半増坊《はんぞうぼう》へ向かう。石段が折れ曲がる道々、君たちのその目の前でリスたちが、じつに軽やかに口を交わしている。建長寺だけではない、山と寄り添う鎌倉には、リスたちがいる。鎌倉の街で、われわれはリスとも同居している。

「チチチ」

「パパ、どの鳥が鳴いているの」

「チチチ」

鳥の名で識別し、分類し、記憶しようとしても無駄であろう。

その名は、「鳥に非ず」。

彼らには名がない。あるいは、無際限《むさいげん》な名をつけられている。あるいは、「非名」という名をつけられている。

はたして、彼らには名がない。

彼らの生には、目的がない。彼らの生には、方向がない。

彼らの生には、開始も終局もない。

「なぜ」生きているの、と君たちは問われたことだろう。「なぜ」いまここにいるの、と君たちは問えばよい。彼らは答えてくれる。

「チチチ」

この答えを無礼にも、われわれは非合理と判断する。悦びでしかない彼らが、翡翠《かわせみ》が、猫が、リスが、理屈に合わなくなるやいなや、魑魅魍魎《ちみもうりょう》に化せられる。

無音、理解しえぬ音、これらは君たちの般若なのだ。

第二の結論。悦びとは、必然的に冷酷非情なものである。

このような酷薄さは、悦びの無頓着さに起因する。最も悲劇的な考察に対して、最も不吉な運命に対して、悦びは、それらが悲劇的であればあるほど、冷やかかなのである。悦びとは、無心なのである。

心理学的見地によって、「わたし」が喚問されるだろう。そして、「わたし」の個人的な悦びも、この訴訟に連座させられるだろう。しかし、悦びは心理学的問題としてあるだけでない。悦びは、あらゆる感情に無関心なものとしても、現れる。

思うに、悦びは、あらゆるものへの無感覚さを惹起させるのだろう。これは、ベルクソンが笑いに関する議論で述べている「心臓麻痺」に比せられ、多くの点で類似するものである。

悦びの雲煙過眼《うんえんかがん》の境地は、まったくもって素朴なものである、というわけにはいかない。むしろ、ここには裏の意味がある。

悦びは、いわば、最終審理がおこなわれている場なのである。

換言しよう。この最終審理において、一度、あらゆるものが識別され、試練を受けるのである。このような「素朴さの裏」、悦びと酷薄さとの間にある、ほとんど根源的とまでいえる同盟関係、あるいは、あらゆる上機嫌に付きまとう腐食性や無情性、これについての証言をわれわれが欠くことはない。この好例として、スペイン人気質が、しばしば挙げられる。

「残酷さは、少なくも文学においては、選ばれた証しである」

エミール・シオランはいった。

「わたし」からこれに、一つ付言しておこう。

じつに、酷薄さは生の選別の証しである。これは生の試練である。これは、生のあらゆる領域において認められる。われわれは、この残酷さと向きあわなければならない。

痛み、呻く。「ム」。これこそ、われわれの生の証拠となるのである。

これほどまでの冷酷さとは、なにを意味するのだろうか。それは、苦痛を、快く受諾し維持させようとすることではない。どのようなものにたいしても阿諛し、迎合することを拒む。冷酷さとは、いかさま、このようなものなのである。

「こうした苦痛が、われわれを『善良』にするかどうか、は疑わしい。しかし、それがわれわれを深めることを、わたしは知っている。われわれは、こういう苦痛にわれわれの矜持を対抗させる。こうした長期の危険な自己支配の訓練によって、われわれが、ある別の人間となって現われることを、わたしは知っている」

ニーチェはいった。

第三の、最終結論。悦びは生の必要条件である。

生一般とまではいわずとも、自らの大義、立場を意識し、意志しながら営まれる生においては、悦びは必要条件である。

悦びとは、じつに狂おしいものなのだ。これほどまでの狂おしさこそ、生の必要条件なのである。このような狂おしさこそが、このような狂おしさだけが唯一、逆説的にも、別の狂気への没入を逃れされるのである。このような狂おしさが、神経症的な存在や、はてしない嘘偽りを予防するのである。悦びには、この大義名分がある。

君たちが知る多くの偉人たちの生。ソクラテス、デカルト、パスカル。もちろん、カント。モンテーニュに、バタイユ。もちろん、ニーチェ。これらの生は、どれほどの悦びに満ちていただろうか。彼らの生のテクストには、苦境と克服の振幅が、どれほど大きく書き込まれているだろうか。

この大義名分においてこそ、悦びは、唯一無二の大いなる「礼儀作法」「生きる術」の則となりえるのだ。

この「生きる術」以上に厳格なものはない。これほどまでに、無慈悲なもの、不如意なものはない。これほどまでに、成就の覚束ないものはないだろう。

「見事に、当然のように、人間として行動すること以上に、立派なことはなく、見事に、自然にこの生を処する術を知ること以上に、困難な学問はない」

モンテーニュはいった。

だからこそ、悦びなのだ。

あらゆる人間が共通してもつ悦びではない。この無慈悲さによって、不条理によって、君たちの生は峻別される。こうして生は、君たち固有の生になるのだ。

はたして、現実をただ一顧しただけで、このような実践へと一歩踏み出しただけで、「生きる術」による修行、精励恪勤《せいれいかっきん》への気力は挫かれるだろう。ことごとく、挫かれてしまうかもしれない。けれども、だからこそ、いま、ここに、悦びが君たちに手を差し伸べるのである。

これこそパスカルの「神」、のごときものである。

この悦びは、衰残している力に自らとって代わる。はたせるかな、「極限において」、あらゆる期待に反して、最もか弱き大義に勝利を贈る。

勝利という歓喜を、「生きる悦び」を贈るのである。

これこそパスカルの「尋常ならざる救済」、のごときものである。

生とは、これほどまでに無情なものである。けれども、生はこれほどまでに悦びに満たされている。帰するところ、生とはすなわち矛盾そのものなのだ。否。

君たちが生を知るやいなや、生は矛盾になるのだ。

『十牛図《じゅうぎゅうず》』の第一図に戻ろう。

「力尽きて、神《しん》疲れて、覓《もと》むるに処無し」

廓庵《かくあん》和尚はいった。

無目的であること。向かうところがないこと。これは、じつに至極の不条理であろう。しかし、この「苦行」にこそ悦びがある、ニーチェはこのように断じる。

われわれは、生に囚われている。われわれは、じつに心身ともに疲れはてている。これほどまでに、迷い歩いているのだから、いかさま、避けられないことだろう。

けれども、君たちは自ら「修行」に入った。いま、まさに君たちは「歩々是道場《ほほこれどうじょう》」にいる。

そして、いつかわれわれは、生から解き放たれるだろう。

悦びは、確かに「神の救済」に類する。けれども、悦びによる救済が相変わらず、みはてることのない神秘であることに変わりはない。実際に、悦びの慈悲、恩恵を体験した人々にとってもなお、悦びとは、じつに不可解なものなのである。

「わたし」は悦びを体験した。しかし、結局はなにも変わっていないのだ。悦びを、より詳らかにしているわけでもない。自らの実存を支えるなにがしかの結論を、みいだしたわけでもない。自分が、なぜ、悦んだのか、説明のしようがない。

「わたし」は、なにを目指して生きているのか。

「なにを目指す」、この問いへの答えは、相変わらず不可知のままである。

とはいえ、悦びの体験をした者は、まさにその刹那、生が、議論の余地のないほど明々白々なものとなっていたはずなのだ。生が、永遠無窮《むきゅう》のものとなっていたはずなのだ。

けれども、君たちは「なぜ」と問うてしまった。

「なぜ」以前では、これほどまでに、「生きる悦び」は、固有のもの、具体的なものだったのである。生の妙味《みょうみ》は、生自身が内包する神秘にある。ヘシオドスの詩には、この妙味《みょうみ》が凝縮されている。

ヘシオドスはいった。

「神々が人間の命の糧を隠しておられる」

脚下照顧《きゃっかしょうこ》。

嗚呼。ここには悠久の悦びが流れている。

君たちに手が届く。

それぞれが固有であり、必然的な縁が流れている。

十一月二十七日

ナオミ、エリー、そしてひるねこ。

「どこへいっていたの」

「猫のしっぽにふらふらと誘われてしまったのです」

「どうしてまた、猫を追いかけてしまったの」

「もやっとしたあの声にやられてしまったのです」

じつに、猫のたたずまい、その毛、その声、猫のことごとくは妖艶である。われわれを、彼らの無名の世界へ誘う。

「猫アレルギー」という言葉ほど、彼らの力を証するものはない。「アレルギー」を惹き起こしてしまうほどの威力は、われわれが口にするのもはばかられる。

円覚寺のナオミ、寿福寺のエリー、浄妙寺のひるねこ。

われわれは彼らに魅入られる。足をとめ、しばらく、彼らと共に過ごそうする。

「わたし」は君たちと共に、長寿寺の観音堂をみている。

観音さまもまた、アレルギーの威光を明証する。観音さまに魅入られた画家の描く観音図は、時を掬う。われわれのハートを射とめる。だが、合理的精神は、このエロスにたいして、アレルギー症状を起こすだろう。

昨日の三種の議論から、今日は結論に入っていこう。悦びが寄与するところのものは、生の実践、あるいは、現実の認識に必須である。

とはいえ、現実と折り合いをつけるやり方が、別にもう一つある。

上述の通り、現実とは神経症的なものである。そして、このような神経症的現実こそ、現実を否認しようと、執拗に否認しようとするものである。否。より正確に言えば、ノイローゼ的な現実は、自らを構成するには不都合な要素を、不可抗力のものとしてみなすことはない。これらの諸要素を、これらが段階的に除去されるまでの、暫定的な「不如意」である、ととらえるのだ。現実と和解する仕方として、この種の定型より頻繁に目にするもの、いわば、より現代的なものはないだろう。

例えば、君たちは目にするだろう。

「ほんの小さな勇気で、人生は変えられる」

「一歩踏みだす勇気だけあれば、人生は変わる」

あるいは、別の定型句。

「スキルアップして本当の人生を」

「まずは検定合格。新しい人生の一歩」

「コミュニケーション力を上げて、人生を改革しよう」

はたまた、別の定型句。

「この友情が、人生を一変させる」

いかさま、あまり洗練されているとはいえない紋切り型である。このような文言を引用したのは、これらがある種の考え方を代表しているからだ。このようなクリシェは、漫画的なものから、極めて学問的なものまで、多種多様な形を取る。いずれにせよ、いたるところで、このような人生改造論にわれわれは遭遇する。

「著者はだれだ。ライターはだれだ。文責を出せ」

確かに、だれかが書いているのだろう。けれども、だれもがこの手のクリシェを書ける。なぜなら、それは印刷されたものだからだ。なぜならそれは、どこにでもある、いつでもある、偏執狂的である現実否定だからだ。

そして、だれもが、この手のクリシェを読めるだろう。昨日も読めただろうし、明日も、いつでも読めるだろう。お気に入りの週刊誌上だけではない。名うての思想家や、名立たる評論家たちによる、評判の作品においてもまた、読むことができる。

「君が変われば、人生は変わる」

ならば、生は無残である。

一つ指摘しておかなければならないことがある。すなわち、先のステレオタイプが証言するような精神の感性は、けっして、永続するものでも、人間の本性に属するものでもない。このようなノイロー的な神経こそ、現代的、正確な意味で現代的といえる考え方の特徴である。

このような神経こそが、現代に極めて特徴的的、かつ一般的な像を作り上げているのだ。これこそまさに、「わたし」が遍在的神経症と呼ぶものなのだ。

このような神経症的現実の起源は、日本においては認められない。確かに、痕跡はある。この発症源は、どこにあるのだろうか。欧州である。ヨーロッパといっても、十八世紀以前には認められない。つらつらと文献を紐解くと、その原因は、いわゆる啓蒙時代にある。そして、この啓蒙精神によって、日本は、明治期に侵寇されたのだ。

われわれは、啓蒙の時代以前には、迷信や幻想という形で現実から身を躱《かわ》していた。ところが、啓蒙の世紀が到来するやいなや、現実逃避はある一つの考え方によって、不可避的に、われわれのうちに受け入れられてしまったのだ。すなわち、「人間改善」という希望である。「わたし」が君たちへ、是非とも、伝えなければならないことがある。

希望こそ、パルマコンである。

希望を絶することによって、君たちは「わたし」を見出すだろう。

希望というものは、じつに神経症的な特徴をなす。

「希望をもて」

いつはてることのないこの言葉。希望があったのなら、すでにいま、希望はなくなっているだろう。希望がなかったのなら、そもそも、希望はないのである。

希望は神経症的な本質をもつ。

この断定は、君たちには、大いにパラドクシカルなものにみえるだろう。なぜなら、このような神経症的な特徴こそを、われわれは美徳とみなすからだ。つまり、これこそ、希望の「力」とみなしているからだ。けれども、希望というものほど、疑わしい力はない。

「人生改変」を謳《うた》うコピーたち、このような希望で、生が「変わる」はずはないのだ。

ヘシオドスは『仕事と日々』で常に、希望を、われわれに害なすもののうち最も有害なものに準《なぞら》えている。最も害なすもの、それをヘシオドスは、パンドラの箱に最後まで残っていた災厄にたとえている。

パンドラの箱から、最後に「災厄」である希望が現れたこと、この事実は、われわれの遠慮のない、放恣《ほうし》な傾向を表している。

足下をみよ。日本で、諸外国で、あるいは街々で、あるいは家々で、希望という名に一喜一憂し、狂騒する姿をみるだろう。われわれは、希望を見つけるやいなや、大急ぎで飛びつくのだ。

「新しい希望がやってきた」

そして、この希望こそ救済であり、あらゆる害毒を消し去ってくれる、と早合点し自得するのである。

「別の生がやってくる」

あにはからんや、希望とは、パンドラの害悪の一つである。否。パンドラの箱に詰め込まれた害毒のうち、最も強力なものなのである。「やってくる」ものなど、なにもない。

ヘシオドスは、誤って、希望と厄難との同一視したのだろうか。否。ヘシオドスは、たまたま、この記述をしたのだろうか。否。それとも、写本者がミスしたのだろうか。否。

「パルマコン、これは毒でもあり、薬でもある。しかし、自らがその分別をすることはない」

罠はこたえる。

実際、希望や期待に類するあらゆるものは、悪徳をなす、といえるだろう。これらが証するものはすなわち、われわれの、能力の欠乏であり、能力の惰弱化であり、脆弱さそのものである。

「人生を変えよう」、この希望をやかましくいい立てる者たちにとって、生の実践とは、もはや自明のもの、いま、ここにあるものではないのだ。

彼らの生は、攻撃され、損なわれた立場において、この立場においてのみ、認められる。この者たちが置かれている状態は、生きる意欲を欠いている標となっている。これからは、さだめし、代理の力に頼らなければ自らの生を続けることができない、という標である。われわれが現に生きている、まさにこの生を生きようとするのではない。いま、ここを、「死ぬ思いで」逃れようとしているのである。

これらの者たちは、誰一人として生きられないような生がある、と信じて止まないのだ。改善された、改善し尽《ことごと》くされたまったく別の生へ惚けながら、ありもしない生へ惑溺しながら生き抜かなければならないのだ。

希望にすがる人間は、詰まるところ、手段も議論も封じられた八方塞がりの者である。

疲れはて枯れはてた人間、文字通り「汲み尽《ことごと》くされた」人間である。

「真の力の源は、生命力そのものである。しかし、この者たちは、薬剤師が調合するコンソメスープやドラッグによって、健康や活力がいただけると望んでいるのである」

ショーペンハウアーはいった。

ナオミ、エリー、そしてひるねこ。彼らはなにを看ているだろうか。一方でわれわれは、なにをみているだろうか。君たちが「希望」をみているのなら、「紅葉」はまだ到来しないだろう。「いつか、いつか」と煽られていたら、けっしてそれは到来しない。

君たちはいま、ひるねこたちしかみていない。然り。

これは不可視のものである。

君たちはいま、ひるねこたちの、声しかきいていない。然り。

これは不可聴のものである。

『十牛図《じゅうぎゅうず》』にはある。

「声より得入《とくにゅう》し、見る処に源に逢《みなもと》う」

明日、廓庵《かくあん》和尚の頌《じゅ》を君たちに紹介しよう。

さて、パンドラの厄落としは、これにて終了である。

「明日に向かって」、いかさま無下である。現実は、いま、ここにしかない。

「超越性を啓示するものではない。現実が現実自身と同等であること、すなわち、不条理な客体が不条理な主体とまったく同等であることを、啓示するのである」

バタイユはいった。

十一月二十八日

「声より得入《とくにゅう》し、見る処に源《みなもと》に逢う。六根門《ろっこんもん》、著著差《じゃくじゃくたが》うこと無く、動用中《どうようちゅう》、頭頭顕露《ずずけんろ》す」

第三図の「見牛《けんぎゅう》」である。

君たちは「わたし」を追い求めている。「わたし」は君たちに対面している。しかし、君たちは君たちのその顔をみることができない。君たちが追いかけてきたものは、君たちではない。

悦びはどこにある。

どこに、悦びはある。

いつ、悦びは来る。

だが、「わたし」は安心している。ひるねこたちと戯れる君たちは、こうして、目標から蟬脱《せんだつ》されている。

改造、改変、改善、このような目標は、ひるねこたちにとって、まことにはた迷惑なものである。もし、このような目的をもって彼らが生きているのならば、彼らの生は、万端不如意であろう。

「ニャー」

嗚呼、ひるねこと「わたし」の世界は、じつに渺々《びょうびょう》たるものである。だから、君たちは「わたし」の声が聞こえたのだろう。「わたし」の声は、木々の声、草々の声。自ずから然るべきこの声は、神韻なのだ。

「サワサワ」

「『善』という判断は、『目的』に適う、『目的』に適わない、これらのことについての諸経験の蓄積の結果でしかない。それによれば、善と呼ばれるものは、当の種族を維持するだけのことである。悪と称されるものは、当の種族にとって有害なもののことでしかない。しかし、実際には、悪とは善と同様に、高度に合目的なものである」

ニーチェはいった。

君たちは、「わたし」と離れている時期を、振り返るだろう。

そこに道はある。

そこに、すでに、つねに道はあったことに気づくだろう。

「わたし」がみえたのなら、ここへ突き進むがいい。いまは、いまだけは、「わたし」に向かってくるがいい。

「それはまた、どんな自己保存運動も持たない。いかなる衝動も、いかなる法則も知らない。自然には法則がある、などといってはならない。あるのは必然性だけだ」

ニーチェはいった。

「自然には、命令するものも、服従するものも、そして背馳するものもない。諸目的があるような世界でのみ、偶然という言葉は意味を持つのだ」

悦びはここにある。

君たちがいまみている楓は、色をなしているだろうか。

黄鸝《こうおう》枝上、一声声。

日暖かに、風和して、岸柳青し。

只だ此れ、更に迴避《かいひ》する処無し。

廓庵《かくあん》和尚はいった。

春秋は、春も秋も、ここにある。

そもそもここから、君たちは逃れられないのだ。

悦びの特筆すべき力、至高の力とは、どのようなものかだろう。

悦びとは、希望を、まさしくお役御免にするものである。悦びがなすこのような力こそ、「大いなる力」なのである。はたして、悦びのこの力と比べれば、どのような希望も、嘲笑の的となる、噴飯ものの代用品でしかないだろう。はたして希望とは、紛い物、模造品でしかないのだ。

ここで、一つの議論に反駁しなければならない。すなわち、人生を無条件に肯定、承認することは、悦びがどのようなものであれ、人間のあらゆる極端な行為にも、残酷な行為にも賛同することである、と批難する議論である。

この手の議論は、一様に、ある一群によって、盛んにいいたてられている。生きる力を欠いている人間である。この者たちは、漠然とだが、信じ込んでいる。人間が犯すスキャンダルや醜悪な行為を取り除くことができれば同時に、われわれは、生の不条理性にも、実存に固有な不運にも結着をつけられるだろう、とらちもなく考えているのである。「人間の罪業を一掃する」、嗚呼、なんと正当化された使命だろうか。なんと名誉ある使命だろうか。

なんとノイローゼ的な発想であろうか。

この者たちの念頭には、より良い生への関心しかない。「より良い生」、じつに無礼千万な言葉ではないか。なかんずく、このような者たちにとって、「より良い生」という考え方は、実存へ向けられるあらゆる顧慮に対して、優位に立っているのである。けれども、「より良い生」とは、生への無能力をダイレクトに露呈してしまうのである。生そのものを、なんの味付けもしないで生きることが出来ない、このような無能さこそ、精神迷妄の本質なのである。

彼らには、「ホーホケキョ」がまったく聞こえないのだ。

彼らは、いま、己がいる秋気を感じとることができない。彼らは、お天気姉さんが、「秋である」、と告げてくれるのを待つのみである。

彼らにとって、雪月花とは、名でしかない。彼らにとって、雪月花は、「雪月花」であることしか許されないのだ。

彼らはしばしば口にする。「進歩」。「進歩」とはむしろ、進歩主義的なイデオロギーと言うべきであろう。人間の条件を、実質的に改良しようと、過剰なまでに意識を注ぐことである。このような「向上」の側面へ熱狂することである。じつに胡散臭い。

彼らのかまびすしい声は、ある「夢」を語っている。彼らが幻惑されている「進歩」とは、漏れなく、ある企てを前提としている。すなわち、偶発的な悪を減じたり滅したりすることによって、種々様々な本質的悪を解決しようする試みである。じつに馬鹿げた試みである。

「自然には、命令するものも、服従するものも、そして背馳するものもない。諸目的があるような世界でのみ、偶然という言葉は意味をもつのだ」

ニーチェはいった。

この前提は、事実、避けがたいものだろう。宛然《えんぜん》、われわれの生を、その本性である無意味さや儚さから引き離すには、科学による発見や、社会組織の改良だけで充分である、と主張するようなものである。あたかも、老病死を掃滅させるために、都市の照明を改善しようとすることとである。そうして、生が改善される、と彼らは喧伝するのである。

彼らはいう。急所となる本質は手に負えない。しかし、非本質的な部分には手が及ぶだろう。非本質のために、本質的なものを放り棄てよう。そうすれば、その埋め合わせとして、錯覚としての満足が正当化される。

それでは、ひるねこたちは、夢でもみているのか。ひるねこの昼寝は、現実を回避しているのか。

「生に遭難した」、とどの口がいうのか。

只だ此れ、更に迴避《かいひ》する処無し。

廓庵《かくあん》和尚はいった。

「古代の器の美しさは、器があるべく、そして然るべく定められているものを、非情に素朴な方法で表現していることに由来する」

ショーペンハウアーはいった。

君たちは、ただひたすら、「わたし」にならなければならない。

徹底的に「わたし」になってみよ。

神経症的紋切り型の話も、これで最後にしよう。「進歩」「改善」、そして「希望」。このような朧げなデッサンこそ、深刻な錯乱の標、はっきりと病理的な特徴をもつ混乱の標である。当為による眩暈《げんうん》の証しである。

さて、このような言説が、現代、われわれにとってあまりにも当たり前のものになっていないだろうか。そして、この事実を再度、入念に処そうなど、いかさま、誰一人として思い付かないだろう。しかも、

このデッサンは二重の罠を潜めている。すなわち、ここで問題となっている狂気とは、治療法がないものでありながら、同時に、本当に重症となることもない、このような狂気なのだ。

われわれは、これらの狂気に目を背けながら、このような狂気を待ち望んでいるのだ。いかさま、二重の罠の面目躍如であろう。例えば、集団的イデオロギーはどうだろうか。この

ようなイデオロギーによる政治上の上首尾が、この事実の証左である。

「いずれ、どこかでわれわれは巡り合う」

罣はこたえる。

「この色は、この種は」、このようにわれわれは分別し、われわれは合点する。「なぜ」「なに」「いつ」「どこ」、これらによって、われわれは判断を強いられている。そして、因果によってわれわれは「改善」を目指す。そこにある未来は、現在を欠いた不随の未来でしかないのだ。けれども、この「因果」はまた、不可避のプロセスであるのかもしれない。これらから、これらの不条理から、これらの迷い、これらの狂気から目を背けてはならない。「わたし」はここにいるのだから。

いま、ここにしかいないのだから。

さて、いったん沈黙の時がきた。

「ただ、沈黙だけがいうべきことをいえる。手の施しようもない絶望という精神状態のうちで、なにかを求めながらそれが手に入らないだけの絶望、こんな絶望とは比べようもない完璧な絶望のうちで、われわれはいうべきことをいえる。これは、すべからく言語が混濁すべき時である」

バタイユはいった。

かつてわたしが生んだ君。

わたしの罪である君、わたしの悦びである君よ。

忌まわしきロゴスが、殺した君よ。
そしてわたしに、残された君。
かの日に君は、言祝《ことほ》がれるだろう。
されど今は、瞑する時。

十一月二十九日

長寿寺の葉々が、境内を艶やかに彩る。この艶は、みるものを捉えて離さないだろう。しかし、師走の半ばには、おおかた艶やかさを失っていることも事実である。

春秋はこのように巡り、常にわれわれを従える。

「きれいね」、と声が声をひきよせる。この声はことごとく、「また来年も」、を求めるものである。そして、彼らはまた来年も、長寿寺を訪れるかもしれない。けれども、彼らは知らない。自分たちの言葉は、来年には必ず失われている。

「わたし」は、確かに生きている。しかし、君たちがみていなければならない。それは、この時期の紅葉に比せられるだろう。

「いまがみごろ」、とニュースが、盛り立てる。けれども、テレビの声は、ただの虚ろな声である。この声は、なにも体験していない声なのだ。

君たちは「わたし」を否定しなければならない。だが、「生」を欠損させてはならない。君たちがいかに足掻こうとも、この足下には無限の生がある。無限ゆえに、なにかを欠くこともない、それが生の悦びなのだ。

そして、君たちは肯定しなければならない、「わたし」を。たとえ君たちが不充分な生を望んだとしても、自分自身がそれを許さないだろう。われわれはすでに、ずっと、肯定しているのだ。風の声、木の声、虫の声。ここにあるものだけではない。われわれは、いま、まさに、無数の秋声をきいているではないか。かつての秋の虫、リス、そしてひるねこたち。いつかの秋の木々。

そして、彼らとともに、「わたし」は君たちの前に、いつづける。

「誤解され、誤認され、誹謗される。これらのことを、われわれは一度でも嘆いたことがあったろうか。それこそが、われわれの定めなのだ。これからもなお、永遠にわたる、定めなのだ」

ニーチェはいった。

「わたしの言葉をきけ。わたしはしかじかの者なのだ。けっしてわたしを、なによりもまず、とり違えてくれるな」

ニーチェはいった。

ほら、この足下だ。「わたし」はここにいる。

「死者たちには、著作を残して死んでいった者たちには、出口などないのだ。そして、その後裔において、わたしが最も栄えあるものと識別するものは、ただ一つしかない。すなわち、赤裸々な地獄である。この地獄では、われわれ批評家が、いずれも随分惨めな悪鬼のように見えるだろう」

ブランショはいった。

死者の名とは、いかさま、ブランショの道理である。ニーチェの道理である。このようにいうブランショもまた、いまや、「死者の名」の一人なのである。

そして、「わたし」の名の一つである。

北鎌倉の駅から、長寿寺を経て、円応院まで全力疾走したら、どうだろうか。車道の車に追い越されないよう、君たちは全力で走らなければならない。

そのとき、君たちはなにをみうるだろうか。

この路程で、われわれは必ず、鎌倉学園の生徒たちに会う。紅葉と真逆の精神は、まさに弾け返すような活力をみせる。しかし、これは観光客の目線だ。同じ道を歩かなければならない、もしくは、慣れない狭い道を運転しなければならない観光客の感想だ。

彼らは、建長寺の内側でしか、全力疾走しない。けれども、君たちは、この狭隘な歩道を、足を踏み外せば、車にぶつかるだろう歩道を、力いっぱい走らなければならない。

前方には、ぼんやりと、一群の観光客。左右に、ぼんやりと、男子高生の一団。背後から押し寄せるバス。これらの圧力に、屈することなく、君たちは走るだろう。前後左右に、朧《おぼろ》な黒い塊が、なんとなく連なっている。目的地以外の、なにかがみえていたら、君たちは怠け者だ。それでは、「全力」にならない。

そして、どれほどの距離を、一息で走り切ったか、ここに「偉大さ」が存する。

およそ、「偉大さ」とは、どのようなプロセスを経るのだろうか。これを君たちに解き明かそう。

「偉大な」人間の名は、人々の無理解から、下劣な評判へと、直結してしまう。それは、彼らの名が、世に認知されていると同時に、裏切られてもいない中間状態を、まったく経ていないということである。自分も他人も、なんとなく息をしていられるような中間状態を、彼らは知らない。およそ、偉大な人間というものは、不可避的に、このようなショートカットを強いられるのだ。

ニーチェの名声とは、「偉大」なる者の名声とは、中途半端な名声ではなく、世界を併呑《へいどん》する名声である。

彼の突然の「開け」は、彼自身の狂気に通じる。彼の名が公の領域へ到るやいなや、罵詈雑言が必然的に誘発された。

「偉大さ」とは、ありとあらゆる誇り、罵りを引き受けることを意味するのだ。

「わたし」も贈る。

愚か者め。

独りよがりめ。

醜男め。

人でなしめ。

「偉大さ」など、求めるものではない。求めていたら、「愚者」「道化」になること必至である。いつかだれかが振り返って、いうだけである。

「彼は、偉大だった」

ニーチェをハイデッガーは激しく打擲する。このような激烈な批難こそ、ハイデガーの明敏さに相応しい。ハイデッガーの名にし負う激烈さである。彼はブランショと異なり、自らなし遂げたことに対する不安をみせない。微塵もみせない。

「思想家は、自身について通じているだろうか。いや、彼らの解釈者のほうが、いつでも思想家について精通しているのだ。思想家は、己の救いようにない粗雑さを通して、己の動揺をもはや語るしかない。思想家のこのような当惑は、隠しようもなく浮かび上がってしまうのだ」

ハイデッガーがいった。

『十牛図《じゅうぎゅうず》』の第四の教えである。

「頑心《がんしん》は尚《な》お勇み、野生は猶《な》お存す。純和《じゅんな》を欲得《ほっ》せば、必ず鞭撻《べんたつ》を加えよ」

われわれは、すべからく鞭打たれなければならない。なぜなら、「わたし」のほうが、君たちより君たちをよく知っているからだ。

「わたし」の視力がどれほど微弱であっても、「わたし」は君たちがよくみえる。

そして、円応院には、閻魔さまがいる。閻魔さまは、だれよりも、われわれをみている。

「わたし」はすでに、閻魔帳に記されている。

君たちは知っているだろうか。閻魔さまの判決は、彼自身に及ぶことを。閻魔さまの業火は、彼自身に及ぶことを。そして、われわれの嘆き、苦しみ、痛みのすべてが、彼自身に及ぶことを。

ニーチェの死後における受容は、大きく二つに分類されうる。十九世紀末から現代まで、ニーチェと対面するに、概して二つの方法があった。

まず一つ目は、今を遡ること少し前のやり方である。すなわち、ニーチェは「なにか」を考え、書きはしたものの、それは悪く、間違っているものであり、また一貫することもなく、背徳的かつ危険なものである。こうしてニーチェは歪曲され、無視された。

そして第二の種類は、より最近のものである。この者たちは、主張する。すなわち、かつて一度も、ニーチェは「なにか」を考えたことも、書いたこともなかった。けれども、詮ずるところ、このような欠落にこそ逆説的に、彼の「能力」が、彼の繊細さの本質が存するのだ。じつに奇妙な論結であろう。けれども、このような判断が、確かに存在している。

マドモアゼル・アナイスはいった。

「ピカソは『そう』でないからこそ、いっそう『そう』である。ジャン・ポーランも『そう』でないからこそ、いっそう『そう』であるのだ」

君たちと「わたし」も、いかさま、同様である。

彼らは「そう」でない。われわれも、「そう」ではない。そして、いっそう「そう」である。

君たちと「わたし」は、そもそも、不二《ふじ》である。

「ニーチェは、まさに、なにも解釈していないゆえに、偉大な解釈家である」

フーコーはいった。

「いかなる思想であれ、なにがしかを思考することに失敗したからこそ、ニーチェは偉大な思想家である」

クロソウスキーはいった。

彼らフランスの哲学者たちは、はたしてニーチェを無化しようとしたのだろうか。もし、無化しようとしたのなら、二元論のうちでニーチェの「無菌状態化」を目指したのなら、ある一つの目的をもっていた、といえるだろう。すなわち、ニーチェを受け入れまいとする目的である。

ニーチェ拒否の姿勢、この根本的な理由は、はたして、どのようなものだろうか。ヨーロッパに出現してきた「全き肯定の思想」、われわれはこれらをことごとく、受け入れがたいものとして、みなしてきた。ニーチェの思想、然り。あるいはまた、ルクレティウスやスピノザの議論もまた、然り。これらの哲学者たちはそもそも、一毫《いちごう》も容認されえないものだったのだ。

「ニーチェを読む人々、あるいは彼に感嘆する人々は、彼を愚弄しているのだ。とはいえ、ニーチェが求めていたように、なにかをしようと試みることは、ニーチェと同じ試練に、同じさまよいに、身を委ねることを意味する」

バタイユはいった。

ニーチェの思想が、君たちの思想であるはずはない。なぜなら、それは血で書かれているからだ。そして、君たちの思想の実践は、すべからく、君たちに固有の憂苦、憂悶の経験に結びつかなければならない。

「わたし」は、果然、甘いものなのだ。

「わたし」は、畢竟《ひっきょう》、同情するものなのだ。

我身に劫火を引き受けたくないからだ。

嗚呼、ここに君たちの目が、君たちの手がある。

ほら、紅葉がみえるではないか。鎌倉の山々、海蔵寺や浄妙寺への道中、そして、ここ長寿寺の裏山、ほら、紅葉が、みえているではないか。

この紅葉の現れを、なぜ否定するのか。

嗚呼。愚か者たちよ。

「自己としてのわたしは、知識によって交流しようと、己を滅ぼそうと目論む。交流の起こる前に、わたし、自己と、君、客体が定立される。交流のために。そして、わたしは君を所有するために、襲いかかる」

バタイユはいった。

思考の実践とはどのようなことか。

ありとあらゆる試練を諾々と受け入れ、堅忍することに存する。

ありとあらゆる試練、否。無頓着、無感動という試練だけは除かなければならない。

君たちは、精根尽きはてるまで、自らを叱咤し、鞭撻《べんたつ》しなければならない。けれども、この刑苦は、君たちの手に余るだろう。

だから、「わたし」がいる。

けれども、君が精力を使いはたして、へとへとになる。そのとき「わたし」は、君たちの手に入るだろう。

そのとき、「わたし」は無色透明になる。

哲学と文学のあらゆる現代性は、ニーチェという名の下に響き合い、騒然としていた。これは厳然たる事実である。けれども、このような現代性より以上に、ニーチェの思想にとって異質なものはないだろう。

より正確さを期そう。ニーチェの思想にあるなんらかの現代的なものは、ニーチェの内に存するのでは、まったくない。むしろそれは、ある手法にこそある。すなわち、ニーチェは、ニーチェ自身とは異なるものであるかぎり、称賛される。これこそまったくの「今様《いまよう》」と言えるだろう。

すなわち、ニーチェの偉大さとは、彼がまさに偉大な思想家でないことに由来する。

マドモワゼル・アナイスの殺し文句、「彼らは「そう」でないからこそ、彼らはいっそう「そう」であるのだ」、なるほど、これは衝撃的である。確かにこれは、笑いを誘うものである。けれども、これは、フランスという局地的なエスプリに留まるものではない。そして、もはや時代遅れとなった、俗物的なものとして、処理しきれるものでもない。

この殺し文句は、見た目以上に鋭敏なものである。実存を端的に表したものである。

「現在は、永遠に不在である」

「現在は、永遠に延期されている」

「欲望の対象は、それ自体の内に探しえない。むしろ、欲望の対象は、欲望が対象としていないあらゆるものの内にこそ、求められる」

「普遍的見地にたてば、現実性とは、人々がそうであると信じるところには、ない。常に、それとは別の場所に存在する」

哲学者たちはいった。

「彼らは『そう』でないからこそ、いっそう『そう』であるのだ」

マドモアゼル・アナイスはいった。

おや、複数形が増殖する。

このまま増え続ければ、いつか不可測となり、一個の「もの」となるだろう。

君たちは、「わたし」でないからこそ、いっそう「わたし」であるのだ。フランス流のエッセンスが凝縮された、君へのエールである。

精神を竭尽《けつじん》して、渠《かれ》を獲得す。

心強く、力壮《さか》んにして、卒《にわか》に除き難し。

廓庵《かくあん》和尚はいった。

十一月三十日

「百尺竿頭《ひやくしやくかんとう》、更に一歩を進めよ」

われわれには、時が来る。はっ、と気づく時が来る。人生とは、竿のような一本の細い棒に等しい。したがって、われわれは、この竿をがむしゃらに上る一匹のムカデに比せられるだろう。

頂点を目指す道は、じつは容易い。なぜなら、目指すべきものがあるからである。

頂点に立ったとき、君たちは畏怖、恐怖、崩壊する予感を覚えるだろう。そこから先には、空中しかない。

『十牛図《じゆうぎゆうず》』の第五図、放牛《ほうぎゆう》である。

恐るらくは、伊《かれ》が歩を縦《ほしいまま》にして塵埃《じんあい》に入らんことを。

相い将《ひき》いて牧得《ぼくとく》すれば純和《じゆんな》せり。

廓庵《かくあん》和尚はいった。

鎌倉の山は、いま、まさに好機である。

好機とは、生死に臨む間である。

多くの紅葉は、名残り惜しげに散っていく。無情であり、有漏《うろ》である。

一方で、死に接するこの間で、われわれは、「存在の彼方へ消滅する」チャンスをえる。

色あせ、多くの足に踏みつぶされ、形の崩れた一葉《いちよう》を手にとればよい。

この掌中には、われわれ自身がある。

われわれもまた、形にこだわり続ければ、はたせるかな、無残な己を認めることになるだろう。ひとひらの、かつて崇められたひとひらの、かつては目線の上にあったひとひらの紅葉のように。

空に舞ったひとひらの間に、われわれはいる。

じつに、無様である。

そして、このような脚下の一葉《いちよう》を愛でる心がうまれる。この間こそ、好機である。そして、常時、死に接するために、この一葉《いちよう》を描き続ける心がある。この絵は、ある意味、誠実、真摯であるものの、ある意味、諧謔《かいぎやく》である。

ためらい、恥じらうこの間で、死が生きてくる。

「だれがいても、なにがいてもいいじゃないか。わたしだって、この間は読めない」

罣はこたえる。

いざ鎌倉。

「聖福《せいふく》」。「わたし」はこの概念を新しく創りだし、活かそうとおもう。他にもおそらく、ふさわしい用語があるかもしれない。例えば、真の快感、本質的悦楽、あるいは、大いなる喜悦。はたまた、実存の快楽。現実への参入。まだまだ多くの用語があるだろう。

けれども、われわれはいまこそ、「聖」という言葉を日本的に把持しなければならない、と「わたし」は確言する。

日本的に「聖」というものを、と「わたし」はいった。ニーチェが日本に通じる理由、それはこの「聖」にこそある、と考えているからだ。

この「聖」は、われわれにとって対象的に存在する聖ではない。西洋絵画、西洋彫刻において表現してこられた聖ではない。世俗を超越した価値を帯びた聖ではない。

この「聖」とは、無様である。

「聖」とは、不均衡であり、不完全である。日常的なものであり、すなわち、われわれ自身、いま、ここに存するわれわれである。

ここで肝心なことは、意図や意志である。現実を、シンプルに、あるがままに体験しようとする意志こそ、「大事」である。無条件的な「いま、ここ」への忠誠こそ、われわれの「大事」である。ニーチェの哲学的思想は、このような体験へと帰せられ、特徴付けられるのである。したがって、ここで「わたし」は、「聖福《せいふく》」を創出する。「聖福《せいふく》」こそ、ニーチェの然るべき思想の名誉を代表している、といえるだろう。

「悦びを多くもつ者は、良い人間であるに違いない。しかし、彼らは最も怜悧なものではないだろう。なぜなら、悦びをもつ者は、まさしく、この怜悧な者が全身全霊を傾けて執心するもの、自らの怜悧さを賭けているものを、すでに掌中に収めてしまっているからだ」

ニーチェはいった。

聖福《せいふく》という概念が、よく知られたニーチェの根本的概念、ニーチェ思想に「伝統」という価値をもたらした概念、例えば、超人、永劫回帰、権力への意志などと、どのような点で一致するのだろうか。けれども、いまや求められているのは、これとはまったく逆方向の任務であるはずだ。ニーチェの諸概念に、聖福《せいふく》がどのように一致するかではない。反対に、どのように先述の諸概念が、聖福《せいふく》に一致するのか、これが問題である。また、どのような点で、これらの概念が聖福《せいふく》の表現であるのか、あるいは、これらの概念が、聖福《せいふく》のヴァリエーションであるのか。論証すべきは、このことである。なぜなら、ある概念がニーチェ思想に特徴的である、とされうるのは、それが聖福《せいふく》というものを開示したときだけだからだ。

ニーチェのある一つの概念を介して、聖福《せいふく》をわれわれが感得したときには、果然、ニーチェ一切の概念が繙《ひもと》かれるだろう。

超人、永劫回帰、あるいは権力への意志。かつてこれらが、なにがしかの中心的テーマであったのは事実だ。だが、ここでいう中心とは、「けっして書かれなかったために、けっして存在もしない本」の中心的テーマあったのだ。

これらの諸概念が意味を持つには、一つの条件がある。すなわち、これらが、たまさかに、聖福《せいふく》を表現したかぎりでしかない。好運にも、ある思想家の生が、聖福《せいふく》というものを実践したかぎりでしかない。たとえばバタイユ、たとえばシオランである。聖福《せいふく》こそ、ニーチェ思想の中心的かつ恒常的テーマ、唯一無二のテーマといえるだろう。

「人間は、橋であって、目的ではない」

ニーチェはいった。

「超人はおそらく、目的であるだろう。しかし、超人は、彼方への喚起でしかないというかぎりで、目的となっているのである」

バタイユはいった。

『悦ばしき智』の第四書は、「聖なる一月」というタイトルが付いている。この部分は、ニーチェがジェノヴァで、幸せな冬を過ごしているときに書いたものである。

冒頭三つのアフォリスムを精読してみよう。聖福《せいふく》とは、はたしてどのようなものなのか。この答えが、簡潔明瞭に、しかもほぼ完全に形をなしている。

最初のアフォリスムは、「新しい年に望んで」というタイトルが付けられている。

これは、人間育成のアフォリスムである。すなわち、来るべき万世に対して有効な箴言《しんげん》である。万代の創造者、師匠に対して、同時にまた、万代の求道者、弟子に対しても、効力のある知的教育の内容をもっている。しかも、引き続き「ニーチェ」が思索する可能性へ、万代の可能性へと開かれてもいる。

ニーチェはこのアフォリスムで、自身を省みながら、新年祈願をしている。ここに、ニーチェのある気概が顕在している。

「わたしは、これからいよいよ、事物における必然的なものを、自ら然るべくある「美」とみなしていこう。こうしてわたしは、事物を美しくする者たちの一人となるだろう。「運命愛」。今日、この日より、「運命愛」こそ、わたしの愛であれかし。わたしは醜いものに対し戦いを仕掛けようなどとは思いもしない。わたしはなにごとも非難しようとは思わない。わたしを非難する者をすら、非難しようとは思はない。「目を背けること」、これだけがわたしの唯一の否認であれかし。要するに、いつかきっと、ただただひたむきに「然りをいう者」であろうことを、わたしは願う」

ニーチェはいった。

これからのニーチェは、一切の実存と調和しようとしている。「真偽」「是非」「聖俗」、あらゆる対立から一歩抜けだそうとしている。

つまり、空中へ歩を進めようとしている。

空中なのだ。上へ行くのでもない。先へ進むのでもない。

すべからく、現実は必然性の庇護のもとに認められるべし。こうして、現実は自明のものとして、あらゆる基礎確立の労働から自立し、あらゆる種類の「正当性」を、無しで済ますことができるようになる。現実というものを、無条件的に、生あるかぎり愛し抜こうとしている。

恐るらくは、伊《かれ》が歩を縦《ほしいまま》にして塵埃《じんあい》に入らんことを。

相い将《ひき》いて牧得《ぼくとく》すれば純和《じゅんな》せり。

廓庵《かくあん》和尚はいった。

いま、まさに、君たちと「わたし」の生と死が賭けられている。

長寿寺の秋は、暦上では去ろうとしている。しかし、暦に生死はない。生と死が賭けられているものは、われわれ足下にある。

足下には、君たちへ命のメッセージを送り続けるものたちがいるのだ。君たちが送るのではない。徹頭徹尾、このメッセージを受け取るのだ。

君たちは、徹底的に贈られ続けるしかない。

生死のメッセージは、長寿寺の全体にある。本堂にも、観音堂にも、尊氏の墓にもある。

「命が賭けられている」

いいえて妙であろう。

「生が賭けられている」

否、これでは一面的だ。われわれの死もまた、否、死こそが賭けられているのだ。

「いざ、鎌倉」

罣はこたえる。

鞭策時時《じじ》、身を離れず。

廓庵《かくあん》和尚はいった。

『悦ばしき智』第四書、二番目のアフォリスムのタイトルは、「人格的摂理」である。ここに描かれているのは、さながら、ライプニッツの楽観主義を、より徹底化させたようなものである。

ニーチェの血が、「悦ばしき智」が描く世界とは、どのようなものだろうか。

全体的な見地に立ってみよう。世界とは、種々多様な可能性の内で最も善いものとしてしか現れない。

それでは、個別的に考量してみよう。ニーチェにとって、それでもなお、世界は最善のものとして現れる。いわんや、それぞれの瞬間もまた、最善のものである。たとえ、一個の瞬間がどれほど最悪なものであろうが、それでもなお、そのそれぞれを観照すればやはり最善である。各々の人物もまた最善のものである。

たとえ、ニーチェが運命と呼ぶもの、ライプニッツが世界の調和によって配される善の構成と呼ぶものから最も愛されていない「被造物」であったとしても、個々は相変わらず、最善のものとして現れる。

須臾《しゅゆ》そのものが、最善なのである。

悪を無化し、善すら消滅するような「大いなる善」なのである。

「はたして、人格的摂理という思想が、鮮烈この上ない感銘をもってわれわれの眼前に現れる。あらゆるものが、われわれの出会うありとあらゆるものが、無条件に「われわれにとって最善のものとなる」ことが、いまや、わたしの手にとれるかのように、明白となった。したがって、人格的摂理という思想は、仮象という最高の代弁者を味方につけるようになる。日常生活は、ただこの解釈を新たな実験によって証明し直すということに、他ならないだろう。わたしにとって、新たな試練が、どのようなものであろうと構わない。悪い天候だろうと、良い天候だろうと構わない。友人を亡くすことかもしれない。あるいは捻挫、あるいは病気、あるいは誹謗中傷かもしれない。手紙が来ないことかもしれない。わたしの議論への反論、たまたま開いた本、夢、詐欺、なんであろうと構わないのだ。これら種々の出来事、一切が、すぐさま、たちどころに「然らざることはない」ものとして証明される。それらはまさに、「われわれ」にとって、深遠なる意味と効用とに充ちたものなのである」

ニーチェはいった。

このように描かれるニーチェの世界観には、いわばライプニッツによるオプティミスムの普遍化が現れている。

けれども、自明のことであるのだが、この思想はライプニッツを、最終的には、否認することになる。なぜなら、ライプニッツにとって、普遍的摂理は神を宿すものであるからだ。ニーチェによれば、人格的摂理の利とは、「偶然」に存する。「好運」に存する。ニーチェの世界観で「偶然」とは、「無神論」の原理として、否、むしろ「反原理」として理解される。「神は静かにさせておこう。世話好きの精霊たちも放っていこう。出来事の解釈におけるわれわれ自身の、実践的かつ理論的な練達が、いまやその絶頂に達したのだ。こう考えることで、われわれは満足しようではないか。われわれが楽器を奏でる際に生じる不思議なハーモニー、これが偶々《たまたま》、われわれの意表をつき、度肝を抜かせることがあったとしても、われわれの知恵の指先がもつ器用さを、あまり高く見積もらないようにしようではないか。このハーモニーの響きはわれわれのものである、と敢えていい切るには、いかさま、この響きは余りにも霊妙ではなかろうか。じつのところ、折々、ある「なにものか」がわれわれと「共に」、演奏するのだ。愛すべき偶然が、われわれと「共に」あるのだ。愛すべき偶然が、折に触れて、われわれの手を導くのだ。どれほどの最高知をともなった摂理であっても、常軌を逸したわれわれの手によるものよりも美妙な音楽を、奏でることはできないだろう」

ニーチェはいった。

「おや」

なにかが呼びかける。竹の音か。

「おやおや」

すぐさま、なにかが応じる。

十二月一日

今日は、ある化け物の話から始めよう。

君たちは、「さとり」体験をしたことはあるか。

きこりの前に出現した「さとり」という化け物は、心を読む力をもっていた。

君たちが「さとり」を目の前にしていたら、「さとり」は君の欲望、目標、利得、あらゆる因果を読むだろう。ありとあらゆる手段を講じて、「さとり」と対峙しても、一切の手段は無化されてしまう。君たちが案じている限り、「さとり」は君の行動を先取りしてしまう。

こうして、君たちの思考は出尽《ことごと》くしてしまう。はたせるかな、君たちの心はズタズタの満身創痍である。

「そら、とうとうお前はあきらめてしまった」

　さとりはいった。

「とうとう」、これこそさとりの好機である。連続していた生が、一瞬、動きを止めた間である。「あきらめてしまった」、これこそ「さとり」からの贈る言葉である。

　君たちは、この言葉に、胸を開かなければならない。いまこそ、偶然による霊妙なる調べが生起するだろう。

「ふむ。だいぶ痛んでいるね」

「おや」、と一本の竹が挨拶する。

「おや。こんなところからも血がでている」

「おやおや」、と挨拶が返ってくる。

「われわれの知恵の指先がもつ器用さを、あまり高く見積もらないようにしようではないか」。このアフォリスムの行間に、進退窮まった彼の失望や幻滅を読み取ることは、滑稽極まりないことである。確かに、ニーチェのこのテクストには、脱幻想への意志が認められる。けれどもこの脱幻想とは、ニーチェが練り上げる悦びの構成にとって無益かつ無縁の幻想を、撤しようとするものである。

　この体験は、じつに有毒なものでもある。

　われわれは、自動的に取捨選択されてしまう。ここには、死が賭けられているからである。人格的摂理の思想によって聖福《せいふく》の体験がいや増すとしたら、そのときこそ、この思想は大量の「人員整理」を実行してしまうだろう。この事実をニーチェは感得している。聖福《せいふく》の体験を、適当な神に感謝しなければならない、とわれわれが考え始めるやいなや、ニーチェは、このような体験を撹乱《かくらん》してしまうのだ。

じつに、ニーチェほど実存を讃する思想家はいない。

だが、じつに有毒な思想である。

「どうして、わたしが各人を知り尽《ことごと》くして、これを裁くことができるだろう。各人に、彼のものを与えることができるだろう。わたしは、各人に「わたしのもの」を与える、これでわたしは満足である」

ツァラトゥストラはいった。

じつに、ニーチェほど実存を正当に評価する思想家はいない。実存へ感佩《かんぱい》する思想家はいない。彼は実存を擁するにあたって、神を崇めることは、けっしてない。実存とは、己事《こじ》に尽きるのである。

神に依存する思想は、「不充分」である。われわれの生への謝意を、「不充分」に示すものである。いわば、全幅の感謝がなしえない思想なのである。ニーチェはいう。このような思想は、その半端さゆえに、実存と結びつく数多くの障害、あまたの「欠損」を糊塗しようとする。したがって、神は存する。だからこそ、神という保証人が無くてはならないのである。

ところで、どのような点で、ニーチェはライプニッツと異なるのだろうか。

ニーチェとは、さながら、超ライプニッツ主義者である。すなわち、ニーチェは、一種異様なまでに、得がたく度しがたい楽観主義者、「極め付き」の楽観主義者なのだ。ライプニッツの思想が神を要するとしても、それは、彼が十分な楽観主義者ではなかったからである。彼が「生きる悦び」を十二分に、信頼していなかったからである。詰まるところ、これが両者の相違である。ニーチェが下したライプニッツへの評価である。

それにそもそも、一般論的に、ニーチェは懐疑主義を、失望にではなく幸福の過剰に結びつけている。このような点において、彼の懐疑主義が、哲学史上、分けても懐疑主義の歴史において、前例のないものであることは、いうをまたない。

『偶像の黄昏《たそがれ》』に、注目すべきアフォリスムがある。

「強い信仰を欲求することは、強い信仰があることの証拠とはならない。むしろそれは反対である。「強い信仰をもっている」のなら、神への懐疑という美しい贅沢を、自らに許してもよいだろう。それができる程、われわれは十分に安定していて、十分に逞しく、十分に堅固であるからだ」

ニーチェはいった。

「ニーチェは、悲劇的な運命から逃げず、逆に自ら進んで悲劇的な運命を愛し、それを体現する人間を夢みていた。自らに嘘をつかず、社会的な隷従を乗り越える人間を夢みていた」

バタイユはいった。

「聖」とは、われわれが到達すべきなにものかではない。なにかをなし遂げたときこそ、頂点においてこそ、君は自分を叱咤しなければならない。

鞭策時時《じじ》、身を離れず。

廓庵《かくあん》和尚はいった。

冬が来る、と憂える者がいる。命の賛歌が、数か月聞こえなくなる、と慨する者がいる。

「境《きょう》に由って有なるにあらず、唯《た》だ心《しん》より生ず。鼻策《びさく》牢《つよ》く牽《ひ》いて、擬議《ぎぎ》を容《い》れざれ」

『十牛図《じゅうぎゅうず》』の第五図で、われわれはビシビシ、鞭打たれている。

冬が来るから、「冬が来る」のではない。このような嘆きは、心にしかない。

「ザクッ」

同じ音なのに、われわれは落葉の色に囚われてしまうのだ。

耳にすれば、意味を探る。

「これは、何色なのか」

君たちが理解しようとすればするほど、紅葉を蹂躙《にじ》するだろう。それが、紅葉を崇める、ということである。

「ザクッ」

なんと、無常なことか。なんと、無上なことか。嗚呼、冬が来てしまう。

嗚呼、この間こそ。いまこそ、好機である。

耳にすれども、聞こえず。

幸いにも「わたし」には、嘆くべき身体がない。嘆くべき自分がない。嘆くべき対象がない。

君たちにとっては、一年の十二月であっても、「わたし」にとっては、いま、ここにある「十二月一日」、たまさかにここにある日でしかない。

「わたし」は予感する。

秋はすでに、春であることを。

そして、君たちがすでに、「わたし」であることを。

「これは、空色である」

罣はこたえる。

ここまで、『悦ばしき智』の第四書に先鞭をつけた一連の二つのアフォリスムを紹介した。

続く三番目のアフォリスム、このタイトルは「死についての思考」である。

ここでニーチェは、これまでの哲学史で存分に掘り下げられた論題を、一見すれば最も使い古されたテーマの一つを、展開している。

まさに、「死」についての議論である。

われわれの消滅の危機が迫っている。

われわれの目の前には、喫緊の問題がぶらさがっている。

どのような場所においても、どのような瞬間においても、この問題が、生を取り囲んでいる。

そもそも、生には、他の問題が入り込むすき間など、毫末《ごうまつ》ほどもないようである。行住坐臥《ざが》、休むことなくわれわれは、死を嘆き、死に訴え掛けている。

「死よ、来ないでくれ」

このような事実にも関わらず、否、このような事実であるからこそ、われわれはこの強迫的な思考を、絶えず、忌諱《きい》しようとする。あたかも、死などないように、人間は考え行動する。これが、哲学史における、おおよその死生観である。

「永遠性」、つまり、死を疎む人間的なこの特徴は、強迫神経症のなせる業である。まさに、ノイローゼである。

聖と凡という次元での聖は、詮ずるところ、死を語らずに済ますための、このノイローゼに対処するための方便に過ぎない。このような聖は、超越性を謳いながらも、決して「人間」の外に出ることがない。

このような聖には、必ず利がつきまとう。亡霊のように。

「人間を放下《ほうげ》しよう」

罪はこたえる。

これこそ、人間特有の脆弱さである。死について考えることを棚上げする。死について考えることを「抑圧」する。いかさま、精神分析的な語義で、「抑圧」する。

そして、卑俗な聖がもてはやされる。

「われわれは、死と不幸と無知とを癒すことができなかったので、幸福になるために、これらのことについて考えないことにした」

パスカルはいった。

パスカルの名高い概念、慰戯《いぎ》、つまり気を紛らわすこと、である。ところが、ニーチェにはこのような戯れは、一毫《いちごう》もない。

このような戯れは、生の本質に背馳するものである。彼の思想が、このような展開をみせることは、けっしてない。

「完璧な真理から笑うのならば、然るべく笑え。そのように、自分自身をも笑うだろう。おそらく笑が智と結ばれる。そのときは、「悦ばしき智」のみが存在することになるだろう」

ニーチェはいった。

ニーチェにとって、人間の長所とは、どのようなものだろうか。

ここでわれわれは、ニーチェ的な逆説にまたもや喫驚させられる。

死からの遊惰《ゆうだ》、死を切々と無視しようとすること、このような意識にこそ人間の長所がある、とニーチェは論結する。

「この唯一確実なもの、唯一共通なものが、すなわち死が、人間に対してほとんどなんの力を加えることができないとは、なんとも奇妙はことではないか。自分を死の兄弟であると感じる。だが、これが、人間から最も縁遠いとは、またなんとも奇態なことではないか。人間が死について、金輪際、考えたがらないのを見ると、わたしは幸福な思いに打たれる。人間のために、生への思考を、何百倍も考察に値するものにしてやろうという気概が、油然《ゆうぜん》と沸き起こるのだ」

ニーチェはいった。

伝統哲学的見地を、ニーチェは、まったく反転させている。

死への思考とは、不可避的に、そして決定的に、生への思考を貶め、凋落させるものである、と伝統哲学はみなしてきた。こうして、人間は、死についてあまり考え過ぎないようにしながら、生を甘受することを利とする。

片やニーチェにとって、生への思考こそ、事情を熟知した上でなお、然るべく、死への思考を「無害化」するものである。

夕餉が来る。

食卓にも、秋は優婉《ゆうえん》なる彩を与えてくれる。この彩にもまた、生死が賭けられている。賭けが重く、高いほど、彩も鮮やかである。これらは、質素ながらも、目にも鼻にも、そして舌にも、福々しい。生死を垣間みるこの秋にこそ、われわれは手を合わせられる。

「スポーツの秋、勉強の秋、食欲の秋」

「欠けざる者は、食うべからず」

罣はこたえる。

生死の境界にいるこの秋にこそ、われわれの目は覚ませられる。深奥なる秋気は、じつに無量だ。

「賭けざる者は、食うべからず」

合掌。

秋は去るのだ。死すべきものは死ぬのだ。

冬を迎え、悦ばしき瞬間が断続的に顔を出す。自然はいっそう、君たちを感動させるだろう。

「いただきます」

十二月二日

「おはようございます」

「おはよう」

一日は、挨拶から始まる。そして、われわれは新たに生まれる。

聖福《せいふく》とは、どこかにあるものではない。幸せの青い鳥とは、ここにないものでは、ない。

「それならば、いままではなぜみえなかったのか」

この問いとともに、この鳥は再び逃げ去ってしまうだろう。

「おやすみなさい」

われわれは、生に感謝し、死へ至る。徹底的に、生と付き合うことで、われわれは死に感謝する。死への感謝、じつに悲劇的なフレーズではないだろうか。

「だれも頼んでない」

「ここに生まれたくて、生まれてきたのではない」

ドラマなどで使い古されたクリシェである。

「わたし」ならば、君たちにこのように伝えるだろう。

「わたし」もまた、かつてあったこの生に感謝している。そして、君たちもまた、この死に合掌するだろう。

昨日の議論のように、ニーチェは、死への思考を無毒化する。おそらく、この議論は、フロイトの分析の前兆となっているかもしれない。このような無力化についての議論、すでにこの一部は、ある領域に踏み込んでいる。この領域を、議論上、わたしはニーチェ思想における「第二の領域」と呼んでおこう。これは欠くべからざる領域である。なぜなら、これは「第一の領域」、すなわち聖福《せいふく》というテーマと不可分の領域だからである。「第一の領域」と、無媒介的に隣接するものである。

実際、ニーチェにとって聖福《せいふく》とは、常に、あらゆる思想を承認し、あらゆる思想を受容することに他ならない。したがって、聖福《せいふく》は、自らにとって最大の抵抗となる思想すら、受け入れる。なかんずく、このような思想をこそ、聖福《せいふく》は容認するのだ。

承認、受容、否。これらの言葉よりさらに的確な表現が、ニーチェにはある。「経口摂取」である。つまり、ニーチェにおいて、思想の受容は、食事に喩えられるのだ。

周知のようにニーチェの熟考は、さながら、反芻のごときものである。彼にとって、思想とは、然るべく生であり、然るべく滋養であったのだ。

『この人を見よ』には、消化に関する具体的な記述がある。われわれは、この入念な記述によって、彼が生涯にわたって取り組んでいた食事療法を、詳らかにすることができる。

自分自身の生、そして作品の高い質を保つためには、食事療法こそその重要な一翼を担っている、とニーチェは視する。

ところで、ニーチェが論じる反芻には二種類ある。

倦まず弛まず反芻するのだが、けっして消化には至らない。これが最初の反芻、ルサンチマンの人間のケースである。

他方、ディオニュソス的人間の場合は、反芻し、消化に達する。

これらを要するに、悪い反芻と、良い反芻である。

けれども、ニーチェのテクストにおける「良い」「悪い」には、十二分に用心しなければならない。一般的に人は、悪い反芻は幸福には至らず、良い反芻だけが幸福に達する、と解している。なぜなら、悪い反芻は、不幸という考えの内に幽閉されており、一方、良い反芻こそ、このような考えに打ち克ち、このような考えを消化しうるからだ。けれども、ニーチェの反芻に関する論考は、このような一般的解釈と、決定的に異なる次元にある。

「良い反芻、イコール幸福」「悪い反芻、イコール不幸」、このような定式を、再度検討しなければならない。

「イコール」、これがなんとも、曲者なのだ。

「前思《ぜんし》、纔《わずか》に起これば、後念《ごねん》、相い随う。覚《さと》りに由るが故以《ゆえ》に真と成り、迷いに在るが故而《ゆえ》に妄《もう》と為る」

廓庵《かくあん》和尚はいった。

「幸せ」の「青い鳥」、ここにトラップがある。

幸福、幸福、と追い求めること自体が、迷妄であった。幸福、幸福と心に思い浮かべれば、それだけ幸福は逃げていく。したがって、追い続けるのだが、相手は逃げ続ける。このような半端な生は、悦びとは無縁だろう。

「ちりん、ちりん」

青い鳥は啼きつづけている。

「ちりん、ちりん」

君たちの答えから解き放たれるや、「こたえ」が返ってくるだろう。

ニーチェによれば、良い反芻は、一切のものに到達しうるのだ。すなわち、「幸福にも不幸にも」同時に達するのだ。反対に、悪い反芻は、なにごともなしえない。「幸福」になれないことは、無論である。あまつさえ、彼は「不幸」にもなれないのだ。

詰まるところ、幸福に無縁である、ということは、この者が、不幸の消化をし損じているからなのだ。けれども、この者が不幸に精通しているわけではない。それどころか、この者は不幸についても無知である。まさしく不幸の消化に失敗しているからこそ、無知であるのだ。はたせるかな、幸福な者は、あらゆる事に通じている。無論、不幸に関しても知悉《ちしつ》している。はたせるかな、不幸な者はなにごとも達成しえない。まさに自らが陥っている不幸そのものについても、未消化のまま、半端な知識のままである。

誠に、生についての思考は、死についての思考を包含するがごとくある。

こうして、「良い」ものは、自らが「良い」ことを知らない。

「干戈《かんか》已《すで》に罷《や》み、得失《とくしつ》還《ま》た空ず」

幸福なものは、あらゆる戦いを消化してしまった。そうなると、勝敗などもはや、どうでもよくなってしまう。

「大いなる悦び」の境地である。

聖福《せいふく》もまた、同様である。聖福《せいふく》は、すべからく、不幸の深奥を知り、不幸について、比肩しうるものがないほどに知り尽《ことごと》くさなければならない。このような覚悟と知識によってこそ、ニーチェ思想の「第二の領域」は構成される。そして、この領域は、「第一の領域」の、忠実な証言者であり相棒である。

「悲劇的な運命から逃げず、逆に自ら進んで悲劇的な運命を愛し、それを体現する人間」、バタイユはこのように「幸福な者」を定義した。これが、バタイユがニーチェから受け継ぎ、われわれに渡された「法」である。

ニーチェの思想におけるこの第二の領域は、「悲劇」という名の下に指示される一切のものに関わっている。

「干戈《かんか》已《すで》に罷《や》み、得失《とくしつ》還た空《ま》ず」

悲劇が悦びと表裏一体であることは、如上の通りである。いまや、われわれは『十牛図《じゅうぎゅうず》』第六図に達する。

いまこそ、振り返ってみよ。君たちが歩いた道そのものが、悲劇ではないか。

ニーチェがいう悲劇とは、生そのものである。死に向かい、死を賭ける生そのものである。生とは、いわば、苦行であろう。

いまこそ、振り返ってみよ。

道とは、「わたし」をなんとか成仏《じょうぶつ》させようとしていた君たちそのものである。けれども、「わたし」はなにものでもなかった。これまでもこれからも、昨日も明日も、いま、ここに君たちといることでしか、「わたし」は「わたし」ではありえない。

「干戈《かんか》已《すで》に罷《や》み、得失《とくしつ》還《ま》た空ず。樵子《しょうし》の村歌を唱え、児童の野曲を吹く。身を牛上に横たえ、目は雲霄《うんしょう》を視《み》る」

「おやすみなさい」

戦いは終わった。相手を捕まえることも、放すことも、もはやなくなってしまった。こうなると、生の悦びは徹底化され、不幸にも幸福にも通暁している。しかし、この者は、この事実に関して、「無知」である。この事実に関する説明など、無用である。いかさま、苦行がすなわち、悦びとなっているではないか。

生が、どうして不条理なのか。解消しえない撞着に、悦びが存するからである。

「どうして」がない、という聖福《せいふく》。

「どうして」としてしかない、という悲劇。

嗚呼、これが「ムムム」の真骨頂であるのかもしれない。

「おかげさまで」

十二月三日

「悲劇」と「聖福《せいふく》」、これら二つの連関は、ニーチェの全生涯を通じて認められる。つまり、『悲劇の誕生』のころに、早くも、ニーチェはこれを洞察しているのだ。「悲劇」的なものは、「ディオニュソス」的なものに結びつく。「悲劇」的なものとは、「ディオニュソス」的なものの必要条件なのだ。

艱難辛苦を経ていない悦びなど、ない、ということだ。

身を切り裂かれていない悦びなど、ない。

苦しみ、悩むという体験と通してようやく、われわれは悦びを学ぶのだ。無論、悦びを学ぶ、とはすなわち、悦びを立証することに他ならない。こうして、生に存する諸概念が結び付けられていく。

じつに、この「悲劇」と「聖福《せいふく》」の組み合わせこそ、ニーチェ哲学の基盤である。この土台を、ニーチェは一つのスローガンとして表明している。彼はアウルス・ゲッリウスの著作『アッティカの夜』に倣《なら》って、フーリウス・アンティアスの詩を引用する。

「傷が生きる勇気を刺激し、生長させる」

同じく『偶像の黄昏《たそがれ》』、この劈頭《へきとう》は「箴言《しんげん》と矢」と題されている。

「人生の士官学校から。わたしを殺さないものは、わたしを一層、強くする」

ニーチェはいった。

「悲劇」と「聖福《せいふく》」の連関は、不幸と幸福が、悲劇的なものと歓喜させるものが、あるいは、痛ましい経験と悦びの肯定とが、密やかに連れ添う関係である。

密やかに連れ添う関係。

「わたし」と君たち、死者と生者、じつに詩的で幽玄な関係ではないか。

君たちは「わたし」を、一度必ず、滅する。

確かに、君たちの暴力は、「自分」自身へ向かった。そして、君たちは、決して購えない罪を背負っている。だれも名づけていない各々の名を背負った。そして、だれもしらず、だれも覚えていない夫々の罪を背負った。

狂気の沙汰だ。

ニーチェは確かに「狂っていた」。彼は、生死を、この詩的でエロティックな関係を説明しようとし続けたからだ。『悲劇の誕生』から既に、彼はこれに挑んでいる。

君たちもまた、「わたし」の事実に、ときには挫け、ときには砕けながらも、いま、ここに挑んでいる。

「わたしは、君たちを悩ませる罪そのものだ」

罪はこたえる。

「わたしは、君たちに呼びかける名そのものだ」

まず、『善悪の彼岸』のアフォリスムから二つ、引用しておこう。

ニーチェはいった。

「苦悩による、「大いなる苦悩」による修養、ただこの修養だけが、人間超克の唯一の道であることを、君は知らないのか。魂を育て上げろ。不幸の内にある魂のあの緊張。換言すれば、大いなる破滅の瞬間における魂の戦慄。あるいは、不幸を担い、辛抱し、解釈し、そして不幸を利用し尽《ことごと》くすほどの魂の巧妙さと果敢さ。すなわち、深層、秘密、仮面、才気、策略、偉大さ、かつてこれらが魂に贈ったもの全部。これは苦悩を通して、「大いなる苦悩」による修練を介して、ようやく獲得されたものではなかったか」

「われわれが己の苦悩を、「どれほど深く」まで味わいうるか、この点から各人の位階秩序を、規定できるだろう」

ところで、最も簡潔でありながらも完全であることを望むのなら、『この人を見よ』のアフォリスムをおいて他にあるまい。

「一個の精神が、どれほどの真実に「耐える」か、どれほどの真実を「敢行する」のか。これこそますます、わたしには真の判断基準となってきたのだ」

確かに、実存は「恐るべきもの、疑わしきもの」である。美しい生、緩やかで和やかな実存など、どこにあるというのだろうか。まさに、ユートピアでしかない。だからこそ、このような不確実で無定形な実存をわれわれは畏怖し、不条理で無辺際な実存へ合掌する。

合掌。このようなとき、われわれのうちにあるものは、一体、なんだろうか。

ニーチェによれば、これら実存に特有なものに対して、唯一、生を保障するものこそ、「悲劇的なものへの意志」である。

先に引用した『偶像の黄昏《たそがれ》』のアフォリスム、これを再び引用しよう。ここでニーチェは、懐疑主義と信仰の関係を、独創的に理会している。

「強い信仰を欲求することは、強い信仰があることの証拠とはならない。むしろそれは反対である。「強い信仰をもっている」のなら、神への懐疑という美しい贅沢を、自らに許してもよいだろう。それができる程、われわれは十分に安定していて、十分に逞しく、十分に堅固であるからだ」

ニーチェはいった。

牛に騎《の》って迤邐《いり》として、家に還《かえ》らんと欲す。

廓庵《かくあん》和尚はいった。

「おかえりなさい」

「おやすみなさい」の前に、所述の議論を要約しておこう。

聖福《せいふく》こそ、ニーチェ思想の基幹となる。この基幹思想を取り巻き、巡るように、他の諸概念、他のテーマは編成され、階層化されているのだ。

はたせるかな、純粋かつ無条件的に現実に対し賛同することが、聖福《せいふく》をなす。このような現実への肯定は、摂理のようなものを「無し」で済ますことができる。無論、歴史的弁証法のようなものも、「無し」で済ますことができる。

けれども、ここに「人員整理」が行われることは避けがたい。このような「無駄」を省く代償として、聖福《せいふく》による生の肯定は、悲劇を徹底的に飲み込まなければならない。すべらく悲劇を消化し尽《ことごと》くさなければならないのだ。

「人間は、理性を、理解可能性を、自らが立つべき地盤そのものを、投げ捨てなければならない。人間において神は死ななければならない。それは恐怖の底、人間が落ちつつ目指している極点だ」

バタイユはいった。

「おやすみなさい」は、もうすぐだ。

鎌倉の秋は、すでに、山の向こうに沈んでいる。

悲劇とはどのようなものか。

ニーチェは悲劇を、悦びの欠損状態とはみなしていない。悩み苦しんだはてに、自身に残された「聖福《せいふく》の滓《かす》」のようなとしては、ゆめさら、考えていない。

聖福《せいふく》とはどのようなものか。

聖福《せいふく》とは、果然、七難八苦に対して優位を占める悦びである。まさに、生死が賭けられているいま、ここで、死が生を支え、生が死に対して優位を占めるのだ。

こうして、生への思考は、聖福《せいふく》へのテストとして、試練と試験という二つの意味を持つテストとして、自らを提示する。フランシス・ベーコンにならって、このような「試験試練」をわれわれは、「決定的実験」のようなものとして推し測れるだろう。

生には儚さ、痛み、艱難が厳然と存する。そして死だ。

ニーチェは屡述《るじゅつ》する。悲劇の認識に貫かれていない思想がある。このような思想は、生老病死に、毎度毎度、右往左往してしまうだろう。このような思想は、ことごとく、エレア派の存在論、プラトン派の形而上学のような処方箋的哲学によって、自分の持ち分を占領されてしまうだろう。そして、このような処方箋哲学は、実存に不利な証言しかしない。実存についての弁明をすることより、実存に不利な証言をすることに執心している。

君たちが「わたし」を理解し、「わたし」に判決を下そうとしているように。

あにはからんや、君たちの生は弱化していたのだ。

「わたし」は君たちが知っているように、「ルブナン」である。捉えようとすれば逃げ、避ければ回帰する者である。

しかし、いまや君たちは、因果のはからいを放下《ほうげ》したようだ。

「わたし」は、君たちが呼びかける回数と同じだけいる。同じだけ、君たちのもとへ帰来する。

「わたし」とは、無数であり、「無」数である。

羌笛《きょうてき》声、晩霞《ばんか》を送る。

一拍一歌、限り無き意。

知音《ちいん》は何ぞ必ずしも唇牙《しんげ》を鼓《こ》せん。

廓庵《かくあん》和尚はいった。

ニーチェは確かに狂っていた。だが、これは医学で説明できるような狂気ではない。

人間を放下《ほうげ》した狂人だったのかもしれない。ワシとヘビ、獅子、ハト、彼らとコミュニケーションし、そして彼らと戯れる風狂《ふうきょう》だったのかもしれない。

ニーチェが聞き分ける「言葉」とは、秋の虫たちの調べである。落下した紅葉たちの調べである。彼のもとで、わらべ歌も風韻と渾然《こんぜん》となっている。そのときニーチェは、狂人として、不可解な非言語を聞きとっていたのだろう。はて、この音は、なんだろうか。

「ちりん、ちりん」

「ちりん、ちりりん」

「ちりりん、ちりりん」

聖福《せいふく》とは、まさに「無聖福《むせいふく》」でしかない。

聖福《せいふく》が、「聖」であり続けるかぎり、このような「仮の」悦びは、生に抗い続けるだろう。かつてあった「わたし」。穢れた「わたし」は、死して再び蘇ろうとする。「わたし」を忌避し、「わたし」に名づけ、「わたし」を否定し、「わたし」に囚われていた君たち。

しかし、「わたし」は戻らなければならない。一度、君たちから、ここから懸絶した「聖的」な地へ離れていった「わたし」、穢れた「わたし」は、君たちのおかげで、この裡《うち》へ還ってきた。

こうして、いま、「わたし」は「無聖的」である。そして再び、われわれの生は、悦びそのものになる。

「おやすみなさい」

「おかげさまで」

罣はこたえる。

十二月四日

今日の鎌倉は、いささか、曇り模様である。暦で冬を知ろうとする人間にはふさわしい。

「残念ね」

「太陽は、どこにいるのかしらね」

鎌倉を訪れた淑女たちの嘆息が、道々から届いてくる。それでもなお、ここ、長寿寺には変わらぬ日常がある。読経と掃除。それから食事。

「法に二法無し、牛を且《しばら》く宗と為す。蹄兎《ていと》の異名に喩《たと》え、筌魚《せんぎょ》の差別《しゃべつ》を顕《あら》わす。金の鉱を出づるが如く、月の雲を離るるに似たり」

第七図である。

『十牛図《じゅうぎゅうず》』の第四図において、君たちは「わたし」を殴りつけていた。鞭打っていた。

「なぜそうする」

「どこへいこうとする」

ただひたすら、「わたし」に「いうことを聞かせよう」、と竹篦《しっぺい》でもって打ち据えていた。

しかし、打てば打つほど、「わたし」のあざが君たちを魅きつけて離さなかった。

だがいまや、われわれは第七図に至る。

「いうことを聞け」

これほど無残な言葉はないだろう。いう者も、聞く者も、忸怩たるものがある。ならば、いわずもがな、であろう。けれども、「わたし」はいわなければならなかった。指さし、命じなければならなかった。

「ここにいるよ」

「ほら、ここ」

「わたし」はすでに一度、死んでいるからだ。われわれは、そのままであることはできなかったからだ。

「蝶」よ「花」よ。

われわれは、われわれで「ない」ものを愛でる。

「月」の名の数々、立ち待ちの月に居待ちの月、有明の月。これらは、われわれの「満ち欠け」を、われわれ自身を表している。

いかさま、冬にいながら、われわれはいまだ「秋」にいる。

「りんりん」

虫たちの声は、聞こえるようにしか、聞こえてこない。

「ヴァじヴァじ」

飛行機の中で、赤ちゃんの声は、聞きとれぬ声としてしか、聞こえてこない。

このように、われわれは指示されなければ、なにものも、われわれの耳朶に触れてこない。

このように、われわれは、一度、自然を離れなければ、「自然」になりえない生きものなのだ。

ニーチェ哲学の志向と嗜好を問題にする議論は、多くある。

「ニーチェは、深層より表層を好んでいる」

「実在より仮象を、原型よりコピーを、好む」

「現実性そのものよりも、そのパロディーを好む」

このようなニーチェの解釈を、昨今、しばしば目にする。彼らの主張を借りれば、ニーチェの哲学は、あらゆる一貫した表現よりも、一貫性のパロディーを選びとっているのだ。もしそうであるのならば、ニーチェの哲学は一種の詭弁術となりはてるだろう。

「ニーチェほど、その解釈者たちをして、その解釈対象をパロディー化させようと思わせる者はいない」

クロソウスキーはいった。

ニーチェが常に表層、仮象、表象に特権を与えていることは確かである。けれども、この考えが犠牲にするものは、現実の深さではない。伝統的形而上学が執着する「真の世界」なる概念、そのまやかしの深さを贄にしているのである。

いわゆる「真の世界」とは、われわれが直接体験しうる現実に、感覚的かつ経験的な現実に対立するものとしてある。先の解釈者たちには、ニーチェ哲学における、表層と深層に関する、重要な見落としがある。

ニーチェにとって、表層は深層と対立するものではない。

換言しよう。表層は、深層を可視化させるものである。表層によってこそ、深層は自らの存在を顕示するのである。これは、古代ギリシア人の証すところのものである。

「古代ギリシア人たちは、表面に踏みとどまること、仮象を崇めること、型式や音調や言葉を信仰することが必要だったのだ」

ニーチェはいった。

「嗚呼、古代のギリシア人たち。彼らは生きる術を心得ていた。このギリシア人たちは、表面的であった。深さからして」

したがって、ニーチェが仮象に与える特権から、現実よりも仮象を称揚していると推量し、論定することはできない。

仮象への賛辞は同時に現実への賛辞である。それ以外ではありえないのだ。

仮象と現実の対立こそ、このような分別は、このような追求は、われわれをさらなる「闇」に追い込むだろう。

「一道の寒光《かんこう》、威音劫外《いおんごうげ》」

そもそも、牛は求めるべき真実の自己であったのか。童子が主で、童子が求めていた牛が従であったのか。

牛が主で、童子が従であったのではないか。

深層は、表層が目指すべき対象なのか。実在は、仮象の主人であるのか。

はたして、ニーチェにとって表象の空間とは、どのようなものだろうか。この表象の空間とは、われわれが諸事物を、われわれ自身の特定の場を、現実におけるまさに己の「持ち場」を、見出すところに他ならない。

この「持ち場」は、流転する。

須臾《しゅゆ》のどの間にも、一時のどの答えにも、与えるべき名などない。われわれは、問い続けるしかないのだ。

そして、この有為転変こそ、「威音劫外《いおんごうげ》」そのもの、不滅の法であろう。

この世は不条理で醜く、過ちに充たされている。そして、此岸において、事実として経験するものより高位にあるとされるもの、それが「無謬性《むびゅうせい》」である。

この無謬の世界が、この世とは一線を画した「高み」にある、とわれわれは教えられてきた。そこを求め、そこへ到達するように指示されてきた。けれどもニーチェは、「無謬性」を掲げるあらゆる思想を論難する。このような思想表現は現実を侵害しているからである。

「『真の世界』とは捏造された世界である。『仮象の世界』といわれているものが、現実の世界なのだ。理想という嘘が、これまで現実に対する呪詛であったのだ」

ニーチェはいった。

われわれは、指でさされた世界をみることができるのか。それは、指さしている「指」をみているだけではなかったのか。

雲に隠れた太陽は、目でとらえられない。

「太陽はどこに隠れているんだろうね」

われわれは、「ない」ということによって、その存在を確認し、主張する。しかし、これは、じつに神秘的な業ともなりうる。

「無謬性」とは、「理想という嘘」であり、これこそ「現実に対する呪詛」なのである。仮の世界の向こう側に位置づけられるような真の世界、このような理想に対するニーチェの批判は、常に、「実在への顧慮」に因るものである。仮象への固着、世界の不安定さに対する人々の無知を証する仮象への愛顧に因るものではない。

これが事実である。明々白々な、われわれの現実である。

ニーチェは、『悦ばしき智』『この人を見よ』『偶像の黄昏《たそがれ》』など、じつに多くの自著において、この主張を繰り返している。

「わたしにとって『仮象』とは何であるか。それは、事実、なんらかのある本体についての反対物ではない。なんらかの本体についてわたしが述べることができるとしても、それはまったく、仮象の属詞としてだけのことではないか」。

「『仮象』の世界が唯一の世界である。『真の世界』などというものは、人々が後に加えた虚言に過ぎない」。

「『真の世界』と『仮象の世界』、これらを翻訳し、種明かしをしよう。前者は嘘によって捏造された世界である。後者こそ、現実の世界なのである」。

「『真の世界』をわれわれは除去した。それでは、どのような世界が残ったというのか。『仮象の世界』だろうか。否。『真の世界』とともに、われわれは、『仮象の世界』をも除去してしまったのである」

ニーチェはいった。

仮象という概念もまた、「真の世界」という理想が雲散霧消してしまうやいなや、はたして、かき消されてしまうのである。

この論点こそ決定的なものである。

自身の仮象のうちに一切は実在している。これこそ、ニーチェの思想をなさしめるものである。

表層や仮象が、深層や実在と対立することは、一毫《いちごう》もない。これは事実を顛倒《てんとう》させているのだ。ニーチェが看るところ、表層も仮象も、それ自体が深さであり現実である。

現実性はなにも欠かないがゆえに、「全きもの」として現れる。

現実は、唯一無二のものとしてある。

ニーチェの言葉を続けよう。ニーチェの「生きる悦び」が、いわゆる「理想」とは、希求されるべきものとはかけ離れたものであることを、われわれは解するであろう。

「われわれの世界とは『別の』世界を捏造することは、はたして、意味をもつのだろうか。生を誹謗し、卑小化し、疑問視するような本能が、われわれのうちで影響力をもたないと仮定すれば、この捏造はまったく意味をもたない。影響力をもつ場合には、われわれは、ある『別の』、ある『より良い』生という幻覚でもって、生に復讐するのである」

「世界を『真』の世界と、『仮象』の世界とに分けることは、『デカンダンス』の示唆の一つに過ぎない。芸術家は実在よりも一層高く、仮象を評価するではないか、という意見もあるだろう。けれども、これはまったく反論とはならない。なぜなら、ここでいう『仮象』とは、『もう一度』現実性を意味しているからだ。しかし、この現実性は、選択された、強化された、修正された現実なのである。悲劇的芸術家は、ペシミストでは、ない。彼は、疑わしく恐るべき全てのものへ、まさしく『然り』と断言する。彼はディオニュソス的なのである」。

ニーチェはいった。

仮象は実在と対立するのではなく、これら二つは結びつき、二つながら「真の世界」という幻影に抗する。

ただ一つ、ニーチェ解釈に固有な障害がある。彼の固有性は、彼の用語の両義性に因る。ニーチェに対する無関心と熱狂、これもまた、ニーチェ固有の両義性にある、といえるだろう。ここでニーチェは、明らかに、この「仮象」「見せ掛け」という用語を、二つの異なる意味、二つの対立する意味に使っている。

ニーチェは仮象という概念によって、芸術家がするように、現実世界を繰り返し、「もう一度」配することで、現実世界を形容している。

他方、この概念は真逆の意味をもたされる。この「仮象」なる概念が、形而上学的思想が代表しているように、「真の世界」、これを指し示していることがある。

「しかし、この現実性は、選択された、強化された、修正された現実なのである」、とニーチェはいった。

「しかし」が付せられるディオニュソスとは、八つ裂きから復活した神である。すなわち、アポロンをもとり込んだ神なのである。不当にも僭称《せんしょう》される「真の世界」、これと対置させられるかぎり、「仮象の世界」は、ただひたすら「現れている」のであるから、現実世界を構成する。

けれども、一方で、「真の世界」は、純然たる「見せ掛け」の世界をなす。このかぎりで、この用語は蔑称偽称の意味をもたされる。未開の神、ディオニュソスである。

議論というものは、いかさま草昧である。言語的生を超克することは、不可避であるものの、不可能である。

「月は、満月のみをみるものかは」

いかさま、これは体験であり、説明ではない。

君たちは「わたし」を体験しなければならない。「わたし」と生きなければならない。けれども、このように「わたし」を解説したり、釈明したりしなければならないとは、いかさま、恥である。忸怩たるものがある。

「体験のほうがその欲する場へわれわれを導くことを、わたしは望んだ。あらかじめ定められたなんらかの目的地へ体験を連れていくことを、望んだのではない」

バタイユはいった。

十二月五日

昨日の因果で、今日は小雨である。われわれは、天気を窺う生き物である。否。天気が、われわれのご機嫌を伺っているようだ。

「太陽はどこにいるのか」

もはや、このような問いかけは無用となった。

雨となった今日、各々が、ほどよく諦めて、鎌倉を楽しんでいる。もはや、選択肢はない。悦びを、いま、ここで、見出すしかない。選択肢は、「即今当処《そっこんとうしょ》」しかない。

嘆く素顔は、一枚の面の下へ隠さなければならない。君たちの顔が顕現させるものは、いま、ここにしなかい。

「今日は、それでも暖かいね」

「ほどよく濡れた庭園も、素敵だね」

長寿寺に訪問する客は、断続的だ。彼らの呼び声に、昼の食事を中断しながら対応している。

「よくぞ。お参りくださいました」

和尚さんはいった。

『悦ばしき智』で、最も引用されているアフォリスム五四、ここでニーチェは、表層の問題と仮面の問題を、同一レベルで扱うことの利点を表示している。この議論によって彼は、表層と深層の関係が、仮面と仮面の人間の関係と同じであることを示唆している。

『仮象』が、わたしにとって、どのようなものであるのか。『仮象』は実際に、あるなんらかの存在の反対物としてあるのではない。このような存在について、わたしがなにかを述べたとしても、結局はその仮象の属詞を表示しただけのことである。確かなことは、仮象とは、不可知のなにがしかに対して自由に付け外しできるような、生気を欠いた仮面ではない、ということだ」

ニーチェはいった。

表層は深層の可視状態である。同様に、仮面は「人物」の可視状態を示している。「ペルソナ」というラテン語を繙《ひもと》いてみよう。「人物」「ペルソンヌ」の語源であるこの言葉がそもそも指し示すもの、それは、舞台の仮面に他ならないのだ。

ニーチェ作品全体には恒常的関心がある。これは、仮面や仮装へ向けられている。仮面の恩恵について描かれている一幕がある。

「なにが君の休息に役立つのか。わたしのもっているものを提供しよう」

「休息のためだと。なにをいっているのだ」

「君が欲しいものはなんなのか。それをいいたまえ」

「わたしが望むものは、もう一つの仮面、第二の仮面である」

ニーチェはいった。

「午後の天気はどうかしら」

いかさま、無粋な問いかけであろう。ありありと、不興が現れている。

「晴れるじゃないのかな」

尋ねられたほうも、答えなければならない。しかし、これによって、お互いの「恥じらい」が、うち捨てられてしまうだろう。

このように、雨もまた、生を選ぶ。そして、選ばれた生を、雨が語る。われわれの会話を通して、雨はわれわれの生を語るのだ。

こうして、われわれ固有の「生きる悦び」は、雨によって調べられる。

君たちは、「わたし」に答えてならない。「わたし」との痕跡を、残してはならない。そのようなことをすれば、君たちは必ず、太陽を探そうとするだろう。

「わたし」と君たちの関係は、そもそも「ほどよい」のだ。関係とは、然るべきものなのだ。仮面は、「わたし」、すなわち漂泊者へ供することのできる、最も貴重な贈り物である。仮面とは、恥じらいから身を守るものであるからだ。同時に、恥を知り、恥じらいから身を守ろうとするような行動が、ニーチェにとって、殊に優れた行動なのだろう。

「最も人間的なこととはなにか。それは、誰かに恥ずかしい思いをさせないことである」

ニーチェはいった。

君たちの恥は、「わたし」であった。

われわれは、特に日本人は、恥を共有する。恥によって共同体をなすのが、特徴といえるだろう。

ウサギを捕まえようとすれば、手段を講じる。魚を捕まえようとすれば、手段を講じる。

これが、われわれ人間だ。

しかし、ある人間は、ウサギやカラスとともにあろうとする。

「よしよし」

「いい子だ」

「よく来たな」

この者はこのようにいいながら、彼らを、ジャガーもゴリラもパンダも捉えてしまう。同時に、この者は、彼らに捉えられるがままになる。

この関係にとって、罠も竿も籠も、不出来な業、不了見《ふりょうけん》な業である。無粋で無風流なものでもある。一切の幕がとり払われる。

「今日も好日《こうじつ》。よしよし」

この一言によって、一種の恥じらいによって、仮面は現実と一体化する。

ニーチェによる仮面の規定は、やはり突飛なものといえるだろう。なぜなら、一般的に仮面とは、誤りの指標でもあり、擬餌《ぎじ》の機会でもあるからだ。仮面とは、紛れもなく偽りの装いであるはずだろう。

だが、ニーチェにおいては、このように仮面が表現されることは、まったくない。逆に、仮面は、最も優れた、最も確かな現実の指標の一つなのである。これはかなり興味深いものである。

仮面は、現実の深さと豊かさそのものである。そして、現実が備えている「貴族階級」、すなわち高貴さを示すものでもある。

そして、ここに日本的恥、すなわち日本的矜持がある。

「あらゆる深いものは仮面を愛する。あまりに繊細で脆いために、粗暴の下に埋めて、分からなくさせたほうが良いようなものもある」

ニーチェはいった。

仮面は、真実を保ち、守っているのである。仮面は、「恥」が表す、深さと豊かさなのである。

仮面は、あらゆる場合において、高貴さをなす。

ニーチェにしたがって、われわれは、高貴と非高貴の根本的な区別ができる。

高貴さとは、実存のうちで、融通無碍《ゆうずうむげ》なる境位《きょうい》にあるものである。たとえ、「俗悪さ」の中にあってもなお、このような「無罣《むけい》」なる境位は揺るがない。

一方で、非高貴さとは、実存することになにがしかの不如意を感じていることである。いかに自他を分かつ「ブランド」「ラベル」をもっていようが、恥じらいを露わにしてのうのうと生きる、このような無恥である。

「人気を博するものとは常に『仮面』である。あらゆる仮面の乱舞は、オペラのメロディーやカデンツのなかに、リズムの躍動、リズムの道化のなかに、すべからく消尽されるべきである。もし、仮面をつける行為にある悦びを、そして、そこにある疚しさと無縁の意識を理解しないのならば、仮面のなにが分かっていると言えようか」

ニーチェはいった。

さて、「わたし」が君たちにとって「仮面」であったことなど、どうでもよい。それで「わたし」を蔑む者がいるだろうことなど、どうでもよい。ニーチェがいうように、われわれにとって「仮面の証言」こそ、枢要《すうよう》なのだ。

君たちが「わたし」を否定し、「わたし」を求めていたことは、然るべきことであったのだ。さもなければ、君たちの生は悦びを知ることはけっしてなかっただろう。

牛も也《ま》た空じ、人も也《ま》た閑《しずか》なり。
紅日三竿《こうじつさんかん》、猶《な》お夢を作《な》す。
鞭縄《べんじょう》空しく頓《さしお》く草堂の間。
廓庵《かくあん》和尚はいった。

十二月六日

いま、ここで、太陽が顔をみせている。けれども、そもそも「太陽はどこにあることやら」、と羨み、問いかける必要などなかったのだ。

太陽は、そもそも、ここにある。

一条の光は、つねに君たちのもとにあったのである。

「どこ」、と探さなければ、つねに、すでに、あったのである。

いかさま、ここまでの道のりは、曲がりくねって遠かっただろう。しかし、われわれの道とは、すべからく迂曲すべきなのである。

「これでよいのだ」

罣はこたえる。

君たちを取り囲んでいる。「これでよいのだ」。断絶されたこの間、ただいまにこそ、「これでよいのだ」。

日々是れ好日《こうじつ》。

恥もエロスも、困惑も矛盾も失った、全き生など、「良い」はずがない。

仮面は「表出であり、隠蔽ではない」という特徴、仮面がもつ根本的特徴が、ニーチェによってあぶりだされた。これに加えて、ニーチェは仮面の主となる機能を二つに区別している。仮面の第一の機能は、羞恥心である。この機能によって仮面は、自らの豊かさを、始終、だれかれ構わずにひけらかさないようになる。

さらに、ニーチェが描くところ、仮面には第二の機能がある。この機能は、パロールと真実が、とことしえに、不十分なままであることを理解させる。

パロールや真実が、どれほどの深部に達していても、どれほど決定的なものであっても、それらが部分的であることは必至である。なぜなら、われわれが真実と断定した、まさにこの見地によって、不可避的に、われわれは債務を背負わされ、苦しめられるからだ。このような不充分性は、自らの貧しさによるものではない。まったく反対である。

われわれの生は、自らの過剰なまでの豊かさがあるからこそ、不足し続けるのだ。

『善悪の彼岸』にある、一つの議論を要約しよう。

あらゆる深いものは、好んで自らを仮面で覆う。なぜなら、仮面が深さと豊かさの標であるからだ。このような豊かさとは、一つのアフォリスムのなかに、あるいは一冊の本のなかに、さらには一つの思想のなかにすら、収め切ることはできないだろう。生とは、これほどまでに、豊饒で深奥なものなのだ。

「いうことという」、ここに書物の日常的な役割がある。「いうことをいう」、「わたし」がここに遣わされ、ここにいた理由がある。ニーチェのアフォリスムに残された責務とは、彼がはたすべき責務とは、書物がいわないあらゆることへ、書物が不可避的に暗中へ放置したままにしてしまう一切のことへ、崇敬の念を表することである。このようにして、「わたし」は君たちへの相対者、そして啓示者の役目を務めていたのだ。

「わたし」が啓《ひら》いてきたものは、いま、ここに表れていることだけではない。「わたし」という標が、別の場においても、そして永劫に渡って、知らしめなければならないことの一切が、啓《ひら》かれているのだ。

連続に切り開かれたここ、いまこそ「間」であろう。

君たちがはたしたこの理会とともに、「わたし」は去る。

こうして、ようやく「わたし」は君たちそのものとなる。

これが最後の言葉となるだろう。

脚下照顧《きゃっかしょうこ》。

はたせるかな、君たちは生まれてしまった。しかし、「わたし」は、君たちの罪を肯《うべな》う。君たちの罪を言祝《ことほ》ぐ。

「わたし」。「わたし」。これが君たちの言葉だ。

君たちは、「わたし」とともに、じつに迂遠な道を歩いたようだ。ときには道を踏み外し、落石に遭い、ときには荊《いばら》に手足を破られながら、君たちはここまで歩いてきた。だが、これでよいのだ。

ときには蹉跌《さてつ》し、嘔吐し、ときには痙攣しながら、ここまで歩いてきた。しかし、これでよいのだ。

「生が生でないこと」など、初めからなかったのだ。

「嗚呼、自分のしてきたことは、無駄なことだったのか」

「だが、これでよいのだ」

罣はこたえる。

「わたしが主人公だったのだ」

罣はこたえる。

「哲学の事実には、なにかしら恣意的なものがある。すなわち、哲学者は「ここ」に立ち止まって、自らの後を振り返り、自らの廻りに眼を配り、彼は「ここ」で鶴嘴《つるはし》を降ろし、「ここ」でさらに掘り下げることをやめたのだ」

ニーチェはいった。

「明日の鎌倉の降水確率は、五十パーセントです」

よくわからないが、これでいいのかもしれない。

「食後に成人ならば二錠、服用してください」

やはり、よくわからないが、これでいいのかもしれない。

「わたしは、ある日、茶毘に付された」

きっとそうなのだろう。これでいいのだ。

これを証するのは、名も無き一人の看護師と、一人の和尚さんしかいない。

君たちは、「わたし」を用いながらも、「わたし」を呪っていた。

「わたしはどこにいる」

「わたしはなにをしている」

けれども、いまこそこの問いにこたえよう。

「わたしは、もはやどこにもいないし、なにもしていない」

「わたしは、こうして生きている」

これを証するのは、もはや君たち全員である。「わたし」は「生きる悦び」を証言している。

最後にもう一度、『善悪の彼岸』から引用しよう。ここには、如上の、ニーチェによって認められた「仮面の第二の機能」が要約されている。

「哲学者が、自身の、真でありかつ究極である意見を、表現したことが一度でもあっただろうか。正確には、自分自身のうちに秘せられていることを隠すためにこそ、彼らは書いてきたのではないのか。哲学者は、「究極かつ本物」の意見を、もち「うる」だろうか。ありとあらゆる洞穴の背後には、決して開くことのない、開いてはならない一層深い洞穴があるのではないのか。皮相的な世界の下に、より一層広汎で、未知であり、かつ豊饒な世界が広がっているのではないだろうか。思考によるどのような「根拠づけ」によっても穿ちえないような深奥があるのではないのか。あらゆる哲学は、一つの前景としての哲学である。あらゆる哲学は別の哲学を「隠している」。あらゆる意見は一つの隠れ家でもあり、あらゆる言葉は一つの仮面でもあるのだ」

ニーチェはいった。

さて、太陽はもはや、地平線の下にあり、紅葉はもはや、足下にある。秋の虫たちもまた、われわれの足下で、無時間のなかを、悠然と過ごしているだろう。「コロコロ」、「コロコロ」、月下で、彼らの悦びの声がきこえるだろう。

君たちが求めたものは、もはや、この「わたし」以外のどこにもない。「わたし」の言葉は、ここに尽きた。

おかげさまで、「わたし」はここに成仏《じょうぶつ》する。

「おやすみなさい」

罠はこたえた。

「おかげさまで」

おや、「悦ばしき智」が産声をあげているではないか。

「然り、然るべくある」

だれの声かは、届いてからのお楽しみ。

十二月七日

ワシにヘビ、獅子にハト。ツァラトゥストラは、彼らを徴として、自らの間を開放した。

「さあ来い、大いなる正午よ」

ツァラトゥストラはいった。

円覚寺のナオミ、寿福寺のエリー。そして浄妙寺のひるねこ。

猫、猫、猫だが、わたしたちは、君たちに寄り添い、君たちを言祝《ことほ》ぐものである。

紹介しておこう。

ナオミは、切れ長の目、優しい毛並、そして典雅な風致《ふうち》をまとう。不図《ふと》、いつの間にか、そこにいる。これほどまでに魅力的だ。この風韻ゆえに、ナオミとまみえることができるのは、好運な者だけである。

ひるねこは、常住坐臥《じょうじゅうざが》、否、常住臥々《じょうじゅうがが》、撫でられるがままになっている。いついかなる間でも、感動的なほど、多くの足を止め、多くの手に見守られている。

エリーにとって己の間は、寝ても覚めても、半径一メートル以上、五分以内である。だから、いるようでいない。いないようで、そこにいる。この距離感は、絶対不可侵なものなのだ。ふらふら出歩くことが多いものの、監視するものの沈着さをもっている。

さて、「悦ばしき智」、これが「生きる悦び」と表裏一体であることは、いうをまたない。わたしたちの生は、いついかなるときでも、悦びそのものである。

「サクッ、サクッ」

地に落ちた紅葉。鎌倉の時はゆったりしている。目を上げれば、紅に染まる木々があり、目を落とせば紅に染まる地がある。けれども、わたしたちの足音に反応する調べは、この大地にある。

「サクッ、サクッ」

紅葉の燃えるさまは知らない。しかし、紅葉の終わりを語ろうとする。これが人間の自己欺瞞である。

「葉落ちて、根に帰す」

自宅を出ないまま、日本各地の天気を知る。そして「天気」を、おこがましくも伝えようとする。これが瞞着《まんちゃく》である。

「初雪です」

「例年より降雪量の多い冬になるでしょう」

「初」「例」「より多い」、これらはわたしたちには無縁だ。日本のある地では、雪が降る。

鎌倉ではあい変らず、紅葉を賞する人間がひきもきらずに続く。

紅炉焔上《こうろえんじょう》、争《いか》でか雪を容《い》れん。

廓庵《かくあん》和尚はいった。

さて、「悦ばしき智」である。この概念、ここにこそニーチェがなす哲学の法は還元され、明示される。

この概念は、学問の軽快さ、快活さと文学的に結びつく。ここで悦びを、心理学的な意味での快活さと受けとるべきではない。悦びに関する学者たちの知識を引用したりすることもまた、一切無用だ。

心理学的に動機付けされるような歓喜よりも、無量深遠なる悦び、これこそ「悦び」である。どのような学知よりも無常酷薄なる知、これこそ「智」である。

これら二つながら、「悦ばしき智」である。

ニーチェが思い描く「悦ばしき智」とは、このようなものである。

論理無用の、悦びの因果をなすどのような論理とも無縁の愉悦である。

あるいは、学問から期待される、どのような利益や恩恵などとも無縁の智である。

彼が構想しているものは、まさに哲学的聖福《せいふく》といえるだろう。

じつに、恍惚ともいえる境位である。

紅炉焔上《こうろえんじょう》、争《いか》でか雪を容れん。

真っ赤に燃える炉。そこに雪が降りこむ。紅葉と雪が渾然《こんぜん》一体となった景色、これこそわたしたちが「歩きながら」、「寝ながら」看ているものであろう。

最も明快な認識、すなわち最も歓喜の少ない認識は、聖福《せいふく》と相反するのだろうか。否、これらは、聖福《せいふく》と調和するのだ。いかさま、陶酔状態といえるだろう。

理論上予測される、ありとあらゆる否定反証を逃れる、これこそ聖福《せいふく》体験である。いかさま、絶対的な状態といえるだろう。いったい、このような悦びを妨げることなど、できるだろうか。

最良で無上の感覚と、最悪の認識とが、混淆《こんこう》している生、これこそニーチェが目した生である。このような生のうちにいる者の気分を荒立たせることなど、どのような困苦、惑乱、嗟嘆をもってしても、できはしないだろう。

「これでいいのだ」

それだけである。悲しみ、愁いがすなわち、「これでいい」なのだから。

「これでいいのだ」

ありとあらゆる動機が無用なのだから。このような者に対して、あいも変わらず動機でもって抗するのは、果然、無駄に終わるだろう。

「悦ばしき智」とは、このようなものである。

「これでいいのだ」

十二月八日

鞭策人牛《べんさくじんぎゅう》、尽《ことごと》く空に属す。

碧天遼闊《へきてんりょうかつ》として、信《しん》通じ難し。

廓庵《かくあん》和尚はいった。

「悦ばしき智」とは、はたして、なんだろうか。これが求めてやまない本質とは、最善なものの、あるいは最悪なものの本質とは、どのようなものだろうか。

「悦ばしき智」は「知識」である。まずは、このように指摘しておいても、けっして無益なことではない。これは初歩的ではあるものの、不可欠な指摘である。

「悦ばしき智」とは、ニーチェにとって単純なる心理学的事案ではない。このテーマに関して、多くの議論が右往左往しているのは、心理的考察への偏重に起因している。わたしたちはこのことを、常に思い起こさなければならない。知識という語のうちで最も知的で最も理論的なものを、「悦ばしき智」は包含している。このことを、肝に銘じておこう。

付言すれば、ニーチェは天稟《てんぴん》の心理学者であるばかりではない。偉大な哲学者ニーチェこそ、その本源であることを、胸に刻んでおかなければならない。

ニーチェはディオニュソス、酒と酔いの神を、自らの主と恃《たの》んでいるのだろう。けれども、ニーチェにとってディオニュソスとは、最も深遠かつ明晰な知識の神でもあるのだ。したがって、酔いがもつ熱気、熱いハートと、知識がもつ冷厳な節制、クールな脳とが、常時、彼のうちで結びつき、調和しているのである。

これこそ、ディオニュソス的ニーチェの面目である。

葷酒《くんしゅ》は入ってはならない。これが、アポロンからの号令である。

では、ディオニュソス的ニーチェの節制についての訓示はどのようなものか。

精神的でもあり、生理的でもある節制、これはニーチェの才幹のうちで、特に貴重かつ傑出したものである。

「アルコール類は、わたしにはよくない。ワインかビールを一杯、昼飲みしようものなら、それだけでわたしの生を「苦悩の谷」と化すのに十分である」

ニーチェはいった。

「その後、中年にさしかかって、わたしはますます厳しく、あらゆる「酒精」を含む飲料を絶つ決意を固めた」

ニーチェはいった。

このような禁酒禁葷《きんしゅきんくん》を、彼は、自身が狂気に沈む前、明敏な頭脳の終わり間際において認めたのだ。

ニーチェを陶酔させるものはなにか。

それは恐怖に由る、死への法悦である。けっして至りえないものへの法悦である。

それはまた、「生きる悦び」と同一である。

したがって、ニーチェ的な聖福《せいふく》とは、まさに生への陶酔、酩酊である、といえるだろう。

けれども、君たちは注意しなければならない。

これは知の痛み、知の苦しみから解放させてくれるような酔い、ちまたの酔漢たちのような酔いではない。知がもつような、危惧すべきもの、有害なものを無視させしめるようなものではない。巷間の陶酔とは、パスカルの慰戯《いぎ》、気の紛らわしのようなものだ。

ニーチェ的な「生への陶酔」とは、これらと真逆である。

この酔態は知と表裏一体である。これこそ全き知を正当化するもの、そして「生きる悦び」を理会させるものである。そして、これらのために唯一可能なものである。

「徹底的に、煩悩とつきあいなさい」

和尚さんはいった。

「家山漸《ますます》す遠く、岐路俄《にわか》に差《たが》う。得失熾然《とくしつしねん》として、是非鋒起《ほうき》す」

廓庵《かくあん》和尚はいった。

徹底的に、己の分別につきあうこと。これこそ、ニーチェ的な陶酔である。あちらがよい、こちらがよい。従属か、支配か。あれかこれかと、迷い尽《ことごと》くせばよい。わたしたちに背を向けて、わたしたちからどんどん離れていったとしても、けっして、わたしたちは君たちから離れない。だから、君たちは安心しておればよい。

徹頭徹尾、死を直写すること。敢然と、「死につづける」こと。わたしたちが認める悦びとは、こういうことだ。

「従来失せず、何ぞ追尋《ついじん》を用いん」

廓庵《かくあん》和尚はいった。迷いの根源である知識に、挑んでいくがいい。知識、煩悩に眼を背けてはならない。ニーチェは自覚している。熱気と冷気が渾然《こんぜん》とある一個の「もの」、これこそわたしたちである。

そして、知識とは、わたしたちの個別な生と無縁なものであるはずがない。

「干戈《かんか》已《すで》に罷《や》み、得失《とくしつ》還《ま》た空ず」

廓庵《かくあん》和尚はいった。

「これでいいのだ」

日々是れ好日《こうじつ》。

どれほど知識が確実なものであっても、このような陶酔によって正当化されないまま、知識というものを率直に受け入れることは、いかさま、不可能であろう。この陶酔は、生に、幸福の実践に、条件など課すことはない。

なぜなら、知識を生むのは、夫々の生でしかないからだ。なぜなら、「生きる悦び」だけが、智に触れるからだ。

「からりと晴れた、青空だね」

和尚さんはいった。

雨天でも、曇天でも「からり」である。

「紅葉がみごとだね」

冬だろうが、夏だろうが、「みごと」である。鮮やかな紅は、この瞬間、この直下《じきげ》にありつづける。

したがって、この陶酔はまた、知識の実践に対し、制限など課すこともない。

君たちこそが、わたしたちの生を知るべきなのである。

このような観点によってこそ、ニーチェがいう「生きる悦び」は繙《ひもと》かれる。このように、「悦び」とはすべらく、学問的、すなわち「知的」であるべきなのだ。だからこそ、わたしたちが知りうる広大無辺なものたちへ、これらのものを損なわないままに、挑むことができるのである。

この逆もまた真である。すなわち、ニーチェ的な智は、必ず悦ばしいものである。そして、智を可能にする悦ばしさの分相応に、知識は、分別知は、存在するしかないのだ。

「生が、それ自身の主要な数々の権利を肯定することを擁護するような価値、ただこれだけが本質的な価値である」

バタイユはいった。

「冷たさと明るさのなかでしか呼吸できないような弁証法の本質に、楽天主義的要素が潜んでいることを、見誤るものはいないだろう。この楽天主義的要素は、一度、悲劇に侵入してしまうと、しだいにそのディオニュソス的領土にはびこり、必然的に悲劇を自滅へ駆りたててしまうのだ」

ニーチェはいった。

ソクラテスやプラトンの理性主義は、「悦ばしき智」と真逆にあるのだ。

しばしば目にするニーチェ批判の定番がある。ニーチェの思想は、いわゆる、非合理主義である、とみなす議論である。これはまったく不毛である。ニーチェはプラトンの理性主義を、同様に、哲学上のあらゆる知、「哀しき知」を、その根本から暴き難じ、いつまでも咎めるであろう。ニーチェによる論難は、「哀しき知」に悦びがないこと、なかんずく、「知的」でないことに因るのである。このような「哀しき知」に見え隠れするのは、沈鬱、窮乏を言い訳とする無知である。秘せられた先入観である。

生きる勇気を維持しなければならないために、知るべきではない、こういいながら「抑圧」すること、フロイト的な意味で「抑圧」することである。死について知ることを忌避することである。

そして無意味から目を背けることである。

「苔が、今日はまた、一段と苔が美しいですね」

和尚さんはいった。

死を忌諱《きい》し、したがって生にも背馳する。だからこそ、彼らの議論は神経症的になる。このような議論においては、真なるものの探究が、真実からの逃げ口上と混同されてしまっている。およそ、あらゆる真実の探求が、ここに至って、珍妙にも、うち切られてしまっているのだ。ニーチェが申し立てる異議、そして、決して解消されない哲学者への不満は、まさにこの事実にある。

十二月九日

無始無終《むしむしゅう》。このうちで、一切の悦ばしきものは回帰する。

無欠無余《むけつむよ》。このうちで、一切の悦ばしきものは完結する。

さて、今日は、「悦ばしき智」の内実にとり組もう。

「悦ばしき智」とは、非知《ひち》の知識、意味の無い知識である、と要約できるだろう。この智が特徴的に示すこと、それは、存在にはことごとく、深い意味などない、ということである。

この智がパラドクスを含んでいることは、一目瞭然であろう。

「悦ばしき智」とは、いうところの知識であるより、非知《ひち》なのである。

他方で、非知《ひち》の学問は、「悦ばしき智」自身によって、これが異議申し立てしているあらゆる偽りの知識の総体に、帰してしまう。

「わたしたちは、戯れが哲学の外に踏み出していることを、明らかにする。わたしたちは、知が屈服する地点にいる。明らかになるのは、大いなる戯れとは非知《ひち》であり、思考が抱懐しえないものだ、ということである」

バタイユはいった。

「どうして、こんなにかわいいんだろう」

ナオミの魅力を分析してしまっては、ナオミはわからなくなる。

「いつも寝ているよね」

ひるねこが、どのようにしてあの境地に達したのか、だれもわからないだろう。ひるねこは、然るべくひるねこなのであり、エリーには然るべき「間」があるだけなのだ。

「そっけない猫だね」

ここでは、一つだけ注意を促しておきたい。すなわち、ニーチェによる智が、その極限において非知《ひち》と渾然《こんぜん》一体となるとしてもなお、これは、いうところの知識に発するものなのである。

どのような知識なのか。如上のとおり、「哀しき知」であり、換言すれば、失望による知なのである。このような失望から、極めて古典的な意味での哲学知が発している。そもそもソクラテスやプラトンの「無知の知」、自らがなにも知らないことを知ることから始まる知識は、このような幻滅にこそ存しているのだ。

だが、これから君たちは、「悦ばしき智」に値するようになる。

「ニャー」

この声が届けば、わたしたちの生に接している証しとなる。

この「悦ばしき智」が、どこに由来するものであろうが、これは、ありとあらゆる現実を肯定する。いま、ここを、個々の瞬間を肯《うべな》うものである。生かし、活かすのものである。

だからこそ、生きるのだ。

いかさま、常軌を逸したものだろう。だが、このような肯定こそ、ニーチェがいう智の、不変的中核である。

「知はわたしたちを隷属させる。知は根底において、それぞれの瞬間が、他の瞬間、あるいは、後に続く瞬間の連続のためにしか意味をもたないような、そんな生の様態を受け入れている」

バタイユはいった。

法則とか時計がチクタクやるところでは、

自然という自然がわたしに沈黙する。

ニーチェはいった。

「世界、人間を含めた世界とは、然るべく「事実」なのである。「事実」である世界には、「いかなる意味もない」。これは、ひたすら、無意味である。堅忍不抜のニーチェは、弛まずに、このような見地を、常に新しい形式で提示し続ける。このテーマに沿った引用だけで、一巻の大著にまとめ上げられるだろう」

カール・シュレヒタはいった。

シュレヒタの慧眼である。はたして、彼の議論は、およそすべてのニーチェ解釈に背いてしまっている。

ニーチェは絶えず、繰り返している。言語には、意味化が必ず伴う。したがって、現実を、どのような用語で、どのように解釈したとしても、詮ずるところ、それは幻想であり侵害なのである。そもそも、「良識的」な発言、「意味のある」発言など、ありえないのだ。大死一番、君たちが言語の世界を心底怖れ、否定しようとしないかぎり、そして、非言語の世界を畏れないかぎり、実存へ、さまざまな世の主題へ敬意を表しうる発言など、一つとしてできないだろう。

「わたしは、どのような存在理由も、目的も与えることができない。わたしは、耐えがたい非知《ひち》のなかに留まる。それは、陶酔以外、それ自体以外のどのような出口ももたない」

バタイユいった。

わたしたちは、鎌倉が「秋」であるうちに、君たちと別れることになるだろう。謹賀新年の挨拶は、わたしたちには無用だからだ。

「おかげさまで」

わたしたちは、然るべく生かされてきた。君たちに、然るべく愛されてきた。

「ねえ、かわいいね」

「いや、すごいふさふさだよ」

「あれ、あんなところにいる」

「もう、寝てばっかりだね」

「あらら、行っちゃったね」

わたしたちは、このように生きてきた。ニーチェやバタイユがいうように、わたしたちの生には、どのような理由も、どのような目的もない。然るべく、生れ落ちて、生かされて、死んでいくのだ。

君たちの生も、もうひと踏ん張りだ。

「やっぱり鎌倉はいいね」

「まだまだ、紅葉が続いているものね」

わたしたちに知らしめる鎌倉の秋。その歩は「おかげさまで」、遅い。

秋の彩は、これほどまでに目に清《きや》かである。けれども、「おかげさまで」少しずつ、身の凍えを実感してきている。

早朝、長寿寺の本堂は、凛々としている。足下から厳しさが入り込み、身体全体を凍りつかせる。多くのものが死に対面する冬に至る直前、まさにいま、わたしたちと君たちとの、長の別れを惜しむ「間」である。

「おかげさまで」

心が澄みきるまで、贈りつづけるといいだろう。

長寿寺の朝は、これほどまでに深々としている。

ニーチェは、さらに、繰り返す。彼自身の思想に、意味や矜持があるとすればそれは、まさしく拒否することに存する。これはすなわち、いかなるものであれ、世界の主題に意味を嗅ぎ付けてしまうことの拒否である。

「おかげさまで」、に見返りを求めることである。

このテーゼを展開するニーチェの手法は千差万別である。したがって、数え切れないページをここで援用しても、詮無いことである。シュレヒタがいうように、それこそ一冊の分厚い本になってしまうだろう。ここでは念のために、『悦ばしき智』のアフォリスム、「用心しよう」だけを参照しておこう。

「わたしたちは、自然には法則がある、といわないようにしよう。自然には、命令する者もなく、服従する者もなく、違背する者もない。もし、君たちが目的など、なに一つないことを観るならば、君たちはまた、偶然もないことをも知るだろう」

「わたしたちは、死は生に対立するものである、といわないようにしよう。生ける者は、死せる者の一種類に過ぎない。わたしたちは、世界は永遠に創造する、といわないようにしよう。永遠に存続するような実体など、なに一つ存在しない」

ニーチェはいった。

このアフォリスムには、如上の議論が濃縮されている。秩序というものは、ことごとく、「全体としての無秩序」の特殊なケースとして解釈しうるはずである。どのような規則正しさであってもそれは、「絶対的な偶然性」の表現の一つでしかない。秩序、法則などは、他のさまざまな表現の間でしか意味はない。これらの諸法則には、優劣はなく、それぞれが、別の表現と同じ資格でのものでしかない。

世にある一切の法則は、詰まるところ、「絶対的な偶然性」、法則の不在に、言い換えれば、巡り合わせに帰着するのだ。

いまこそいえる。わたしたちは、巡り合わせでしかない。

無始無終《むしむしゅう》。このうちで、一切の悦ばしきものは回帰する。

無欠無余《むけつむよ》。このうちで、一切の悦ばしきものは完結する。

一個の君は、縁の芸術品である。

そしてまた、一切が巡り合わせとなったいま、一切は「必然」である。なぜなら、目的があるところでしか、偶然性は意味をもたないからである。一切が、一つの円相《えんそう》をなしている。いまや、わたしたちは、あらゆる目的を放下《ほうげ》するのだ。ここではどのようなものでも、わたしたちのウンチも、君たちの宝石も、「等しく」、また「永遠的な」価値をもつ。

ニーチェは現実の「必然性」を、倦まず弛まず、肯《うべな》う。このような肯定と、常軌を逸した智が、どのような点で一致しているのか、この問いを欠かすことはできない。

『悦ばしき智』、第四書の劈頭《へきとう》で、ニーチェは自身の思想プログラムを決定している。このアフォリスムのうちに、必然性への愛と感謝が、述べられている。

「おかげさまで」

この締めくくりには、然るべき場、そして然るべき時がある。

「『運命愛』いまより後、これがわたしの愛であれかし」

ニーチェはいった。

これを敷衍してみよう。

「『東洋的無』いまより後、これこそわたしたちの愛であれかし。愛を絶する愛であれかし」

『十牛図《じゅうぎゅうず》』の第八図、この円相《えんそう》にはなにも描かれてはいない。

しかしここでは一切が寿である。

なにもない。

だからこそ、一切のものが肯われている。

「尽《ことごと》く空に属す」。廓庵《かくあん》和尚は教示してくる。鞭も手綱も、人も牛も、みな消滅してしまった。

だが、それでもやはり、一切は「属して」いるのである。

わたしたちは、相変わらず、いま、ここに「いる」。しかし、「いない」。もはや、帳が降りたのだ。みようとしても、無駄である。

さて、わたしたちの言葉を解するか否か、それは君たち次第である。

「ニャー」

十二月十日

彼我《ひが》円満《えんまん》。自他、主客、一切が円満である。

歩けば、歩く。寝れば寝る。

されるがままになる。

終始受け身。しかし、自ら、活動する受け身である。

「好いね。好いね」

きみたちからすれば、じつに酔狂な日々であろう。「ニャー」と鳴くか、鳴かないか。君たちは、わたしたちを、有無でしか理解できない。君たちの手が、目が触れる範囲にいるか、いないか、君たちはこのように、有無でしか判断できない。

じつに哀しいものではないか。

「今日も好い天気だ」

わたしたちは、されるがままになる。

じつに悦ばしいものではないか。

「昨夜の雪で、北海道ではもう、一面、銀世界ですね」

雪に覆われ、わたしたちは跡を絶つ。銀世界とは、寂寥の間である。たしかに、寒さで震える。けれども、一切の跡を絶った世界でこそ、人知を絶した世界でこそ、わたしたちと君たちが一つになれる。

「春が待ち遠しいですね」

いらぬお世話だ。この雪化粧の大地には、万象が宿っている。この地には、万草《ばんそう》が息づいている。一本の草が、無数の草と連なっている。

だが、ここは鎌倉である。小雨の鎌倉。

さて、鎌倉の雪は、どこで、いつ、だれのもとへ降るだろうか。

あくまで偶然であるもの、徹頭徹尾必然であるもの、この両者が同じ一つのものである。これはどのようなことだろうか。ニーチェを誇る者たちが、この点を突かないことは、まず、ない。ニーチェ思想を無効にするのに誂え向きの矛盾である。偶然と必然の一致、この撞着をどのように解決するか、ここにわたしたちの、生死が活かされている。

そして、君たちの生死が賭けられていることは、論じるまでもない。

ここで浮上している問題は、ニーチェ批判の問題は、語義のレベルでの矛盾が、表面上、膨れ上がってみえているだけのことである。このような自家撞着は、ニーチェの議論の至るところにみられる。

「雨なのに、感謝しろっていわれても」

「台風だったらどうするのか」

「原因がわからなければ、対処のしようがないだろう」

「また同じ過ちを繰り返すのか」

いかさま、君たちはすっきりしていないようだ。善哉《ぜんざい》。

必然性と、偶然性との関係、この「怪しげな」関係は、一つの区別をすることで首肯できるだろう。すなわち、「事実」の必然性と、「法則」による必然性との区別である。これだけで十分である。

事実の必然性のほうが、問題を提起することは、ない。こちらの必然性が示すものは、偶々《たまたま》存在するようになったものの特徴、反論不可能な特徴である。すなわち、「いま、ここ」にあるものでしかない。では、君たちの「すっきり」を妨げているのは、なんだろうか。世界の偶然性と実質的に矛盾しているのはなんだろうか。それこそ、法則による必然性である。

ニーチェの作品全体が、まさしく、必然的な法則という見方を批判しようとしている。

「そんなことすると、地獄に落ちるよ」

無下な生である。

「ならばわたしは、死んだら地獄に『いき』たい」

わたしたちの生き方である。

因果に依拠する思想が、どれほど脆いものか。このような思想が、どのように擬人化されているか。

まやかし、陥穽であるとされるのは、自然の上に塗抹される規則性、そして、「いま、ここ」を潰してしまう規則性である。そもそも、無秩序の産物である偶然に、このような「偶然でしかないはずの規則性」という事実に、秩序という概念が付与されるのだ。

秩序とは、およそ、すべての義務である。ここに法律的な意味が認められる。このような必然性によって、「生きる悦び」から君たちの目は覆われてしまうのだ。

水は障害に会う。自らの務めを知るために。

水は清くある。自らの穢れを知るために。

水は然るべくある。自らの由を知るために。

こうして、「悦ばしき智」となり、「生きる悦び」そのものとなる。

「あっ。道ができている」

これが「偶然という規則」である。

コスモスにカオスはない。しかし、カオスにはコスモスがある。開花以前の種として、開花後の糧として。

そして、花こそ「君」という芸術品である。

唯一「必要なもの」、それは事実による必然性である。

「全体として世界を見れば、それは永劫なるカオスという性格をもつ。ただそれは、必然性を欠くからではない。欠如しているのは、秩序なのである」

ニーチェはいった。

君たちが、わたしたちを掴まえ損ねないように、もう一度、明らかにしておこう。必然性についてのニーチェの至高の筆術によって、なにが示されているのか。それは、現実がある一つの意味や秩序を現前させる、ということではない。そうではなく、必然性といいつつなお、現実は混沌である。現実は偶然によるものである。

いまこそ、「いま、ここ」が、合理的に繋がっているという盲信を破砕したはずだ。

そしてようやく、いま、ここである。はたせるかな、「いま、ここ」は、あらゆる因果と、無数の因果と繋がるだろう。

「いま、ここ」とは、このような刻印を、抗しえない刻印を押されているのだ。ニーチェの要諦はここにある。

しかし、このような必然性とは、どのような必然的基礎にも立脚するものではない。再三再四、君たちは振り返ってきた。

「なぜ、死んでしまったの」

しかし、ここに説明可能な因果があっただろうか。

君たち各々が示したこたえは、ただ一つ。この者の生が、悦びであったか、否か。生が、秩序や法を拠りどころとすることなど、なかったではないか。「生きている」という必然性が規則的であったかどうか、古今東西、くまなく見渡してみるがよい。

この事実を、ニーチェは、『悲劇の誕生』で説伏している。

「これがお前の世界だ。世界と呼ばれているものなのだ」

ファウストはいった。

この引用にあたってニーチェは、ゲーテとは全く正反対のことを意味している。年月を費やし切ったファウストは、己の著作、己の勲章、己の人生に対面して、怨嗟し、慨嘆する。世界が応答しないことを、世界が相変わらず理解不可能である、と嗟嘆するのだ。

ここで、「これがお前の世界だ。世界と呼ばれているものなのだ」、をファウストの流儀にしたがって換言しよう。世界の完成はいまだしい。げに、あまりに多くの意味が欠けている。

一方で、ニーチェにおいて事情は反転させられる。「これがお前の世界だ。世界と呼ばれているものなのだ」。すなわち、世界は十分になされている。意味は不要、わたしたちの生は、意味なしで、済ませられる。

「すべて実存するものは、正当でかつ不当である。そして、そのどちらにも同じ権利がある」

ニーチェはいった。

春に百花有り、秋に月あり。

夏に涼風あり、冬に雪あり。

無門《むもん》和尚はいった。

十二月七日

もしもわたしたちが、なにものでもなかったとしたら。

もしも秋も冬も、なにも意味するものでなかったら。

もしも天気が、なにも教えるものでなかったら。

『十牛図《じゅうぎゅうず》』の第八図、これに直面する多くの者は、息を呑む。そして、個々の時間が、一瞬、止まる。「間」が出来る。それぞれが携えてきた「哲学」が、一旦、疑問という俎上に乗せられる。月もなく、山もなく、ましてや牛も童子もない円相《えんそう》が、豁然《かつぜん》と、この「間」に現出する。わたしたちは直面している。

鞭策人牛《べんさくじんぎゅう》、尽《ことごと》く空に属す。

碧天遼闊《へきてんりょうかつ》として、信《しん》通じ難し。

廓庵《かくあん》和尚はいった。

この突如の閃きを、バタイユは、自ら異類《いるい》として断言する。宛然《えんぜん》、東洋的フランス人として言語化している。

「なんらかの予期しえぬ異常が惹き起こす突然の混乱、急激な開けである」

バタイユはいった。

しかし、この予期しえぬ異常を伝達する言葉を、君たちはもっていない。このように、人語を介しては、君たちはわたしたちになりえない。

ただ、わたしたちの目には、「間違いなく」蒼天が映えるだけである。そして、この蒼天には、わたしたちが映り込んでいる。君たちもまた。

「今日も、好い天気だ」

いま、ここには、凡も聖もない。すべての痕跡が失われている。君たちが振り返るべき道も、進むべき道も、失われている。

まるで白亜の世界である。

じつに、清《きや》かであろう。

「悦ばしき智」の議論も、残すは、今日一日である。

無意味の思想によって、陶酔と調和するような智が、どのように形成されるのか。わたしたちは、これを解き明かさなければならない。いかさま、表面的には難しいようにみえるだろう。けれども、ニーチェがいう無意味の思想が、幻滅のようなものとは無縁であることを考慮すれば、難しい問題では、まったくない。

ニーチェは宣する。実存には、探り出される意味など、微塵もない。しかし、実存が、無駄なちり、無用なあくたである、ということではない。実存が、「生の理由」を欠いているというのではない。

世界の無意味性が開示するもの、それはただ一つの不可能性である。すなわち、人間の言語能力や知能に相応させられるような意味の限界である。

この事実との、誠実な対面を、君たちに命じる。

唯一不可能なこと、それは、人間の言語能力や知能が可能とする意味を、実存のうちに認めることである。

この無意味性によって、生は、純粋に悦びとなるのだ。

「ニャー」、ただひたすら、「ニャー」である。

「ニーチェは、自身の著作において明らかにしようと試みていることが二点ある。一つ。真実の世界とは、どのような意味も持たないものである。一つ。意味を付与しようとする一切の行為は、これまで、あまりに人間的な妥協行為でしかなかった」

シュレヒタはいった。

わたしたち猫は、互いに、然るべく交流している。

「歩いていくのか」

円覚寺、寿福寺、浄妙寺、それなりにいい間隔で離れているのに、どうしてそんなことができるのだろうか。この間のうちには、なんの障りもないからだ。なんの意味もないからだ。なんの分別もないからだ。

そして、なんの償いもないからだ。

風が薫れば、声は届く。じつに清《きや》かである。

一切の意味作用が偽りである、とニーチェは明示している。このようなはからいが、擬人秩序に依るからだ。ところが、事物全般における普遍的な非意味作用の宣言など、君たちの手に負えるだろうか。否。このような領域について、君たちはなにも知りえない。

「『裸』が感じられると、ただちに『彼方』が始まる。清純な『裸』が、わたしたちを目覚めさせる場合、この『裸』は甘美なものに、動物的なものに、『聖なるもの』になるのだ」

バタイユはいった。

したがって、世界の無意味性を認めながら、これを疑似肯定することは、無益となる。矛盾していることになる。同じ手法でヒュームは、人間が自らに、己の原因を、自分自身の主体を、そして己にとって都合のいい神を手に入れている、と批判する。だが、この批判においてヒュームは、原因も主体も、神も、「存在しない」、と論結しているわけではない。単純に結ぼう。世界の無意味性には、「考察すべきことはなにもない」のだ。なにもないとはすなわち、無であり、肯定する無、必然的に否定もする無である。

世界の無意味性それ自体には、一切の意味はない。それが第八の円相《えんそう》である。けれども、この無意味性が、不図《ふと》、開示される。

然るべく、不図《ふと》、この第八円相《えんそう》において開示されるのだ。

「生も死も、理屈ではないんだよね」

和尚さんはいった。

先の、「春に百花有り、秋に月あり。夏に涼風あり、冬に雪あり」に続く頌《じゅ》がある。

若《も》し閑事《かんじ》の心頭に挂《か》くる無くば、
便ち是れ、人間の好時節《こうじせつ》。

無門《むもん》和尚はいった。

つまらぬことにひっかかっていなければ、「日々是れ好日《こうじつ》」となる。秋は冬であり、冬は春であり、夏は秋となる。すべての四季が交歓しあい、すべての「人間」が交感しあう。

これとほぼ同様のことを、ある日、一人の聴衆の不謹慎な質問に答えて、ラカンが独自の手法で説明している。

神の存在を信じているか否か、それが知りたい。

「興味深いです、しかしそんなことは、まったくどうでもいいことです」

ラカンはいった。

自分が生きていようが、死んでいようが、それでいいのだ。そして、生は活かされる。神が存在すると主張することも、しないと主張することもやはり、ニーチェには「無用」である。それよりも、「生きる悦び」こそ、大事である。

「おかげさまで」

これしかない。来る者は拒まず、去る者は追わず。知りえないものに逃げ込まない。知りえるものとは、然るべく、巡り合う。それがわたしたちであろう。

一切を受け入れ、一切を映し出すこと、いうならばこれが仏性、あるいは霊性であろう。

あるいは、「ニャー」であろう。
ここに座り、わたしは待つ。なにを待つともなく待つ。
善と悪の彼岸に、ときに光を、
ときに影を楽しむ。ただただ、戯れるのみ。
ただただ湖、ただただ正午、そして、ただ目的のない時を。
ニーチェはいった。

十二月十二日

本《もと》に返り源《みなもと》に還って、已《すで》に功を費やす。

争《いか》でか如かん、直下《じきげ》に盲聾《もうろう》の若《ごと》くならんには。

庵中には庵前の物を見ず。

水は自ずから茫々《ほうぼう》、花は自ずから紅《くれない》なり。

西洋で最も著名な禅頌《ぜんじゅ》の一つであろう。「水は自ずから茫々《ほうぼう》、花は自ずから紅《くれない》なり」は、エックハルトやシレジウス、あるいはマルティン・ブーバーに比せられる。それでもなお、彼らとの比較が、それぞれの文脈を逃れえないことは、いうをまたない。そして、敢えていうならば、ここは日本語にある。

さて、第七図まで、君たちはなにをみてきたのか、なにを聞いてきたのか、再び問い質してよいかもしれない。そして、なぜ、わたしたち猫が語り手となったのか。

秋の月、紅葉黄葉。死にゆく虫々。

「もののあはれもなかりせば」

じつに、日本的情緒である。自らの名を求め、儚い名にすがる。

名を口にすれば、否、名を思うや否や、名はずれていく。しかし、名とは同一性そのものを支えている。この撞着性こそ、君たちの生の不条理である。

「茫々《ほうぼう》と、そして茫々《ほうぼう》と」

名もまた、生成流転を繰り返しているとしたら、どうだろう。

思い、思われるこの「ずれ」によって、名は回帰する。自ずと、無際限《むさいげん》に名は繰り返されるのだ。

なにものでもなくなった君たちは、なにをみるだろうか。

なにを聞くだろうか。

なにを知るだろうか。

エリーは、秋の落ち葉と戯れている。いかさま、不用意だろう。その上に、銀杏があり、臭気芬々《ふんぷん》にもかかわらず、ごろごろ、ごろごろしている。ナオミの遊びは、キリギリスをくわえて、もてあそび、殺してしまうことである。ひるねこは、すやすや、日中も月を観ながら寝ている。

君たちは、川の流れになにを聞くだろうか。

翡翠《かわせみ》は飛来するだろうか。

紅葉や黄葉に、なにをみるだろうか。

明月は映えるだろうか。

「ギンナンが落ちていたせいで、道路が一か月たっても臭いんだ」

「カエデも銀杏も、腹を満たさないのが問題だね」

君たちが「みる」限り、カエデも銀杏も、「悪」「邪」にもなってしまう。けれどもそのとき、この邪悪は、君たちそのものでもある。

建長寺へ向かう道々を、無数の生と死が彩っている。浩々たる大地には、なんの障りもなく道が、至るところにある。わたしたちの道は、コンクリートで保護され、生死を隠したまま、突然、事故にあうような道ではない。

然るべく、無碍《むげ》に「ある」道である。

「サクッ」

けれども、ここで死はさまよっているのではない。

死は確然としている。

彷徨しているのは、生でしかない。しかし、このように、君たちの死は、いよいよ端的なものになってきている。善哉《ぜんざい》。

この数行で、わたしたちは建長寺へ到着してしまった。

「本来清浄《しょうじょう》にして、一塵《いちじん》を受けず」

廓庵《かくあん》和尚はいった。

わたしたちは、そもそも、清浄《しょうじょう》なものなのだ。

そして、ハイデッガーは、瞬間的に、理屈を突破した。

わたしたちは、無罣《むけい》の無常さ、罣の覚悟と共に歩いてきた。遼かなる行程であった。

そして、わたしたちは、猫となる。猫は人語においては、なにもいわない。ただ然るべく、君たちに聞かれるだけである。

第九図には、君たちが、猫となっているさまが写しだされている。なぜなら、そこには人間も猫もいないからだ。

「ニャー」、と聞けば、「なにか」、と問う囚われから、君たちも近いうちに、解放されるだろう。

ニーチェは、終生、ある明確な批判ターゲットを持っていた。彼の相手は、西洋の伝統的道徳である。プラトンからニーチェ自身の時代までもてはやされてきた道徳的評価全体へ対峙し、挑みつづけた。この戦いの結末が勝利で終わることとは、すなわち、「あらゆる価値の転倒」を果たすことである。

周知のように、ニーチェの人生は、「負け」である。「批判」と「肯定」の二つの次元で、はっきりと身を割かれた哲学者である。ディオニュソス的な「敗戦」を実践した哲学者である。

したがって、問題はむしろ、ニーチェの批判的企てにおける、ニーチェの憂心の在り方にある。ニーチェという哲学者の真諦《しんたい》は、ありとあらゆる実存の肯定、大いなる悦びを伴う肯定、ここに存する。したがって、批判的憂心が、このような「大いなる肯定」を唱える哲学者の根幹にはなりえないことは、一目瞭然である。ニーチェによって導かれる批判の重要性がいかなるものであれ、批判とは常に、必然的に、「生きる悦び」の添えもの、二次的なものでしかないだろう。二次的というのはつまり、わたしたちが、肯定の思想と関わっているからである。

ニーチェを、キリスト教道徳、あるいはユダヤ的、プラトン的道徳の批判に余念のない思想家である、と仮定しよう。すると、わたしたちは、彼の思想の「根本」を見誤ることになってしまう。

思うに、この論点から、ニーチェ解釈、例えばドゥルーズによる解釈に対する異議が生じる。ニーチェの思想特有の重み、強みが、ただひたすら批判にかかってきてしまうのだ。それは肯定を、ルサンチマンによる批判に、あるいは否定による一種の弁証法的否定作用に、同一化することである。

「ディオニュソスの『然り』は、『否』をいえるものの『然り』である」

ドゥルーズはいった。

この解釈は、ニーチェが目したとされる、ある普遍的構想に結びついている。この構想を、ドゥルーズにならって約《つづ》めてみよう。

「批判的に、自らについて最も積極的にわたしたちに語りかける哲学、すなわち、欺瞞、迷妄からの覚醒の企てである」

このような哲学は、自ら言明した真実しか考察せず、自らが排除した真実を対象外としている。つまり、それ自体としては、極めて正当なものである。ドゥルーズの洞察、畏るべし、といえるだろう。けれども、この哲学の構想は、やはり不充分なものである。わたしたちの生のテーマは、果然、悦びなのだから。

ニーチェのような哲学者を思量するケースにおいては、哲学の積極性とは、単にその批判力においてあるわけでもない。ここでいう批判力とは、第一に据えるべき他の力、すなわち承認、肯定していく力に次ぐものとしてあるのだ。

肯定する力が、困ったことに、批判的な諸々の威力を産んでしまうのだ。そして、これらについて説明が求められるとしたら、肯定の力が、この力のみが、然るべく対処するであろう。

肯定と批判が渾然《こんぜん》と交流しあう哲学者。そして、敗者という「大いなる悦び」。君たちは、克服しえないパラドクスという刑が、ニーチェの思想に下されていることを解する。だが、ニーチェ哲学の批判的射程しかみていてはならない。

非肯定の胡散臭い思想は、「批判」されなければならない。

じつに厄介な事情であろう。けれども、非肯定の思想が持つ地位は、然るべく、否定され剥奪されなければならない。まして、このような思想が、疑似積極性のようなヴェールによって着飾っているときは、なおさらである。天籟《てんらい》をずたずたに切り裂き、人間だけが解する造語にしてしまうような思想は、わたしたちには無用である。

「なにが欲しい」

「なにに使う」

無益である。

「なにがしかになる」

無下である。

君たちは、つねに、すでに、なにがしかであるのだから。

「わたしたちの生が、わたしたち自身にとって正しいものであることを認めなければならない。自由に、怖れることなく、無垢の自己をもって、自分自身から生長し、開花しなければならない」

ニーチェはいった。

真実や善、正義などを語りながら、生から逃避させる思想は、わたしたちには無縁である。君たちは、そもそも無垢であったのだから。

「なる」という計らいは、そもそも不用なのだ。

有用、無用の次元は、はたして、阿鼻叫喚《あびきょうかん》の獄舎でしかないのだろう。そこを脱するために、君たちは「なぜ」「なに」「どのように」、と必死である。確かに、このような形相を持たなければ道はないだろう。

だが、だからこそ、わたしたちの声を聞くがよい。

自然の調べを、天籟《てんらい》を聞くがよい。

「ニャー」

そのために、どうして聾者になる必要があるだろうか。

十二月十三日

ニーチェとは、第一に肯定者であり、その次に批判者である。それならば、この正と副が、どのように符合するのだろうか。ニーチェの批判的企てが、無条件な現実肯定という原則と、はたして両立しうるだろうか。

無条件の肯定者は、どのものであれ、どのような人物であれ、よしや、自らを告発するものであったとしても、けっして責めとがめない。

「わたしは非難しようとは考えない。非難してくる者すら、非難しない。目を背けること、これだけがわたしの唯一の否認であれかし。要するに、わたしは、いつかきっと、ただひたむきな一人の肯定者であろうと願う」

ニーチェはいった。

『悦ばしき智』のアフォリスム二七六である。

「道徳探求は、善の彼方に対象を設けると、まず、錯乱状態に陥ってしまうのである。わたしたちが、この試練を乗り越えられるという確信を、わたしは、いまだにどこからもえていない」

バタイユはいった。

両立しえないものを、目をひくこのパラドクスを、どのように解決するか。そのためには、「批判」という概念がもつ二つの意味を、判別すればよいだろう。これらは互いに隣接するにも関わらず、画然として異なるものである。

今日、主に、「批判する」とは、疑うこと、異議を唱えること、責め、難じ、咎めることを意味する。そして、このような意味こそ、「ニーチェは批判者である」における意味と、まったく相容れないものなのだ。

本初、「批判する」は違う意味を持っていた。ギリシア語やラテン語の語源《みなもと》に照らせばこれは、観察する、見極める、区別する、となる。

まさに、この本源的な意味において、争いや戦いに関するあらゆることを排した意味において、「ニーチェは批判者である」。「争うにはあまりに洗練されている」、と彼自身が開陳していえるではないか。

「批判者」とはすなわち、峻厳な観察者なのである。

「批判者」とは、悪意とはまったく無縁の観察者であるのだ。ここには、感得する、理解する、そこから発して、示す、理解させる、の意味がある。そして、ここにこれら以外のいかなる意図も介しえない。

批判することとは、変化という解決策を宛行《あてが》うことでもない。救済策を講じ、提示し、君たちをあらぬ方向へ導くことでは、ましてない。

ニーチェの「他者」の批判は、ことごとく「自己」への批判である。したがって、彼の批判はその本分ではない。仮に、自他を設けているだけなのだ。

第七図にある。

「法に二法無し、牛を且《しばら》く宗と為す。蹄兎《ていと》の異名に喩《たと》え、筌魚《せんぎょ》の差別《しゃべつ》を顕《あら》わす」

廓庵《かくあん》和尚はいった。

第九図にいるわたしたちは、こうなる。

「有相《うそう》の栄枯を観じて、無為《むい》の凝寂《ぎょうじゃく》に処す」

栄枯盛衰、諸行無常。

「だから、慢心に気をつけろ」

「いざ、というときのために、身の回りを整えておけ」

いかさま、人間の始まりである。確かに、ここからしか人間は始まらない。しかし、いまだ人間的に過ぎる。わたしたちにはほど遠い。

栄枯盛衰。

花は枯れる。月は欠ける。満開満月があるから、凋落もする。ここに、道徳心を読み込むのは、人間の性だ。けれども相変わらず、花月は無心である。無性である。

人で無いから愛でられる花月。

「人で無いから、無性なのか。無性だから、人で無いのか」

この因果を超克しなければならない。

鎌倉で君たちがきく調べは、すなわちいま、すなわちここで、ただあるがままにある。

デカルトとニーチェが共にする領会《りょうかい》がある。確かに、両者の思想における要諦は、あらゆる点で異なっている。デカルトのコギトは、分別、主客、是非の根源である。生の悦びを覆い隠した根源である。それにもかかわらず、デカルトの言明は、ニーチェの哲学的意図に通じる。

「喧しく忙しい性格の人たちを、わたしは、けっして受けいれられない。彼らはその生まれによっても、運命によっても、公事の要請などないにも関わらず、いつも新しい改革を思い描かずにはいられないのだ。わたしの画するところ、自身の思想を刷新することに努め、自身の土俵の上にそれを構築することでしかない」

デカルトはいった。

既成の価値に抗して、あるいは、ありとあらゆるものに対して戦いを挑もうとする、このような闘争心が、ニーチェにはある、と現代の解釈者たちはみなす。けれども、彼らは誤った道筋に迷い込んでいるようだ。

例えば、ニーチェにはある一つの陰謀があるとしよう。これは、おそらく、アバンギャルドな知的集団、少人数の知的集団によって率いられた陰謀であるかもしれない。そして、大衆の鈍重さを、秩序と型にはまった諸価値がもつ鈍重さを破砕しよう目論んでいるだろう。けれども、陰謀には、それがどれほど前衛的なものであれ、どれほど「知的」な集団が画するものであっても、逃れえない鈍重さがある。

『この人を見よ』に、『曙光《しょこう》』を回顧的に検証した部分がある。ここを再度、読んでみよう。そうすればたちまち、君たちは解するだろう。少なくとも、ニーチェの意識の明晰さが続くかぎり、如上のような、現代の解釈者たちが帰結する愚行を、彼が避けていたことは得心できるだろう。

「この書から、わたしの『道徳』を相手取る進撃が始まる。とはいえ、ここに、火薬の臭いを感じることはまったくないだろう。むしろ、ここには、それとはまったく異なる、極めて好ましい匂いが感じとられるはずだ。もっとも、そのためには、嗅覚が十分にデリケートなものでなければならないのだが。読者は、この書を読み終わると、これまで道徳の名のもとに尊敬され、崇拝されてきたあらゆるものに対して、用心深く警戒するようになるだろう。しかし、このことは、この書全体にわたって、否定的、破壊的な言葉が一毫《いちごう》もないこと、攻撃も悪意もないことと、なんら矛盾するものではない。むしろ、両立しうるものなのだ」

ニーチェはいった。

ナオミの嗅覚は、原始的なものである。目的、是非、価値などで分別する嗅覚ではない。ナオミの身体からは、銀杏の匂いがありありと浮かぶ。

「臭い、臭い」

「排泄物の臭いがする」

君たちはいうだろうか。ナオミは自ら自ずと、遊んでいるだけである。銀杏と、自らの生と、自然と、戯れているだけである。

いかさま、「排泄物」とは、君たちの悪意そのものではないか。

「臭い、臭い」

ナオミの嗅覚は、自然そのものである。君たちの嗅覚は、迷いそのものである。けれども、君たちのデリケートな六根は、いつか自然をとりもどすだろう。本来の自然が、突如、君たちのもとへ還ってくるだろう。

不図《ふと》、不図《ふと》。

長寿寺では、夕餉が始まる。

「いただきます」

「じつに好い匂いだ」

和尚さんはいった。

十二月十四日

道徳と、野生の嗅覚は、ニーチェにおいて不離のものである。わたしたちが、君たちの前に現れたのは、この不離性に由る。野生とは、調伏しえないものである。

わたしたちの嗅覚には、分別が無い。ニーチェ的にいえば、分別を超えた、分別以前に還ったものである。

「臭い。嫌い。もうやりたくない。もうみたくない」

「おやおや。それなら、いっそ失神してしまいなさい」

和尚さんはいった。

「ふむ、そうなのか」

「ふむ。それを続けなさい」

ニーチェの批判的企ての本質は、偽りの「然り」と、真の「然り」を峻別するところにある。確かに、表現された「然り」のレベルで、両者を識別するような客観的基準はない。けれども、ニーチェにとって、両者の違いは截然としている。これを可能ならしめるものこそ、ニーチェがもつ、占卜《せんぼく》、とまでいえるほどの洞察力である。これは一種の本能、不謬《ふびゅう》の嗅覚であろう。まさしくニーチェは、自らにこのような嗅覚があることを、確信し、自負していた。

「わたしには抜きん出て、強力無比で不気味な潔癖本能が備わっているのだ」

ニーチェはいった。

ニーチェ自身が、己に備わった哲学的天稟《てんぴん》を、このように、自身の嗅覚に認めているのである。嗅覚は君たちの最大の弱点の一つである。

「わたしが初めて、嘘を嘘として感じたのだ。嘘を嘘として「嗅ぎつけた」のだ。わたしの天賦は、わたしの鼻孔《びくう》にある」

ニーチェはいった。

彼が嗅ぎつけたものは、道徳的「口上」である。この紋切り型によって、人間は臭いもの、穢れたものにふたをした。

しかし、そればかりではない。彼の嗅覚は、キリストやソクラテスに向かった嗅覚は、嘘以前の匂いも把捉している。

「幻化《げんけ》に同じからざれば、豈に修治《しゅうち》を仮らんや。水は緑に、山は青うして、坐《いなが》らに成敗を観る」

廓庵《かくあん》和尚はいった。

これこそ、嘘以前の匂いである。「水は茫々《ほうぼう》、花は紅」、「水は緑、山は青」、わたしたちは、本来、無名である。ひるねこも、エリーもナオミも、仮につけられた名でしかない。わたしたちは、わたしたちの知らぬ無数の名をもっている。

「プリンちゃん、いらっしゃい」

「久ぶり、銀次郎」

「サマンサ、あいかわらずかわいいね」

「すみれ、ごはんだよ。すみれ」

いつか、どこかで聞いた名だ。

遅々としていた鎌倉の紅葉も、もはや人目を引くものではなくなっている。しかし、カエデは、いつもどおり、すでにあるようにある。銀杏並木も、きれいに臭いがとり除かれて、ギンナンの痕跡は消しとられ、歩行の妨げではなくなっている。しかし、銀杏もまた、いつもどおり、すでにあるようにある。

「もう終わったね」

「臭いもなくなったね」

おかげさまで、これからのカエデも銀杏も、ただ純粋に「それ」としてあるだろう。人気に触れることが無いから、「それ」は無垢のままありつづける。

作用があれば、反作用がある。目的があれば、反目的がある。君たちの疲弊は、じつにはなはだしい。

行雲流水、行くのも来るのも、ただひたすら従うばかりなのに。

「わたしと雲は、互いに推し測りあり、互いの中へ入り込む。こうしてわたしたちは、互いに、深く、あまりに深く浸透しあい、互いを稀薄にさせ、互いを無化する」

バタイユはいった。

エリーの嗅覚は、いわば人間的である。彼は観察しすぎた。しかし、この嗅覚を通じて、わたしたちは人間と交流できる。お互いの距離がつかめるのだ。エリーは、人間と距離をとることで、自分を計っているのだ。この「計らい」こそ、あまりに人間的な猫の所以である。

エリーは、この地で、自らの楽園を求めて止まない。

だから、君たちともコミュニケーションできてしまうのだ。

「トントン」

嗚呼、雨の調べが心地よい。

自由に選んでいいのなら、

自分のために小さい場所を選びたい。

パラダイスの、その真ん中を。

もっといいのは、パラダイスの入り口を。

ニーチェはいった。

「トン、ト、トントン」

至福の雨声だ。いかさま、ここは桃源郷だ。

十二月十五日

雨だれは、わたしたちの眠りにリズムをもたらし、眠りに生を与える。

「トトン、トントン」

雨の一滴一滴が、わたしたちの生を一つ一つ、聞かせてくれる。

「有相《うそう》の栄枯を観じて、無為《むい》の凝寂《ぎょうじゃく》に処す」

世の不条理は、然るべくある。仮の盛衰を「観」ながら、わたしたちは、寂莫《じゃくまく》の間にいる。

なにも命じられず、なににも服さない。

わたしたちは、然るべく猫なのだから。

「然るべく」、ここに君たちとわたしたちをつなげる唯一無二の道徳がありうる。

つくづくと感じ入る。「反道徳家」ニーチェ、彼はよくぞ、ここまでわたしたちと伴走してくれている。彼は超人ではない。彼は、あまりに反道徳的な道徳家、反人間的な人間、反時代的なわたしたちの友人なのであろう。

「例外を除けば、わたしのこの世での伴侶は、ニーチェである」

バタイユはいった。

ニーチェが心血を注いだ価値の転倒、これが正確になにに存するのか。これもまた、いまとなっては喫緊の問題である。「伝統的」道徳に対峙するニーチェ固有の道徳、あるいは「不道徳」、このような道徳とは、いったい、なにによってなるのだろうか。

なるほど、これはすでに、分析されること頻々たる問題である。そのおかげでここでは、数点の短い示唆をするだけで事が済むだろう。

思うに、ニーチェには「道徳」がある。道徳とは、ニーチェの思想にとって二次的な面を構成するだけかもしれない。だが、確かにある。ニーチェが果たしたことは、罪という美徳を転覆させたことである、といえるだろう。

「この「肯定」の書は、その光、その慈悲をひたすら、よくない事、疾しい事に注ぐ。これらの事々に、「魂」を、晴朗なる良心を、実存の優れて高い特権を取り戻してやるのだ」

ニーチェはいった。

ニーチェの描く「美徳」の人間とは。それは、まさしく、聖福《せいふく》の人、悦びの人である。徳と悦び、この二つの結び付きは、古典的な結合を反転させているものである。つまり、古典的なものでは、歓喜や喜悦は、背徳と結び付いているのである。タバコのコマーシャルを思い出せばよい。

「なんと気持ち良いことか。これはほとんど罪である」

いまや、この陳腐な定型句では現代にうち克つことはできないだろう。現代は、じつにこまごまとして煩わしい。しかも、煩わしいこと、酷烈である。これらの瑣事においたてられて、君たちは、大局も大略もしらない。

現代には、主人公が一人もいない。

世の一切への悦び、あるいは、それ自体が悦びであるもの、悦びそのもの、これらは、ありとあらゆるものを悦ぶものである。これは、あらかじめ、世界を肯定し、世界と合意し、世界と調和する「悟道《ごどう》」がなければなし遂げられない悦びである。

では、ニーチェが定める不徳の人間とは、どのような者であろうか。

この者は、単に、現実に敵する者であるだけではない。この者は、なによりもまず、自分自身への敵であるのだ。

さしづめ、「ワレヲワレガ虐げるモノ」、といったところだろうか。アテネの詩人、メナンドロスから始まり、ローマのテレンティウスへ渡り、そしてボードレールが『悪の華』、「スプリーンとイデアル」で取り上げてきている自虐者、自らに拷問をかける者である。

ここは蠛蠓《べつもう》、蠢動《しゅんどう》す。

光よ鍵よ、いづこにあるか。

彼の手は、縛られたまま、探るのみ。

彼こそは、魔にかけられた男なり。

ボードレールはいった。

無間地獄《むげんじごく》の湿りあり。

鼻に絡まる、深い穴。その縁に、
彼はいる。その階段を、手すりランプもないままに、降りてゆく。

彼こそは、地獄へ墜ちる男なり。

ここから、ニーチェによる良心の呵責への批判が発する。

良心の呵責、この感情は、恐るべき自己否定である。最も鋭敏な、最も激烈な型として、自分のための、自身による自身への不合意、不調和として顕現する。こうして、良心の呵責とは、世のあらゆるものへの不合意の標となるのである。

「己の行為に対して、卑怯であることなかれ。すでになされた己の行為を「見殺しにする」ことなかれ。良心の呵責とは、下劣なことである」

ニーチェはいった。

「一つの可能性を徹底的に生きることは、いく人かの人たちの間で交流が生じることを必要とする。そして、彼らがこの可能性を自分たちとは無関係の事実であるかのように引き受け、さらに、自分たちのうちの誰にも頼ることがなくなることを、必要とする」

バタイユはいった。

ニーチェの批判と、ショーペンハウアーによる良心の呵責への批判とを比べてみよう。

両者は、一見すると相類するものでありながら、大いに異なるものである。『意志と表象としての世界』でショーペンハウアーが良心の呵責のうちに認めるもの、それは、一つの誤解である。自らを、内的な本質から、自らに固有な意志から分離されている、とみなす誤解である。このような意識は、自ら別様に行動すべきであった、と断じる。

けれども、このような遡及的な誓願は、まったく意味をなさない。なぜなら、別様に行動するためには、別様に意志するべきであったはずだからである。つまり、別の意志を所有していなければならなかったことになる。したがって、別の人間でなければならなかったのだ。

一方、ニーチェが良心の呵責のうちに認めるものは、下品さ、ニーチェ的道徳の意味での下品さである。すなわち、己事《こじ》を捨てる下品さである。ここで、自らを恃むには不充分な愛が暴露されるのである。これは、愛の絶対的な基準となる寛大さを欠いている愛である。

ショーペンハウアーにおいては、良心の呵責とは幻想を、主知的な幻想を示すに過ぎない。

ニーチェにおいては、良心の呵責は、ひとえに、悪徳なのである。

「本来、清浄《しょうじょう》にして、一塵《いちじん》を受けず。有相《うそう》の栄枯を感じて、無為《むい》の凝寂《ぎょうじゃく》に処す。幻化に同じからざれば、豈に修治《しゅうち》を仮らんや」

君たちは、そもそも、太初において清浄《しょうじょう》なものである。

自らの有無を、有用無用を、自らの限界を線引きすることはない。このような知こそ、「一塵《いちじん》」なのである。

月は満ち欠けする、花は咲き、萎み、枯れる。だが、ここに分別知は無用だ。

わたしたちは、然るべく、起きて寝る。

自然の息をいただく。自然に生き、自然と戯れ、自然に死ぬ。

「ニャー」

生きるも死ぬも、「ニャー」だけである。無心で、ただあるがままにある。そして、君たちもここまで導かれたのだ。もはや、空虚な幻想など、不如意の極みであろう。

ハイデッガーの須臾《しゅゆ》感得、「水は自ずから茫々《ほうぼう》、花は自ずから紅《くれない》なり」、そしてニーチェの「反道徳」は、ここに還元される。

ニーチェのいう美徳は、聖福《せいふく》に帰せられる。聖福《せいふく》とはすなわち、「智悦《ちえつ》」、と換言できるだろう。「智の悦び」であり、かつ、「悦ばしき智」である。

そして、悪徳は、このような智の欠如と混和する。

フランス語の悪徳の起源、つまりラテン語において、悪徳という単語は、まさしく欠陥、欠如、機能不全を意味している。しがたって、悪徳の人間とは、「非悦《ひえつ》」の人間、すなわち苦しみ煩むばかりの人間である。

身を屈すること、従い悶えることこそ自分の生だ、と自らに命じる人間である。

「人々は、支配に慣れっこになった。だが、もうこれを変更したくないと白状したくないから、この支配の存続を弁解するような理由をでっちあげて、自分自身に嘘をついた」

ニーチェはいった。

憂苦とは、「悪徳」という罪を、「悪徳」という重荷を軽減させせしめるものではない、とニーチェは断じる。このような煩悶こそ、自らの悪徳の、明確な標なのである。自らの悪徳を決定するものなのである。煩悶によって、一層、状態は悪化し、より顕然たるものになっていくのだ。

心理学的には、苦悩とは、単に、気分の悪化を、悲哀、憂鬱、怨恨に向かうような悪化を意味している。けれども、ニーチェのいう憂苦は、このような意味に捉えられるべきではない。これは、行動の不能力なのである。

行動の不能力にこそ、ニーチェ的道徳の起爆装置がある。

「誇らしく、天高く成長しようとする木々は、嵐や風雨なしに済ますことができるだろうか。強者はそれを、毒と呼ぶことすらしない」

ニーチェはいった。

「暴力は、ある。自分の内にもある。それがなくなるはずはない」

和尚さんはいった。

「然るべく」、これは「活かす力」「生かす力」の源泉なのである。

自らが達成させたい行為が、煩悶の状態においてなお、残っているにもかかわらず、この状況において思い煩うばかりの人間こそ、悪徳の人なのである。

したがって、このような人間とはルサンチマンの人である、というだけでは不十分である。「反動的」人間、自ら行動する力はなく、単に反動するだけの人間、とするだけでは事足りない。

反動的人間にとって、本来、反動だけが可能なはずである。だが、このような人間においいては、反動すら不可能な行為の一つなのである。この事実を怠ってはならない。このような行動の不能力にこそ、憂苦や憎悪の主たる動機が存するのだ。

したがって、この者のうちで、悪徳が受け止められ、乗り越えられることは、けっしてない。

このような議論において、ドゥルーズの分析は、完璧な明解さを誇っている。

「ルサンチマンとは、行動することを止めた反動である」

ドゥルーズはいった。

いかさま、傑出した洞察といえるだろう。

さて、わたしたちが、かつて東京の目黒区駒場にいた、といったら奇妙奇天烈だろうか。だが、確かにわたしたちは、駒場にいた。あの寮も、いまだ鮮やかにある。わたしたちの記憶が、告げている。駒場にいたカラスも桜も、銀杏も、克明に刻まれている。そして、駒場からみられる富士山も、またある。半増坊《はんぞうぼう》からみられる富士山と、まさに「同じ」ものである。

庵中には、庵前の物を見ず。

廓庵《かくあん》和尚はいった。

ひるねこも、見た目によらず活動的なのだ。わたしたちは、常住坐臥《じょうじゅうざが》、世界を観ている。わたしたちにも、同じく生老病死がつきまとう。これは現実だが、苦悩ではない。

「ニャー」

ただこれだけである。憂苦は不条理ではない。実存の不条理に対峙し、目を背けない。科学の虚無性が暴かれる。それは、いかさま、悦ばしいことではないだろうか。

ニーチェのいうニヒリズムを介して、君たちは「悦ばしき智」に還るだろう。

「どうして、駒場から鎌倉まで猫が歩けるの」

無下な問いである。

わたしたちの歩みは、「悦ばしき智」のなせる技である。

「目的へと人々を導く勤行など、ありはしない」

バタイユはいった。

反動的人間とは、じつにパラドクシカルなものである。この者たちには、行動の一切が許されていない。したがって、正真正銘の反動に対してもまた、ことごとく、不能状態にある。こうして、恨み深い人は、まさに恨むということすら不可能な状態にあるのだ。自らの怨嗟を表現することもできず、なんらかの実存の形にすることもできず、自らの憎悪をなんらかの行動に変えることもできない、これが行動の不能性なのだ。悪徳とは、このようなものである。

極めて近い議論がフロイトにある。彼は「抑圧」を、『ヒステリー研究』でこのように定義している。

「『抑圧』とはすなわち、心理学的なトラウマ状態に直面した際の、誤った反応がもたらす効果ではない。これはまさに、『反動の欠如』の結果なのである。ある傷と、この傷の当事者として実在することの不可能性とが、共役としてある結果なのである」

フロイトはいった。

ニーチェはルサンチマンを定義する。ルサンチマンは、単純に、現実に対する恨みを指すのではない。これは、否定性と受動性が、共役関係として働いた結果なのである。

ルサンチマン人間は、否をいう者ではない。「否をいう霊」、『ファウスト』に登場するメフィストフェレスが自己紹介するような「常に否定する霊」でもない。むしろ、ルサンチマン人間は、「否」をいうことすらままならぬ霊、精神である。したがって、やむをえず、偽りの「然り」によって、自らを、晦《くら》ますのである。

「矛盾を犯す力、聖化されたものと戦うことによって獲得する疚しさを知らぬ良心、これこそ解放された精神の歩みのなかの、決定的な第一歩である」

ニーチェはいった。

偽りの「然り」、これは、偽りの受動性、偽りの否定性である。ここにこそ、ルサンチマンの元凶が、ニーチェが狩りだした最も深刻な元凶がある。

これは、自己を捨てるふりをして、利益をえようとするものである。

近道だけを知ろうとする、「楽」だけであろうとする。孺子《じゅし》の業である。

「楽しかったね」

この言葉は両義的である。ここまで来た君たちは、「楽」な生とは無縁だろう。

「自然体でね」

この言葉もまた、両義的である。悶絶してなお積極的に、苦闘においてなお肯定する者、これこそ自然体である。自然のはたらきとは、無量不可測のものである。君たちが口にする、社会変転のスピードなど、およそ噴飯ものであろう。

「朝ごはんをしっかり食べなさい」

「いただきます」

「ゆっくり寝なさい」

「おやすみなさい」

「あせらず、じっくり学びなさい」

「おかげさまで」

わたしたちの「ニャー」は、概してこのようなところでしか、ない。

機輪《きりん》転ずる処、達者《たっしゃ》も猶《な》お迷う。

四維上下《しゆいじょうげ》、南北東西。

無門《むもん》和尚はいった。

わたしたちは、君たちがいうところの「生の名人」である。

名人とは、同じことを無際限《むさいげん》に、弛まず、悦びをもって繰り返すものだ。そして、名人は工夫に工夫を重ね、さらに工夫を重ねて、なにがしかを明らめている。

「あの皿か、この皿か、どちらもおいしそう」

「あの花にしようか、この花にしようか。どちらもきれい」

右顧左眄《うこさべん》し、周章狼狽している自分に気が付いたら、君たちが始まる。「おいしい」「きれい」といちいち、一塵《いちじん》に囚われている君たちがいる。

じつに愉快だ。

「あれもこれ、これもあれ」

一切は、無名の「それ」である。ただそれだけの、唯一無二のもの、掛け替えのないものである。

若《も》し閑事の心頭に挂くる無くんば、便ち是れ、人間の好時節《こうじせつ》。

春に花、夏に風。秋に月、冬に雪。ただ然るべくある。

「好時節《こうじせつ》」、一切がこれである。

悦びのない生、ルサンチマン的生の禍根は、「否」という表現にあるのではない。まさしく、偽りの「然り」にあるのだ。疑惑芬芬たる「然り」にこそ、由々しき否定性は存するのだ。

このような怪しい「然り」は、ニーチェの憂心と、真っ向対立する。ニーチェの憂心とは、悦びにおける善を希求するものであり、悦びにおける普遍的本質を探求するものである。ありとあらゆる実存において悦ばしくあろうとすることである。

君たちは露わにするだろう。偽りの「然り」の数だけ、口にしえなかった「否」がある。「道徳の頂点とは、賭けへの投入の瞬間である。存在が、自分の彼方に、虚無の限界に宙づりになっている瞬間である」

バタイユはいった。

いまこそ、振り返ってみるとよい。そこに、君たちだけの、無二無常の道が認められるだろう。はたせるかな、ここまで超えた山々は、じつに峨々たるものだった。秋霜《しゅうそう》は、多くの者を脱落させ、途絶させた。

彼らはまた、君たちでもある。

「さて、善哉《ぜんざい》でも食べましょう」

和尚さんはいった。

そして、君たちは観た。「水は自ずから茫々《ほうぼう》、花は自ずから紅《くれない》なり」を。

これこそ、天工である。ひるねこによる頌《じゅ》である。西洋至高の碩儒《せきじゅ》、ハイデッガーですら覚知しえぬ境位であろう。

ひるねこの鼻が、ひくひくしている。なにを嗅ぎつけているのだろうか。長寿寺でふるまわれた「善哉《ぜんざい》」の匂いだろう。長寿寺から浄妙寺に至る匂い、鎌倉を覆う匂い、これをかりに、天薫《てんくん》と呼んでおこうか。

わたしたちは、盲聾唖《もうろうあ》に触れ合う。ひるねこ、エリーにナオミは、彼らの傍らに坐る。ただ、いる。盲聾唖《もうろうあ》の問題には君たちの力は通じないだろう。けれども、わたしたちの「薫り」を通して、彼らは自然を観るだろう。「なぜ」「なに」はわたしたちには無用なのだから。

浄妙寺の境内では、ひるねこが月を照らし出し、月そのものとなっている。

明日もまた、快天好日《かいてんこうじつ》なり。

十二月十六日

円応寺には、「閻魔大王の罪」の案内がある。

「閻魔大王は亡者の生前の行いを取り調べる。罪ある者は地獄に落とし、苦しみを与える。亡者に苦しみを与えることは、閻魔大王の罪になる。その罪ゆえ、日に三度、大王の前に大《だい》銅鑊《どうかく》が忽然《こつぜん》と現れる。すると、それまで従っていた獄卒や亡者達が大王を捕え、熱く焼けた鉄板の上に臥せさせる。獄卒や亡者達は、鉄の鉤《かぎ》で大王の口をこじ開け、ドロドロに溶けた銅を口中に注ぐ。大王の舌や唇はもとより、喉から腸に至るまでただれきってしまう。その苦しみは、亡者が地獄で受けるどのような苦しみよりも苦しいといわれる」

永劫回帰とは、もしかすると、地獄の職名なのかもしれない。

あるいは、「生きる悦び」の課題なのかもしれない。

あるいはこれは、天鈞両行《てんきんりょうこう》の裏側なのかもしれない。

ニーチェにおける永劫回帰のテーマは、各国の現代哲学者たちに、多種多様な学問的解釈の間を与えている。彼らは挙って、永劫回帰をニーチェ思想の鍵の一つとして、もしくはその中枢として認めている。永劫回帰についての解釈は、まさしく百家争鳴、しばしば共闘し、しばしば矛盾し、そして鍔迫り合いをしている。

君は建長寺にいる。いま、ここに絢爛《けんらん》雅な桜が君を迎えている。巨福門《こふくもん》から、三解脱門《さんげだつもん》を結ぶ道場で、ひらひらと桜が舞っている。

「チチチ」

桜が啼いている。

「ピーヒョロロ」

桜が飛んでいる。

ほら、ふわふわと、ひとひらが掌のなかに舞いこんだだろう。それが、君自身である。

君はいま、ナオミであり、エリーであり、そしてひるねこである。ここ、建長寺にいながら、円覚寺にも、寿福寺にも浄妙寺にも、自由自在、融通無碍《ゆうずうむげ》である。

「ニャー」、といえばたちどころに間が滅せられ、横滑りし、次の間が現れる。

禅家でいうところの、瘋癲の境地である。

そういえば、君は長寿寺に仮寓しているそうだが、そこからみる桜も、じつに晴れ晴れしいだろう。どうだろうか。

「ニャー」

「柴門《さいもん》独り掩《おお》うて、千聖《せんしょう》も知らず。自己の風光を埋めて、前賢《ぜんけん》の途轍に負《そむ》く」

廓庵《かくあん》和尚はいった。

君にとって、楼門の開閉は一悟《いちご》である。仮の住まいは、閉じるも開くも「あっ」、という間である。「覆う」「知らず」「埋める」「背く」、これらの否定語が、そのまま悦びである。生を肯い、生を牽き、生を導く悦びである。

ここにきて、二元論は二項分裂以前へと回帰している。君は、桜となり猫となる。ほんとうに、自ずと然るべくある。

雲月是れ同じ、溪山《けいざん》各々異なり。
万福万福《ばんぷくばんぷく》、是れ一か是れ二か。
無門《むもん》和尚はいった。

クロソウスキーによれば、永劫回帰とは、なにものの回帰しない、ということである。ドゥルーズによれば、それはあらゆるものに本質的に属している差異の回帰である。そして、ハイデッガーによれば、同一なるものの回帰によって、「存在者の全体」を不断に超え出ていくことが証明される。

「存在者の全体の可能的な脱人間化の地平が、どこまで超え出たところにおかれるのか、ということが決定的な問いとなる」

ハイデッガーはいった。

「同じものの永劫なる回帰、この円環は同時に恐るべきものである。この恐るべき輪が、存在者を包囲し、存在者を全体において規定し、世界として規定する。この輪と、その永劫性は、ただ瞬間のみに把捉される」

ハイデッガーはいった。

多様な解釈がありながらも、大部分の解釈者において一致することがある。つまり、永劫回帰という旗印が、ニーチェ思想の本陣である、と彼らは認めている。

けれども、解釈者の側で満場一致するだけでは、ニーチェの読者の賛同をえるには十分ではないだろう。ここで、一つの問題が浮上する。永劫回帰のテーマが、これほどまでに重要であるとしよう。それならばなぜ、ニーチェの作品において、このテーマが実際に論じられている部分が数か所しかないのだろうか。

君は、この道中で、どれほどの生をみただろうか。

生が、どれほど悦ばしいものであるかを、綴ってきただろうか。

ハイデッガーのニーチェ解釈は、永劫回帰を礎としている、といえるだろう。だからこそ、彼は自著『ニーチェ』で、強いて告げなければならなかったのだ。曰く、ニーチェは物惜しみしてそれを語っている。

ニーチェが出版した著作、あるいは彼が許可した著作の全体のうちで、永劫回帰の問題が明確に扱われているのは、わずか二ページに過ぎない。しかも、これは極めて短いものである。『悦ばしき智』のアフォリスム三四一と、『善悪の彼岸』のアフォリスム五六である。

事実、ニーチェが永劫回帰について割いているテクストは、僅かなものである。しかし、この少なさをもって、永劫回帰の概念がニーチェの作品において、二次的なもの、あるいは無視しうるものとして結論し、この問題への終止符を打つことはできないだろう。

「一円相《いちえんそう》の輪あらばこそ」

和尚さんはいった。

ニーチェの問題は、君自身の問題である。これほどまでに、彼は下僕でもあり、また敗者でもあったのだ。

『十牛図《じゅうぎゅうず》』の第八、人牛倶忘《にんぎゅうぐぼう》には、自己の本体が描かれている。これこそ、一円相《いちえんそう》である。

「有仏《うぶつ》の処、遨遊《ごうゆう》することを用いず。無仏《むぶつ》の処、急に須らく走過《そうか》すべし。両頭に著《お》らざれば、千眼も窺い難し」

廓庵《かくあん》和尚はいった。

永劫回帰の思想は、ニーチェを予告なく襲った。一八八一年、八月上旬のことだった。

これは無意味、無目的を啓く思想なのだ。

そして、永劫回帰を感得したものは、言葉の限界に直面せざるをえない。

「どれほど」のアクセントが、もはや失われてしまうのだ。

「この同等なる現実は、ある意味で、超越性よりももっと遠くに位置している。思うに、この現実は、『最も遠い可能性』なのである」

バタイユはいった。

ニーチェは、永劫回帰について正確な本性を解き明かせないままに、この思想を最重要視させようとする記述を、頻繁にしている。

ニーチェはなにを予感したのだろうか。事実、永劫回帰の思想の中身を探ろうとしても徒労に帰すだろう。この予感は、彼の明晰さの「瀬戸際」でなされたものであり、それについてなにがしかの記述はされないままに終わってしまった。あるいは、ニーチェ自身が、この説明に四苦八苦していたのかもしれない。あるいは、ハイデッガーにならっていえば、それを「差し控え」ざるをえなかったのかもしれない。

いかさま、事実だろう。この四苦八苦、七転八倒にこそ、「生きる悦び」はある。永劫回帰のはたらきが現れる。

ハイデッガーのニーチェ解釈は主に、永劫回帰に関してニーチェが「いわなかった」ことから発している。

「もしも、わたしたちの知識が、ニーチェ自身が公刊したものの範囲に限られてしまうとしよう。そうすれば、ニーチェがすでに感得し、絶えず考え抜きながら準備していたものを、しかし、手元に留保していたものを、われわれは、けっして、学びとることはできないだろう」

ハイデッガーはいった。

じつに、篤《あつ》い泰斗である。だが、危ういかな。一つの解釈を支えるべき十分なテクストが、「無い」のだ。したがって、「不可解で有意味」な無数のニーチェが可能となるのだ。

まず、君の最善策は、ニーチェが永劫回帰を題材にして、記述し公表したことだけを固守することである。すなわち、『善悪の彼岸』のアフォリスム五六と、『悦ばしき智』のアフォリスム三四一の二つのみを、手がかりにすることである。そして、ものにすることである。

「自己の風光を埋めて、前賢《ぜんけん》の途轍に負《そむ》く」、つまり、ものにすることである。

ここが最後の図である。君は大いなる悦びをもって、死ぬだろう。然り。そして生き続けるだろう。そして再び、死ぬだろう。そして。

「永劫回帰とは、エネルギー理論である」

「永劫回帰とは、機械的世界観である」

「永劫回帰とは、ルサンチマンを克服するための道徳的教書である」

無駄である。

そして、『ニーチェの悦び』もまた、無用無益であることを、君自身が明かすだろう。

ここは、不可踰《ふかゆ》の深淵である。第八図には、説明不要で、無意味な君が現出している。黒白も是非も空ぜられた、一切無常の悦びが、そこにある。

そう、ここまできた君は、不可知の己事《こじ》を知っている。

鞭策人牛《べんさくじんぎゅう》、尽《ことごと》く空に属す。

碧天遼闊《へきてんりょうかつ》として、信《しん》通じ難し。

「錦秋、いま、ここにある」

和尚さんはいった。

「これまでなにをしてきたの」

「なにも」

「好い、好い」

「善哉《ぜんざい》をいただきましょう」

十二月十七日

今日はまず、『悦ばしき智』のアフォリスム三四一を紹介する。

「ある日、もしくはある夜、もし、デーモンが君の寂寥極まる孤独のはてのうちに滑り込んできて、君に告げたとしたらどうだろう」

ニーチェはいった。

「お前が現に生き、またお前が生きてきたこの人生、いま一度、いや無限回にわたって、生きなければならないだろう。そこにはなんら新しいものはない。お前の身に回帰すべきものは、あらゆる苦痛とあらゆる快楽、あらゆる思想とあらゆる嘆息である。微細なもの、巨大なもの、お前の人生のあらゆるいい尽《ことごと》くせぬものが回帰してくるだろう。しかも、それらすべては、ことごとく、同じ順序と同じ継起に従って起こるだろう。この蜘蛛も、木々から漏れでる月光も、そしてまさにこの瞬間も、まったく同じように回帰してこなければならないのだ。実存の永遠の砂時計は、いく度もいく度も、繰り返し巻き戻されるだろう。嗚呼、塵界のちりあくたであるお前、このお前が、無限に繰り返されるのだ」

この一節が示唆することの一つ目は、永劫回帰の思想が、ニーチェにとって単なる「着想」、換言すれば憶測に過ぎない、ということである。空想、といいえれば上々かもしれない。「もし、デーモンが君に告げたとしたら」、と書いているからだ。

永劫回帰は、真実を狙ったものとしてではなく、精神的反動を誘発させる仮説として、提示されているのだ。『悦ばしき智』が、この問題について出版された最初のテクストであることを鑑みれば、雑作なく理解されるだろう。

永劫回帰は「問題」をなすのだ。永遠に「問題」をなすのだ。

永遠に死に晒すのだ。

永遠に「いま、ここ」を提示するのだ。

そして、「悦び」をなす。

これを言い換えれば、試練である。試練とはすなわち、悪魔の慫慂《しょうよう》である。

デーモンはそそのかす。絶対的であると同時に虚しい悦びの場所、これが現実である。ここは、桃源郷であり、不条理の極みである。このような世界のファンタスムが、君の目に、煌々と輝き、映しだされる。ニーチェの悪魔は、君の耳元で囁く。懊悩、嘆息でできあがったこの世界に対して、君はなにをいいうるだろうか。

紅の落ち葉で染まった大地、血を流す大地に立って、君は生き続けることができるだろうか。

大地の血をすすりながら、君は生きていられるだろうか。

君は死の裏側で生き続けられるのか。

いかさま、人間とは、可能性、秩序を要求する。だからこそ、道は、紆余曲折してのちに、ようやく「個々」のものとなる。

胸を露《あら》わし、足を跣《はだし》にして、鄽《てん》に入り来る。

土を抹《な》で灰を塗り、笑い顋《あぎと》に満つ。

廓庵《かくあん》和尚はいった。

君は人間をやめるのか。

やめてしまえ、そうすれば「楽」になる。

君は人間をやめるのか。

「問題」をなすのは、君自身である。そのためだけに生死はある。それだからこそ、君は君でありえる。

十二月十八日

星辰と永遠とに似て、
生命を超える高みに、いま、彼は生きる。

彼は高く飛んだのだ。

漂うだけにみえるだろうが。

ニーチェはいった。

第二の示唆は、このテクストの関心が、永劫回帰とその内容についての「記述」にある、ということである。このテクストが唯一、明快かつ明瞭にそれをなそうと試みている。君になにが回帰するのか、ニーチェは回帰思想を、正確に、詳述しようとしている。

「スタートにもどる」

じつに不愉快ではないか。

「そして、同じところで失敗する」

じつに愉快ではないか。

「これこそ不二《ふじ》である」

和尚さんはいった。

なにが回帰するのか。あるいは、デーモンの言葉に従えば、なにが回帰しなければならないのだろうか。

「新しいことはなにもないだろう」、これは一つの厳正苛酷なる反復である。生そのものが差異によってなるものであれば、ドゥルーズの回帰は受け入れられる。ハイデッガーが抱くような、同じものの回帰、という思想はどうだろうか。ハイデッガーの永劫回帰は、一切の実存を、恒久的に乗り越えていくことを含意している。ここには、乗り越えてくべき対象が、いまだ存在する。主は、いつまでも主であり、客は客でしかない。

「そう安直にいうな」

ツァラトゥストラはいった。

「みるがいい、この「瞬間」を。この「瞬間」そのものを、どう思うか。この門もまた、すでに、あったのではなかろうか」

「胸を露《あら》わし、足を跣《はだし》にして」来る者は、聖俗を無化したものである。ここに、永劫回帰がなされる。「土を抹《な》で灰を塗り、笑い頬《あぎと》に満つ」者、その相貌は言語を絶するものである。この者は、自らの足跡を埋めて山を下りた。君が共にするものは、あるいは、虎にタカかもしれない。龍たちかもしれない。

ひるねこ、エリー、ナオミでもあろう。

「おはよう」

この言葉に、全知《ぜんち》が宿る。だが、君の人相は非知《ひち》そのものである。君も威光は、だれも窺うことはできないだろう。しかし、この言葉に、だれもが返すだろう。

「おかげさまで」

この無常、いわばこの不条理を、君は観たか。

永劫回帰の思想は、まさに「新しいことはなにもない」、という意味において、なされるのである。『善悪の彼岸』のアフォリスム五六後半部で、ニーチェは一つの「悪循環」を描写している。

「こうした者は、永遠にわたって、『生』のすべてにたいして、繰り返し、繰り返し自らを必要とし、かつ必要ならしめるから、『もう一度』、と叫ぶ。どうだろうか、これこそは、『悪循環の神』ではないだろうか」

現在にあろうとすることをけっして止めないもの、したがって、また、「瞬間」でしかないもの、悪循環の「悪」はこれを回帰せしめるのだ。ネルヴァルはこれを、畏敬すべき筆致で描写する。

いずれあの神々は帰ってくるだろう。君がいつも嘆いているあの神々は。

時はありし日々の秩序を、再び取り戻そうとしている。

大地は予言的な息吹に揺らめいた。

ネルヴァルはいった。

君は、君を選びとったのだ。君は、君の道と一体化している。だからこそ、天道のもとで、一切は帰り咲く。

秩序とはけっして普遍的なものではない。そうかといって、単に個別のものでもない。けれども、「個別」でしかない。秩序であるものとは、ただひたすら、君の生死なのだ。

いつか、君は聞かれるだろう。

「なにをしてきたの」

そして君は答えるだろう。

「なにも」

フランス、イタリア、中国、そして日本。平安、鎌倉、ローマ、ルネッサンス、大戦前後。君は時空を駆け抜け、世界を巡り、全知《ぜんち》をめざした。君は、なにをしえただろうか。はたせるかな、なにもしていない。

天道のもとで、一切は反復する。

「君の道は、すでにあったのだよ」

和尚さんはいった。

十二月十九日

「君は地に身を投げ出し、切歯扼腕しながら、この運命を告げたデーモンを呪わないだろうか」

ニーチェはいった。

「もしこの思想の十分な効き目が君に及んだのなら、現在あるような君を変容させ、君自身を噛み砕きながら、別の君にするだろう。毎回、毎回、どのような事をするにつけ、一つの問いが突きつけられる。『お前はこのことを、いま一度、いや無限回にわたって、欲するか』この問いが最大の重しとなって君の行いに圧しかかってくるだろう。嗚呼、どれほど君は、君自身と、君自身の生を愛惜しなければならないのだろうか。君は、この究極無窮《むきゅう》の確証、あるいは肯定の他には、もはやなにものをも欲しないだろう。このことを証するために、君は、どれほどの鍾愛を要するのだろうか」

ニーチェはいった。

永劫回帰の成就である。

円応寺の閻魔さま、ここには「閻魔の業」も示されている。再度、君を案内しよう。

「閻魔大王が全ての亡者を『天上界』に送り、亡者に苦しみを与えることがなければ、大王自身も日に三度の苦しみをえることはない。それは大王自身もよくわかっている。しかし、亡者が行った生前の悪事を知ってしまうと、どうしても許すことができない。そのため、多くの亡者を地獄に落とし、苦しみを与えてしまう。これは閻魔大王の『業』であり、逃れることができない」

鎌倉は、極楽でもあり地獄でもある。

鎌倉の寺々は、多くの処刑を証している。ここは血で、不可量の血で彩られている。

生死の根本的問題、あるいは欺瞞は、「合法」「合理」にある。じつに、ニーチェの晩年こそ、合理的反抗の結着の時であったのだろう。

永劫回帰は、時間や出来事が、無限回に反復されることを意味するのではない。反復されるもの、それは君自身である。

君自身が反復するのである。

こうして、君のアイデンティティは、足場を失い浮遊してしまう。自己同一性は、意味も方向も失い、危殆に瀕する。

果然、須臾《しゅゆ》に無数の自己が存することになる。

「君は、ディオニュソスであり、アマテラスであり、ブッダである」

いかさま。

「君は、かつてここで処刑された者であり、ここで処刑した者もある」

いかさま。

「鎌倉は、鎌倉でしかない」

いざ、鎌倉へ。建長寺や円覚寺には、堂々たる柏槇《びゃくしん》がある。どくどくと、むくむくと、仏殿や方丈の前の柏槇《びゃくしん》たちには、無量の血が浸みている。七百五十年以上の年月を、鎌倉に捧げている巨木である。血が漂う。血が匂う。柏槇《びゃくしん》たちは、じつに、恬然《てんぜん》としたものである。

生に秩序があるとするのなら、この血以外にはありえない。そして、血とはそのまま、生であり死でもある。柏槇《びゃくしん》のひとかけらを焚いてみればよい。きっと、開山さまの匂いがするだろう。

君はまた、蘭渓道隆《らんけいどうりゅう》、無学祖元《むがくそげん》でもあったのだ。

「必要なのは、新しい哲学者だ。道徳的地球だって円い。道徳的地球だって、対蹠人を持っている。別の世界が、一つ発見されなければならない。否、一つに限らない。多くの世界が発見される。船に乗れ、君たち哲学者たちよ」

ニーチェはいった。

ニーチェは自ら選別したのだろうか。自ら選別されたのだろうか。この答えは、君自身に委ねるしかない。これこそ、「悦びの倫理」であろう。

「無事であることこそ、貴人である」

和尚さんはいった。

「瓢《ひさご》を提《さ》げて市に入り、杖を策《ひ》いて家に還る。酒肆魚行《しゅしぎょこう》、化《け》して成仏《じょうぶつ》せしむ」

廓庵《かくあん》和尚はいった。

不図《ふと》、君は、生きていることを忘れていることに気付かされるだろう。

不図《ふと》、君は、生かされていることに気付くだろう。

「真人」は、粋人でもあり、ボルサリーノやロロ・ピアーナに臆することはない。学人となり、無衣に興じ、粗食を愉しむ。ぶらぶらと徳利《とっくり》をぶらさげている道士であることもあれば、プラダのバッグを携えた楽士であることもある。衒《てら》いもなければ、憂いもない。

「いらっしゃい」

和尚さんはいった。

「ごきげんよう」

和尚さんはいった。

君もまた、生そのものとなってしまうだろう。ここにあるものは、ただ、あるがままの、ありきたりの悦びである。

昼寝をし、散歩をし、雪月花を愉しむだけの生である。わざとらしい化粧など、無用である。ニーチェの永劫回帰は啓示する。とはいえ、厳密に哲学的なもの、すなわち「真実」を啓示するものではない。むしろ、人間の欲望の真実を啓示するのである。それは同時に二つのこと、最適な欲望と、欲望の病を開示する。

詮ずるところ、最適な欲望は、生を軽妙に捉えることである。換言すれば、愛顧と愛情をもって、永劫回帰の思想を受け入れることである。

一方、欲望の病は、この思想を、千鈞の重みのように必死に背負おうとすることである。そして、これこそが上述のアフォリスムのタイトル、「最大の重し」になっているのだ。

欲望の病か、最適の欲望か、はたして君は、どのように測定するだろうか。

君がまだ、家を離れて山頂を目指しているのならば、悦びと悲しみの相対的強度を計ればよい。双方のどちらが激しいのか、この強度によって暫定的に、君の生が、肯定なのか、賞罰なのかが決定されるだろう。

だがこれは、究竟無窮《きゅうきょうむきゅう》の肯定ではない。

自らを選ぶ者にとって、永劫回帰の思想は無化される。この者は、究極の軽妙さを手に入れる。はたせるかな、「重し」とは、あるようにある、ないようにない。端的にいえば、然るべくあるのでしかない。

この考えを嬉々と受け入れることは、ニーチェの目には、悦びの最も確実な標として映っている。彼はこの考えを、『この人を見よ』で定義している。曰く、それは「およそ到達されうる最高の同意の形」であり、また「然りへの過剰なまでの情熱」の表現である。

同様にニーチェは、『善悪の彼岸』で至福の人間を描いている。

「こうした者は、永遠にわたって、『生』のすべてにたいして、繰り返し、繰り返し自らを必要とし、かつ必要ならしめるから、『もう一度』、と叫ぶ。どうだろうか、これこそは、『悪循環の神』ではないだろうか」

ニーチェはいった。

この者は、自らの体験を、無際限《むさいげん》に欲し、繰り返し欲する。

この者は、自らの生を、無限回にわたって意志する。

この者は常々、自らに訪れてしまう試練について懊悩するよりも、自ら愛惜するものへの魅力を感じることに、より敏なる者である。

彼は感動者なのだ。ここに選別のコードがある。

君は、生粋の感動者なのだ。

そもそも、これこそ愛の標であろう。そこに生への感動、生の魅力があるかぎり、どのような苦痛ですら何度も欲するのだ。

そして君は、「もう一度」、と歓呼する。

悦びと愛は、いかさま、完璧なものなのだろう。ニーチェはこのように定義している。悦びと愛は、そもそも欠けることのない、完全な玉、「全き圭」だったのである。

悦びと愛は、こうして、繰り返し欲せられる。しかも、永久に同一のものを悦び、愛することでしかない。すなわち、君の、君固有の生そのものを、である。

そして君は、数十年の流離のはてに、いま、ここへ至った。

君が愛するものは、ただ一つであり、完全無欠の一つである。

悦びの生は、ただ一つであり、完全無欠の一つである。

こうして、ドゥルーズが永劫回帰の思想の根本として、選別という特徴を付与したのは、全く正しい、といえるだろう。

「選別とは、絶対的な善意志、カントのいう意味ではなく、ニーチェのいう善意志の完成を、認めるか否かにある」

ドゥルーズはいった。

「永劫回帰は、カントの規則と同じくらい厳密な規則を意志に与える。倫理的な思想として、永劫回帰は実践的総合の新しい定式化である。曰く、『君が意志するもの、それが未来永劫にわたって回帰することをも意志するように、それを意志せよ』」

ドゥルーズはいった。

「『もう一度』と叫ぶ」、この一文の会話には、ある「間投詞」が抜けている。

「さあ、もう一度」

「さあ、来い」

君の生に、不図《ふと》、投げ入れられる言葉、言葉を絶する言葉、これこそ間投詞である。すなわち、感動詞である。鍾愛である。

君は問うかもしれない。

「投げ入れるのはだれか」

ならばこたえよう。

それは、ひるねこでありエリーでありナオミである。あるいは、キリストでありブッダであり、アポロンでありディオニュソスである。あるいは、灰頭土面であり、あるいは竹林七賢である。あるいは、クオジウッォウでありバソスフォウェである。

「さあ、まだまだ」

神仙の真の秘訣を用いず。

直《じこ》に枯木《こぼく》をして花を放って開かしむ。

廓庵《かくあん》和尚はいった。

「おやすみなさい」

十二月二十日

「生きる悦び」に、秘訣、奥義などなかった。生の名人とは、チビデブハゲなのだ。自らを悦び、自らを愛するチビデブハゲ、彼らはいうだろう。

「おかげさまで」

「どういたしまして」

仙人の秘術など、無用であった。彼らは、にこにこ、花を咲かせる。そこに、彼らの道ができる。

「おめでとうございます」

生の真底《しんてい》は、畢竟《ひっきょう》、挨拶に帰せられるだろう。

ひるねこたちも、生の名人である。なぜなら、畜生であり、仏性などないからだ。だから、変幻自在、融通無碍《ゆうずうむげ》である。

「ニャー」といえば「ニャー」、これである。

君は、すでに一度死んでいる。そして再び、蘇らなければならない。

「さあ、いまこそ」

テレビか、ラジオか、どこからか声が湧きあがってくる。蘇れ、そうすれば君は「名も無き猫」になれる。

「さあ、さあ」

この感動の呼び掛けにこたえることこそ、生の肯定である。一切のことが、君のもとに回帰する「べく」、然るべく回帰する。無条件の生の悦びである。

永劫回帰の思想において試され、経験される「然り」。この力を発揮するために、存在するものがことごとく、純然無条件の回帰をする。これを承諾する、いやむしろこれを率先して受諾するところで、「然り」は価値を持つのだ。

道徳とは、神という命法にあるのではない。

道徳は、然るべきもの、ここにしかない君自身である。

こうして、「然り」は、一つの事実によって特徴づけられる。君が直面している現実に対して、再審のための告訴や要求を申し立てることなど、微塵もないのだ。この「然り」とは、現に「こう」あるものの肯定である。

「これ」としてしかないものを、言祝《ことほ》ぐことである。

君は智となるだろう。これすなわち寿である。寿とは、いつかは可能な、いつかは望める改良のための留保など寸毫もない、生への讃頌《さんじゅ》なのである。

さて、君にはもう一つ、ニーチェの悦びを深めてもらおう。ということで、ニーチェの悦びの思想を、ライプニッツのオプティミスムに対置させよう。両者は酷似した観点を共有しているが、はたして、ニーチェの思想はライプニッツのものを凌ぐだろう。

とはいえライプニッツの思想は、ニーチェと同じく、そして彼に先んじて、永劫回帰を肯定するに至っている。

「わたしたちは、甘受しなければならない。最高の条件とは、わたしたちがこれまであったところのものであり、それ以外は要求せず、自ら変じ異化していくのだ」

ライプニッツはいった。

これはライプニッツによる永劫回帰の別バージョンといえる。しかも、ニーチェのそれとかなり近いところで隣接し合うものである。

けれども、ライプニッツのものとニーチェのものには、決定的な違いがある。ライプニッツの永劫回帰は、ニーチェによる価値基準において判ずれば、より小さい満足しかもたらさないだろう。なぜなら、ライプニッツにおいては同一のものが、より軽く変化しながら回帰してくるからである。両者は確かに、根底的には一致するものであるが、この点で相違する。このような考えが、ニーチェの永劫回帰の思想において描かれることは、露ほどもない。先の引用、『悦ばしき智』に記されていた通りである。

「微細なもの、巨大なもの、お前の人生のあらゆるいい尽《ことごと》くせぬものが回帰してくるだろう。しかも、それらすべては、ことごとく、同じ順序と同じ継起に従って起こるだろう」

ニーチェはいった。

ライプニッツは、自己を対象化している。チビは平均身長以上にならなければ、そしてハゲは少しばかり、髪の毛をとり戻さなければ、ならない。デブは二キロほど、痩せなければならない。彼は終始、西洋哲学の文脈にのっている。敢然と挑みつづける相手が、理解可能圏内、あるいは、平均以上という相手が、彼にはあったのだ。

ドゥルーズの議論はどうだろうか。彼は宣する。ニーチェにおいて永劫回帰の作用は二種類の選別をする。そのうち、能動的力の回帰に特権が与えられ、反動的力の回帰は排される。

「反動的力は回帰しない、このことを認めるためには、無への意志を永劫回帰に関係づけるだけで十分である。反動的力がどれほど遠くまで進もうとも、力の反動的生成がどれほど深く高くあろうとも、反動的力は回帰しないだろう。卑小で狭量な人間は、反動的人間は回帰しないだろう」

ドゥルーズはいった。

チビデブハゲ、そしてイエローモンキー、これらは反動的力の最たるものではないだろうか。しかし、「だれ」が、「なぜ」、反動するのだろうか。

ライプニッツの同意は、おそらく、えられるだろう。だが、ニーチェの賛同はどうだろうか。ニーチェのあらゆるテクストを渉猟したところで、ドゥルーズのこの解釈を支援するものは、おそらく見当たらないだろう。

「選別」とは、徹底的な選別でなければならない。ここに生死が賭けられている。この生死とは、肉体的生死ではない。ましてや、精神的な生死でもない。民族や国家が賭けられているのでもない。主体的な生成変化など、もはや叶わない。

昨夜、エリーが天国へいった。自ずと、然るべく。喪主は君。戒名も「君」である。そして、ようやく、君との交歓が始まる。

「やあ。はじめまして」

「やあ、こんにちは」

ここでもまた、賭けられているのは、人間である。否。「人間というなにものか」である。

これだけが、世界で唯一、賭けられるものである。

「到来するものは、『なにものか』である。到来しないものは、『なにものか』ではない、という意味で『無』である」

バタイユはいった。

嗚呼、あまりにも人間的な「なにものか」。ニヒリスト的な意志が、永劫回帰のテーマと結びつくような正当性など、一切ないのだ。

けれども、彼の生を人間化させる一節が、『この人を見よ』にある。いまこそ君は、必要に応じて、君固有の問題を提示しなければならない。

「わたしが自分と対極にある者、手に負えないほど俗悪な者を探したとしよう。それは、いつの場合もわたしの母と妹である。こういう『下種』と『血縁関係』にあること、これは、わたしが本来もっている神性に対する冒涜となるにちがいない。極々最近まで、わたしが母と妹から受けていた待遇は、筆舌に尽《ことごと》くしがたい恐怖の念を、わたしに起させる。これは寸分の狂いもない、正確無比な時限爆弾である。この爆弾が、一秒の誤差もなく作動していて、わたしに血まみれの大怪我を負わせられる瞬間、すなわち、最高の瞬間を狙っている。この瞬間に、わたしはわたしを防衛しえないだろう。わたしは告白する。最も深刻な自分の難点といえば、常に、相変わらず、母と妹である」

ニーチェはいった。

ニーチェも然り。いまこそ借りものではない、君自身の問題を示せ。示し、答え続けろ。そうすれば、君は生そのものとなるだろう。

この一節は、一八八九年一月の狂気発動、そのほんの数日前に書かれたものである。そして、ここもまたペーター・ガストによって廃棄されたことは、いうまでもない。彼がなぜ、これらの紙片を破り捨てたのか。ニーチェのテクストに、精神錯乱の徴は確かにあったのかもしれない。しかし、この乱暴な扱いは、もっぱら、ニーチェの妹、エリーザベトによる災厄である。だが、この紙片によって暴露されることがある。ニーチェが母や妹について当時予想していたこと、おそらくそれ以前よりずっと予見していたことが的中したのである。これだけではない。常々、ニーチェが永劫回帰について考えていたことが、そのまま当てはまるのだ。

「さて、ニーチェの菩提《ぼだい》を弔いましょう」

和尚さんはいった。

永劫回帰はあらゆる事物を、無差別に、最悪なものも、最善のものも一様に、これまでも、そしてこれからも、回帰させるのだ。

しかし、ここではもはや、言語という二元論のはたらきは、ない。

すでに分別知は超えられていたのだ。

「悦ばしき智」は、言語という迷いを断ち切ったものであろう。

「さて、エリーの菩提《ぼだい》を弔いましょう」

「土を抹で灰を塗り、笑い頬に満つ。神仙の真の秘訣を用いず、直《じき》に枯木をして花を放って開かしむ」。異類《いるい》のものとして転化した君は、エルメスのように地獄へ通じる力をもつ。

こうして、君は現にいる。いま、ここにいる。「水は自ずから茫々《ぼうぼう》、花は自ずから紅《くれない》」。この世界に、熙々《きき》としている。宛然《えんぜん》、布袋であり、花咲か爺である。君と対面するものは、自ずと寝てしまい、自ずと散歩し、自ずと戯れるだろう。

生において、一切は悦びである。近いうちに、君は閻魔さまに会うだろう。そこで伝えるがよい。

「おかげさまで」

「おかげさまで」

ニーチェは戦う相手を失っていた。だからこそ、彼は大いなる敗者なのである。大いなる敗者、じつに快哉《かいさい》、不可踰《ふかゆ》、かつ不可喩《ふかゆ》である。

十二月二十一日

「わたしが到来しないものを欲しているということ。つまり、到来するものから見捨てられて、語るべきことをなにももたなくなり、『然り』も『否』もいわなくてよくなることをわたしが欲しているということ。いま、わたしは、こうしたことをかろうじて書く力をもっている」

バタイユはいった。

不可能性、ここに悦びと愛の源がなければならない。

永劫回帰の思想において体験される「然り」、ここにおいて一つの無窮性《むきゅう》もまた、照見《しょうけん》せられる。この無窮性《むきゅう》は、生、己事《こじ》、実存、宇宙などの形をとって顕現する。

相変わらずだ。

ナオミは、然るべく神出鬼没である。ひるねこは、然るべく平穏無事である。

そして、いまやエリーは、和光同塵である。

「生きる悦び」は、理解するものではない。理解しようとすれば、君は、不満足という相手をえるだろう。そして、君の生はこの軍門に下り、悦びは掃滅されること、必至である。

「なぜ、どうして」

「だれが」

再び、第一図が始まる。

「家山漸《ますます》す遠く、岐路俄《にわか》に差《たが》う。得失熾然として、是非蜂起す」

廓庵《かくあん》和尚はいった。

まさに、「是非の蜂起」である。

『偶像の黄昏《たそがれ》』でニーチェは、「生の最も深い本能」を、「生の未来への本能、生の永遠性への本能」として定義している。

『アンチクリスト』では、キリスト教の神を、生を「永遠に肯定」させる神に対置させている。

さらにまた、この主題をニーチェの『ディオニュソス頌歌《じゅか》』に見出すことができる。それは、ハイデッガーによって幾度もコメントされている詩、「栄光と永劫」の末尾の詩である。これこそ、普遍性と明晰性が際立つ宣言である。

存在への永劫なる「然り」。

尽未来際、私は君の「然る」者だ。

「私は君を愛する、嗚呼、永劫よ」

ニーチェはいった。

だが、ここに再び、パラドクシカルな題材が送り込まれてしまう。

瞬間、現にあるものの肯定、純粋無条件の肯定を促すニーチェ、永続化の意志を執拗に告発しているニーチェ、そのような彼が、「嗚呼、永劫よ」、とは。このような意志の本質は、反動的なものである。そして、これが表しているものは、あらゆる実存への、怨嗟や不平である。

「わたしたちは、足下の地面を取り払うという完全な否定によってのみ、到来しないものの前に、到来するものとして到来することができる」

バタイユはいった。

「哲学者たちの特異体質から垣間見られるすべてのこと、これをお尋ねなのか。例えば、彼らの歴史感覚の欠如、生成という考えに対する彼らの憎悪、彼らの『エジプト主義』である。彼らはある一つの事象を『非歴史化』すれば、すなわちそれを永遠の相のもとで考察すれば、いわばミイラ化すれば、それに『栄誉』を与えられると信じている」

ニーチェはいった。

これほどまで熱心に批判されている永遠への意志、これが一転して称賛に値するものになってしまう。

まさに驚天。

まさに動地。

「おはよう」

今日もまた好日《こうじつ》である。

「おはよう」

この一言のもとに、この須臾《しゅゆ》のうちに、無量の生死が賭けられ、迎えられていることを、君は知っているだろう。しかし、この知は、駒場の知ではない。披瀝しうる知ではない。

「嗚呼」

痛みをともなう智、身体を揺さぶる智でなければならない。この一言に、君の生死が賭けられている。

天地が顚倒《てんとう》しようしている。

「いただきます」

「おかげさまで」

しかし、ここに、転覆しえない瞬間が現れている。

「諸行無常とは、そういうことでしょう」

和尚さんはいった。

「二つの道は互いに矛盾する。この二つの道が、ここで、この門のところで出会っている。門の上には掲げられている。瞬間と」

ツァラトゥストラはいった。

無窮《むきゅう》への意志が、至福に、生への「然り」に関わる思想に、例えば永劫回帰による肯定のような思想になるやいなや、ニーチェの態度は一変してしまう。だがここで、永遠への欲望について、対置させられている異なる二つの形を截然と見極めなければならない。『悦ばしき智』、「ロマン主義とは何か」で、この点が厳密に分析されている。

「永遠化の意志は、二つの解釈を要求する。その一つの依って来るものが、感謝と愛の感情であろう。しかしこの意志は、艱難辛苦に振り回され、闘いながらも責め苛まれる者がもつ暴君的意志でもありうる。このような者は、懊悩する己の特異体質さえ、普遍法則による強制的な特徴である、と切に願うのだ」

ニーチェはいった。

そして、君はいうだろう。

「いただきます」

「おかげさまで」

「生きる悦び」は、これらの感謝、愛の言葉に帰せられるのだろう。無窮《むきゅう》への意志、これはかたや欠如の兆候となり、かたや十全性の標ともなる。

無窮《むきゅう》への意志、これを哲学的に考察しよう。そのときわれわれは、ニーチェがこの意志を、事物の本質よりも、欲望の本質に充当させていたことを理解する。はたして、無窮《むきゅう》への意志とは本質的に、恒久な事物の永続化、永遠不滅の世界を当てにするのではなく、持続的な粘り強い愛を求めることとなる。

つまり、これは事物、対象の問題ではないのだ。

これは世界そのもの、君そのものの問題である。

生が「君自身」と、君そのものとなる「大事」な問題なのだ。

「然るべく」

「生きろ」

「然るべく」「生きろ」、この二つが表裏一体の大事、不二《ふじ》の大事なのである。

「君はこの『瞬間』そのものをどう思うか。この門もまた、すでに、あったのではないだろうか。一切の事物は固く結ばれ連なっている。そのため、瞬間はこれからくるはずの一切のものを引き連れている。したがって、君自身をも」

ツァラトゥストラはいった。

周知のように、永劫回帰というニーチェの主題は、ハイデッガーの主な議論の一つになっている。

ハイデッガーは、ニーチェがなによりもまず、存在の問題について憂慮している思想家であったことを論証すべく、尽力する。曰く、ニーチェは存在と存在者の別を弁えていた。ニーチェがプラトン的な形而上学を批判するのは、存在論の再興をさらに一歩進めるためだけでしかない。帰するところ、これこそハイデッガー自身の哲学である。

「ニーチェは数々の本質的思索者のうちの一人である。『思索者』、この言葉でわたしたちが指し示すのは、人間の内の選ばれた人々である。すなわち、ある『唯一』の思想を、『存在者の全体』に『関わる』唯一の思想を、ただひたすら思索する定めを負った人々のことである」

ハイデッガーはいった。

恒久的実在が、はたして君自身となりえるだろうか。永劫回帰が、はたして唯一の存在を証明するだろうか。

「したがって、君自身をも」。ここが大事である。瞬間の門は、君自身を巻き込んでいる。多くのニーチェ解釈者は、ここを誤認している。

君は傍らに観察する者ではないのだ。

君は、主人公なのだ。

「一つの存在」「主人公」、これは君自身の問題でしかない。

生への罪悪感、生への不満。あるいは、生成への有罪判決。これによって、君の生が委縮してしまってはならない。

ニーチェにとって、いま、あるがままの生は、悦びそのものとなった生である。

もし、現世と別の世界が造りだされたら、どうだろうか。いったんこの嚆矢が放たれるや、造化の炎は、秩序を庶幾《しょき》しながら、あらゆる世界を混沌へと、再びカオスへと投げ入れてしまわないだろうか。

「『混沌』この言葉は、ニーチェにならえば、存在者の全体についてはいかなる陳述も不可能である、という考えを指している」

ハイデッガーはいった。

「ニーチェは世界全体を、ただ混沌として規定しているだけではなく、混沌そのものに、ある一貫した性格を認めている。それはつまり、『必然性』である」

ハイデッガーはいった。

縁起が、因果によって解明された世界。はたして君は、ここに住めるだろうか。

ここに、感動や愛が消滅していることは、いうをまたない。ましてや、悦びを知り、悦びを語るものなど、「極めつけの狂人」、だろう。

君もまた、なかなかの「もの」である。

さて、本日はもはやこれまで。「ニーチェの悦び」についての「嘯《うそぶ》き」も、あと二日を残すだけである。

君と挨拶しておこう。ほら、エリーがいる。

「ニャー」

「ム」

善哉《ぜんざい》。

長寿寺という間は、名にし負うものである。西洋の思想家なら、これを評していうだろう。

「宇宙は到来しないものであり、したがって破壊されえない」

バタイユはいった。

十二月二十二日

「道は処々《しょしょ》、無礙《むげ》にあり」

わたしは独りごちた。

わたしは罣であった。君を求めて、君の罪として、無罣《むけい》を名のった。

苦悩こそ、悦びの始まりであった。しかし、言葉はわたしの糧ではない。生を言祝《ことほ》ぐものは、生自身でなければならなかった。はたせるかな、わたしは、罣でもなければ、無罣《むけい》でもない。

わたしは「なにもの」でもない。わたしは然るべき「もの」でしかなかったのだ。

「おかげさまで」

「おかげさまで」

「わたし」は、独りであった。独り、すなわち名詞であった。しかし、だからこそ、さまよってきた。君を介して、このように動いてきた。

「穢いもの、清いもの、阿呆と賢者のあいびき。わたしはこれらすべてである」。独りさまよってきたわたしは、君と一つになる。しかし、わたしは「無名」である。

「無名」であるがゆえに、動き続けられる。

然るべく。

いま、ここ、永劫回帰の間、長寿寺で、君とわたしは、一つになる。しかし、永劫回帰は「虚空」であるがゆえに、「生きる悦び」は、必然となるだろう。

「われわれ」は、一つの動詞になったのだ。

然るべく。

「おかげさまで」

おかげさまで、いま、ここは涅槃である。

わたしは来た、どこからか来たのか知らないが。

わたしはある、なにものであるのか知らないが。

わたしは死ぬ、いつ死ぬのか知らないが。

わたしは行く、どこへ行くのか知らないが。

わたしは驚いている。これほどまでに悦ばしいことに。

果然、悦びとは、不可能性の権化である。

理解不可能、伝達不可能、言語化不可能。

「君を愛しているのだ。それ以外のなにものでもない」

同じく、自然もまた不可能性そのものである。

支配不可能。回避不可能。対象化不可能。

「然りとあるから、また然り」

このようにしかいい表せないことに、感謝しよう。否。君ならいうだろう。

「ニャー」

「ム」

じつに軽妙である。

「いま、わたしは自由であり無力である。そして、儚く滅んでゆく。わたしは、自分の回りの全方面で、義務の制約を無視している」

バタイユはいった。

バタイユはさながら、閻魔さまのようである。そしてニーチェもまた、宛然《えんぜん》、閻魔さまなのだろう。

彼らは、死して蘇り、君を人間から解放し続ける。閻魔さまの苦しみは、無窮《むきゅう》無際限《むさいげん》であり、生の悦びは不可測となる。

善哉《ぜんざい》。

閻魔さまの涙が消えるときは、まさしく海が枯れはてるときなのだろう。しかし、世界の調べがはてることは、けっしてない。君がいるかぎり。

いまや、一切は此岸にある。ここは涅槃である。

悦びと、論理の明晰性の和合が不可能であることは、もはや自明である。愛と悦びは、一切の道理に反するものだからである。したがって、実存のために抗弁をする論拠もまた、まったくない。まさにこの点を、シオランは強調しているのだ。

「実存することは、事実へ抗議することに等しい」

シオランはいった。

いかさま、申し分のない裁決である。こうして、訴訟人である実存側の利益は、実質、弁護不可能なものとなる。

「従来失せず、何ぞ追尋《ついじん》を用いん。背覚《はいかく》に由《よ》って以て疎《そ》と成り、向塵《こうじん》に在って遂に失す」

廓庵《かくあん》和尚はいった。

これもまた、生の必然である。

「凡情《ぼんじょう》脱落し、聖意《しょうい》皆な空ず」

生とは、じつに不条理である。生とは、まさにカオスである。しかし、これもまた、生の必然である。一切の偶然が巡るという、必然である。

君の実存を擁する発言に道理があるとすれば、それはことごとく、不合理な言葉、あるいは背徳的な言葉になってしまうのだ。いかさま、ビーベラッハのマルティヌスによる中世より伝わる至言、これこそ実存の妙であろう。

わたしは来た、どこからか来たのか知らないが。

わたしはある、なにものであるのか知らないが。

わたしは死ぬ、いつ死ぬのか知らないが。

わたしは行く、どこへ行くのか知らないが。

わたしは驚いている。これほどまでに悦ばしいことに。

いよいよ、お別れが近くなってきた。

いまこそ、無限のただ中においてなお全き満足、愛を伴う「大いなる悦び」がえられるだろう。


ラ・フォンテーヌの指折りの寓話「二羽の鳩」に、この悦びが描かれている。

二羽の兄弟ハトが、仲睦まじく草庵に住んでいた。ところが、弟ハトは、好奇心旺盛。草ぶきの小さな世界に飽きて、まだみぬ遠い国に恋してしまう。兄の忠告、制止を振りきって、とうとう彼は出奔する。

しかし、旅路について喜ぶのも束の間、早くも第一の災難が襲いかかってきた。雷雨が身体を打ちまくり、粉微塵になるほどであった。

ようやく嵐が去った、と思いきや、安堵の間もなく次の災難が。カスミ網に引っかかってしまった。ようやく抜けだしたところ、羽はぼろぼろである。

次はハゲタカ、次はワシ。さらにはわんぱく小僧。あらゆる災難が襲来してくる。

さもありなん。

兄はなにを知っていたのだろうか。弟はなにをみてきただろうか。兄弟は、精根尽きはてながら、再会をはたす。

「お互いに、いつも美しく、いつも変化の多い、いつも新しい世界になりたまえ。お互いに、あらゆるものになり代わり、その他のものは無視するがよい」

ラ・フォンテーヌはいった。

生とは、このように問答無用な不条理性である。この不条理性としての生、己を苦しみ、己を感じ、己を知る悦び、これこそ「生きる悦び」である。

己事究明《こじ》。

特権とは、このように自ら選びとるもの、そして、自ずと選ばれるものなのだ。

己の立場を十全に知悉《ちしつ》してなお、より一層大きな己への障りとなる諸真実を把持してなお、すべからく悦びは軽妙にあり続けるべきものである。

「生きる悦び」の特権である。

これほどに、生とは常軌を逸した非合理極まりない悦びなのである。

「われわれは、常に誤解される。誹謗され、誤認される。それは、われわれが成長し、不断に変化し、春が来るたびに脱皮し、いよいよ若やぎ、いよいよ春秋に富み、いよいよ高く強くなるからだ。同時に、いよいよ愛に溢れるからだ」

ニーチェはいった。

十二月二十三日

西洋と東洋が溶けあう思想は可能だろうか。明晰性、あるいは正気と、不合理、あるいは悦びの融合はありうるだろうか。

このような融合は、確かに可能だろう。「大いなる悦び」に、偶々《たまたま》遭遇することは、稀ならずある。軽妙なる一切のものが、このような僥倖を証しているのだ。そして、この軽妙さによって、あらゆる事物の絶対的な無意味性に直面していてなお、悦びは、根絶不可能なものとしてあり続ける。

身体に触れる悦び。それは、

「ニャー」

そして、

「ム」

「世界のこの戯れのなかで、存続するものはなにもない。自己否定でさえ、風によって遠く運ばれてしまう」

バタイユはいった。

世界の車輪は、廻り、廻り、

次々に目標を踏み荒らす。

必然だ、と怨み妬む者はいう。

戯れだ、と道化はいう。

世界の戯れは、一切のものの主宰として、
実在と仮象を混ぜあわせる。

永遠の道化のようなものが、
われわれを、その中へ混ぜいれる。

ニーチェはいった。

閻魔さまそのものが、永劫回帰である。地獄はすなわち極楽である。

「ニャー」

「ム」

「ニャー、ム」

この「地獄」で、ナオミたちは、守をしている。

ナオミはこれまでと同じように、人間を守っている。ここの歩みは、ナオミの随意な歩みである。人間は、この歩みに従って、然るべく、生死を迎える。

エリーは地獄に花を咲かせる。ここを彩る花たちは、エリーの身体に生を活かす。

はてさて、ひるねこは慈しみに満ちている。ひるねこが放つ皓々《こうこう》たる月光、これは一切衆生《しゅじょう》に注がれる。

ここの調べはじつに悠々、じつに嘵々たるものである。

鎌倉、善哉《ぜんざい》。

生きるということは、生きたことではない。生きるだろう、ということでもない。ましてや、生きなければならない、ということでは更々ない。

然るべく、生を活かせ。

君も、未来永劫、いま、ここにいるだろう。地獄だろうが極楽だろうが、彼岸此岸どこにいようが、生を悦び、生を活かさなければ、ひたすら地獄でしかない。

君はいま、「極楽」にも「地獄」にも自由自在である。

「おかげさまで」

「おかげさまで」

あとがき

一人の禅師がドイツに渡り、理論の申し子であるヨーロッパで禅の伝道に努めました。その師はどのような知見、体験をドイツ語で伝えたでしょうか……

さて、このような書物をニーチェが読んでいたら、どれほど壮大な哲学が生成されたか、どきどきしますが、あきらめるしかありません。虚空に浮かぶニーチェ像から、我が身に光明は注がれる。「血でもって」考える、ニーチェ哲学の旨みはここに尽きるでしょうから……

この本の登場人物は、今の日本を生きるニーチェたちです。従って、この本はニーチェについての正当な論文ではありません。ましてや、ニーチェ哲学の解説書ではありません。ニーチェについての知識は、奥津城の先輩たち、活躍中の先輩たちにお任せします。なにせ、ニーチェとタイトルにありながら、僕にはドイツ語を体験することがどうしてもできないのですから……

ニーチェ哲学を理解しようとしてきた十年でしたが、結局、禅の思想がより練磨されました。僕たちの理解が言語に縛られている限り、これは仕方のないことだ。そうだそうだ！と開き直ってもなんの弁解にもなりませんね。申し訳ありません。東大で一人のフランス人に聞かれたことがあります。「あなたは右ですか?・」「どちらか、と言われれば。であなたは?・」「わたしもです。C'est naturel !」「Oui, c'est naturel.」、と以心伝心しました（心では彼と抱擁していましたが、あいにくと僕は、男性と抱き合う習慣があまり好きではなく……）。ナチュラルと言いつつ、異他的なナチュラル、これは悦びの本分でしょう。

ニーチェの本を薦めて欲しい。そのように求められとき、僕は『悦ばしき智』か『ツァラトゥウストラはこう言った』のどちらかを、相手を見ながら選びます。それはなぜか？単純明快です。僕がこれらの著作の言葉を、僕の言葉として伝えられるからです。「悦び」に帰着しているからです。理解しているわけではありません（超人なんて、超人のさらに上の者しか理解できるはずないですし、自分が超人である、と言い切った時点で終わるわけですしね）。僕の血と肉がそこから養われた、ただそれだけです。

『ニーチェの悦び』というタイトル、ニーチェの主著『悦ばしき智』からいただいています。この著作に僕が見取ったニーチェとは、病と同居しながら健康を悦ぶニーチェであり、光明にありながら虚空を知るニーチェです。そして、ニーチェという名の即今、ニーチェという名の当処を、僕なりに表現してみました。

ま、極めつけの不埒者でしょうが……

この世は果たして、闘争である。この世が合理的であることはない。空しいけれども、当たり前の事実が、たびたび僕たちを襲ってきます。特に、科学と法律の二者が、巨大な龍となって襲いかかってきます。足がふわふわと地面を離れそうになりながら、数十年を生きることもありましょう。なんと、獅子とはちっぽけなものか。

けれども、ここに「悦び」を見出した契機がありました。

不条理を悦びに変えてしまえ！

このような技こそ、頓悟するニーチェです。直観でしか成しえない境位です。しかし、ここに知を活かす術がある。一人の日本人が体得したニーチェ、それが『ニーチェの悦び』です。魔性、ご寛恕下さい。

人間を大きなエネルギー体として考えましょう。そのキーワードは「活」です。やはり、「活」なのです。命であり、エネルギーであり、生きることです。それが即ち聖福である。すべて（永劫回帰も超人も）が「悦び」から読み解けると、僕は（現在）考えています。

僕の考える「悦び」は、禅とバタイユ思想に、大きく負っています。感動と悦び、これが禅師たちとバタイユが僕に教えたニーチェです。感動と悦び、即ち生死事大。僕の命は教育のためにあります。そして、僕たちに教育と無縁でいられる年代はない、と断言できるでしょう。

悦びとは何か。発見の悦び、達成の悦び。寿司や鰻を前にした悦び。ショパンを聞く悦び。桜が舞い落ちる悦び。そして僕たちには常に他者がいて、僕たちは常に他者と伝え合わなければなりません。いやはや、常にずれるコミュニケーションに挑むこと、これが非合理でなくて、なんでしょうか。けれどもこの苦痛と紙一重の、いや苦痛と同居しているからこその悦びを知る、これこそ教育の本分である、と考えます。

「よく生きる」、このテーゼによって僕たちは倫理的な生き物になりました。けれども、ここに幸福を定義しようとすると議論は分散してしまいます。それほどまでに、幸福は時代、地域、個人限定のものなのでしょう。

思索の効果は、「生の悦び」を見出す、感得するところにある、と僕は（たまたま）結論しています。

“A un enfant de maison, qui recherche les lettres, ayant plustost envie d'en reussir habil'homme, qu'homme sçavant, je voudrois aussi qu'on fust soigneux de luy choisir un conducteur, qui eust plustost la teste bien faicte, que bien pleine.” 物知りの人間を育てるのではなく、有能な人間を育てることが教育の王道、詰め込まれて満たされた頭より、上手く仕上げられた頭が大事、とモンテーニュ。

モンテーニュの言う「詰まった頭」とは、悦びをアウトプットできない頭でしょうか。そんな人は、自分の領域に閉じ込められているのです。僕の周りにも多くいらっしゃいます。一方、「良く仕上がった頭」とは、誰にでも開かれた頭です。こちらは少数派です。彼らの特徴は、知足を心得ているところでしょう。

本来、全ての勉強には悦びが伴うものなのです。勉強そのものが悦びであるはずなのです。しかし、手段でしかない試験合格が目的となって、永続的安定を希求した挙句、本来の悦びが忘れ去られてしまいました。高校、大学、入社、昇進、あらゆる試験合格は、この悦びのもとで約束されます。理念の追及する教育とは、かくあるものです。

そして、悦びとは感動とともにあります。『悦ばしき智』で僕が会得したものは、感動と悦びに他なりません。感動がなければ悦びもない。ドキドキ、ワクワク。昨日は何度、ドキドキしたのだろうか。今日何度、ワクワクするのだろうか。「悦びと感動」の共棲、そして「生即死」。人生を描きたくても、人生が分かれば人生など不要だし、道が分かれば道ではなくなる。「あとがき」に何を書いても、結局は、本の内容は千変万化し続ける。しかし、それが究極の悦びなのでしょう。きっと。たぶん。拙著にこのような耐久力があることを願っていますが……

なにはともあれ、こんな不埒者も多くの責を負っています。いや、埒外の者にとってはもはや、感謝によってしか自己存立はできませんでしょう。鎌倉長寿寺の浅見紹明和尚さま、牧野出版の佐久間社長、お力添えくださった方々、はたまたご迷惑をおかけした方々、すべての皆様に再度、深く、お礼申し上げます。

大竹稽

二〇一四年　七月

装　　丁／大森裕二
本文ＤＴＰ／小田純子

大竹稽（おおたけ・けい）

思想家。愛知県出身。旭丘高校から東大理IIIに入ったところ、医学と喧嘩する。教育こそ道であると覚悟させたのは、モンテーニュである。《A un enfant de maison, qui recherche les lettres, ayant plustost envie d'en reussir habil'homme, qu'homme sçavant, je voudrois aussi qu'on fust soigneux de luy choisir un conducteur, qui eust plustost la teste bien faicte, que bien pleine.》 物知りの人間を育てるのではなく、有能な人間を育てることが教育の王道、詰め込まれて満たされた頭より、上手く仕上げられた頭が大事、とモンテーニュ。これをモットーに、教育道を一路邁進。授業の特徴として三つ、対話型・対機型、母子での学び、そして寓話を使った哲学である。てらterraでの授業と同時に、思想家として死と道徳の問題に取り組んでいる。現在、東京大学総合文化研究科博士課程に所属。専門はフランス思想と禅思想。

ニーチェの悦《よろこ》び

2014年 9月 3日 初刷発行

著　者　大竹 稽

発行人　佐久間憲一

発行所　株式会社牧野出版

〒135-0053

東京都江東区辰巳1-4-11　STビル辰巳別館５F

電話 03-6457-0801

ファックス（ご注文） 03-3522-0802

http://www.makinopb.com

印刷・製本　新灯印刷株式会社

内容に関するお問い合わせ、ご感想は下記のアドレスにお送りください。

dokusha@makinopb.com

乱丁・落丁本は、ご面倒ですが小社宛にお送りください。

送料小社負担でお取り替えいたします。

ISBN978-4-89500-179-3